Nacarid Port

AMOR A CUATRO ESTACIONES

El diario de una ilusión

Amor a Cuatro Estaciones

Nacarid Portal Arráez
nacaridportal@hotmail.com
@nacaridportal

© **Nacarid Portal, 2016.**

Corrección de texto:
Adriana Laiziaga - laiziagaa@gmail.com
Corina Álvarez - alvarezcorina67@yahoo.es

Ilustradores:
Cristhian Sanabria - cristhiansanabria@gmail.com - @chrissbraund
David Azrriel Hernàndez - David_azriel@hotmail.com - @davidazrriel

Diseño de Portada:
Katherine Palacios - skattypb6@gmail.com
Jeff Zambrano - jeffproduccion@gmail.com - @jffzambrano

Diagramación:
Jeff Zambrano - jeffproduccion@gmail.com - @jffzambrano
Cinthya Arráez - cinthyarraez@gmail.com

Impresión:
www.grapho-formas.com
ISBN: 978-980-12-8740-7
Depósito legal: lf25220168001247

Agradezco a la experiencia terrenal
que me permite estar viva,
a mi madre por guiarme desde una estrella,
y a Charlotte por haber hecho posible este libro.

Agradezco al universo y a los aliados
que me ayudaron en este proceso,
a los talentosos guías que son partícipes de esta historia real
que nos conecta con las partes olvidadas de nosotros.

Agradezco a las partículas y a las ilusiones,
a los sueños rotos que volvemos a reconstruir
y a las voces de mi cabeza
que nunca se callan.

La familia siempre te acompaña,
y mi familia no me abandona.

Finalmente, agradezco a Ediciones Dejavú
por poner este libro en tus manos.

Escribía sobre ella y sobre el amor antes de haberla conocido, escribía como si me hubiese enamorado, e incluso cómo me desagradaban los falsos amantes que tratan de querer para frenar sus miedos y no comprenden que la vida tiene ventajas si aprendes a observar los detalles. Pero la vida es un espejo y fui yo uno de esos falsos enamorados, soy tantas cosas como tú. Te entrego un diario con las cientos de almas que tengo en mi interior, no solo un diario de mi amor por ella, antes de ella existía, cantaba y escribía, tratando de drenar el remolino que llevo adentro y que solamente a través de letras me deja vivir, aprendiendo cada segundo a sonreír incluso en medio de las tristezas.

Si te preguntas quién soy… Me llamo Christopher y aún no lo he descubierto, estoy en ese proceso, no encajo y a veces no quiero encajar. Estudio letras y música, tengo un grupo musical que forma parte de mi día a día. Mis cuatro mejores amigos y yo decidimos apostar haciendo lo que amamos y aunque ha sido difícil, tenemos un disco.

Estoy viviendo un sueño y desde afuera parece que tengo la vida perfecta; mi carrera, mi profesión, mi disco, entrevistas, talento, fans, una familia que me ama y grandes amigos. ¡Es verdad! Tengo todo eso y soy feliz, pero ciertas cosas me afligen, no creo que tener sea sinónimo de felicidad y aunque puedo pasar horas diciendo: tengo, tengo, tengo, tengo, tengo, en el último tengo se nubla mi mente: ~~TENGO~~. Creo que estamos en un mundo contaminado, que debemos hacer algo, pero ¿hacer qué? Vivo con preguntas, con pensamientos incesantes, con ideas… si no escribiera me habría vuelto loco. Mi misión es que muchos dementes logremos cambiar el mundo, que dejemos nuestra huella, que nadie trabaje exclusivamente por dinero, que nadie duerma con hambre, que los países no se maten por territorios y las fronteras no nos separen. Pero no soy tonto, trabajamos por dinero para sobrevivir, los países buscan sus intereses, y cada segundo muere alguien más. ¡Ley de vida! Mil veces me dijeron que si triunfaba sería por mi físico y no por mi talento y mil veces más me dijeron que moriría de hambre por ser artista, menos mal que soy un inadaptado: seguí mi intuición.

Piensan que soy idealista, tal vez lo soy. Tengo que luchar día tras día contra los estereotipos, muchos dictan que debería ser el chico malo porque me gusta la música y se me da bien con las mujeres, pero no, soy el raro en el cuerpo y con los intereses equivocados. Vivo en el mundo de los sordos y de los mudos, con un grupo de artistas que quieren dejar algo que no caduque y plantar la semilla de la nueva humanidad. A través de la música, de las letras y de las acciones pretendo lograrlo, aunque es difícil. Las apariencias engañan… paso horas en mi balcón preguntándome el origen del universo cuando veo el infinito y no entiendo cómo acá, en la tierra, teniendo la magia de estar juntos, estamos tan divididos. No entiendo cómo el mundo se separa por políticos que no saben que —quizás— con arte, con humildad y sin tanto ego, podríamos evolucionar. No entiendo cómo el mundo vive liderado por el dinero y en países enteros hay niños que mueren de desnutrición. No entiendo cómo hay tantas religiones y todavía todas separan y excluyen. Yo, francamente, creo en la vida y en las posibilidades. Creo que debe haber millones de personas que se sienten raras… que sienten que no encajan, que la vida es un tesoro cubierto de mierda por los altos exponentes, que no salen a cumplir con sus prioridades y se distraen con sus competencias entre ellos.

Hay miles que se deprimen con la lluvia y viven de recuerdos. Hay millones que juegan fútbol con aparente "popularidad", para llegar a su habitación y ver el techo preguntando ¿qué pasa? Porque es que, entiendo que el tiempo no es eterno, que la vida se nos va, y no es una pelea de quién es menos o de quién es más. Nos enseñaron que el físico tiene que ser como en la televisión, nos enseñaron que debes tener éxito y muchísimo dinero y yo siento que seríamos más ricos sin él. Que llego a casa y me sirvo una copa de vino extrañando mi juventud para recordar de nuevo que soy joven, que mi inocencia se difumina pero soy joven... aún. Perdí un hermano gemelo y me enseñó que la vida es efímera, que la vida se nos va. Su muerte me abrió el espíritu y me dejó solo, incluso en compañía. Agradezco tener familia, amigos, techo, trabajo, carro, comida, pero eso no me quita la necesidad constante de no conformarme sabiendo que todo lo material es prestado, que mi familia y mis amigos también se marcharán, pero entonces, de pronto, la sociedad me consume y quiero ser como ellos, superarme, tener más, ser más, vivo en esa lucha por no convertirme en un robot del montón, y en estos tiempos, es complicado.

Estoy buscando pistas... Quiero un nuevo orden mundial. Quiero un nuevo mundo, soy un simple cantante y mi pasión es escribir la vida al cantarla y cambiar al mundo al vivirlo. Soy todo y nada a la vez, porque aún no tengo ni puta idea de quién soy. Porque amo todo, cada cosa, cada detalle de mi existencia, pero nunca había amado a nadie en particular y de repente, el 2015 cumplió el deseo que pedí y logré enamorarme. Este es un diario de un amor que logró hacer que reviviera ante la vida y por eso, se los entrego.

PD: Soy yo, Christopher, el que no sabe quién es. Les dejo mis pensamientos, mi vida, mi diario, mi historia...

2 de enero - 6:00 p.m.

Sigo confundido, el año comienza y todo parece ir de maravilla pero, ¿realmente es así? Se supone que es un buen día, nos entregaron nuestro disco ¡por fin! después de tanta espera. Pero ahora que lo tengo, me pregunto si podré con mi música hacer un verdadero cambio. Sigo pensando que hay vida en las estrellas y lo digo en serio, ¿por qué no? Desequilibrados los que piensan que entre tanta grandeza, somos los únicos.

El sencillo promocional se titula: "Utópica humanidad", la escribí tratando de plasmar ese deseo de salvar a alguien que se cae, rompiéndose las rodillas contra la realidad, succionando el hedor de los altos exponentes mundiales. ¿Por qué mi odio? ¡No es odio, es resentimiento! Tengo antipatía al darme cuenta de lo que la mayoría sabe y prefiere evadir. Me quedo horas viendo lo imperecedero y termino deprimiéndome al oír las voces del universo, las voces que algunos quieren ignorar y solo claman por ayuda. Cada año mueren 5,6 millones de niños en todo el mundo y es por carencia de alimento ¿debería ser así? Además de los niños muriendo, el 20% de la población rica consume el 80% de los recursos mundiales, llevando a miles de personas a la pobreza extrema y destruyendo al planeta. Mi cigarro se apagó, y pienso en los 146 millones de niños que sufren de desnutrición y solo ruegan apagarse. Boto la colilla y recuerdo a los 1300 millones de pobres; que buscan entre miles de colillas, en medio del basurero, un pedazo de pan.

La gente se distrae pensando en los presidentes de su país y en sus necesidades personales. Seguimos dividiéndonos por territorios, una pequeña parte de esta partícula llamada "tierra", tiene dinero como para acabar con la miseria y seguir siendo millonarios, pero nadie les enseñó a compartir. Nadie hace nada, somos unos robots controlados por las marcas, por la televisión, por la publicidad. Vivimos para tener dinero, vivimos para alcanzar cosas, para tener éxito, conseguir casa, carro, mujeres, hombres y de pronto, entendemos que hemos dejado de vivir. ¡Tenemos que hacer algo!
— ¿Hacer qué?
—No lo sé, algo.
— ¿Pero dime qué?
—Yo trato con mi grupo de ayudar a la gente, de poner lo que tengo a disposición pero no sé si es suficiente.
—¿Por qué? —preguntó nuevamente, la voz de mi cabeza.
—Porque es grave y el planeta se está desangrando y han comprado al doctor, lo van a dejar morir con tal de succionarle el dinero.

8

DINERO, DINERO, DINERO, DINERO... ¡Cuanta contaminación! Nos convertimos en marcas y compramos marcas. Los humanos dejaron de tener la capacidad de pensar en los demás, somos una raza egoísta por naturaleza y yo quiero romper con eso y que no contamine mi aire y me vuelva igual a lo que tanto detesto. Por eso sigo en mi balcón, tratando de buscar una solución concreta para ayudar a las personas que están muriendo por falta de dinero mientras que otros tienen para 100 vidas, que tal vez no van a vivir.

Si pudiera pedirle al presidente del mundo, le pediría lo siguiente:

1. Que ningún niño duerma con la barriga vacía preguntándole al cielo: ¿Por qué estoy viviendo?
2. Que ningún anciano sea menospreciado por haberse convertido en "inútil" para una sociedad de mediocres insensibles que piensan que la juventud es eterna.
3. Apoyo para reinsertar a todos los indigentes que tomaron malas decisiones pero que no podemos sentenciar al olvido.
4. Que el mundo sea equitativo y ayuden a los países que no tienen nada, concibiendo que las fronteras son la peor creación y que deberíamos tener nacionalismo ante la tierra.
5. Que dejen de fabricar armas y fabriquen sueños.
6. Hombres, mujeres, homosexuales, bisexuales, transexuales, negros, blancos, chinos, bajos, gordos, niños, adolescentes, adultos mayores, animales y naturaleza deben ser tratados con los mismos derechos humanos.

Utópica Humanidad

Cuando pienses que tu vida no tiene sentido,
y no puedas hacer nada por cambiar tu presente.
¿Decidirás irte de este mundo?
¿Dejarás la vida por miedo a volverte a levantar?
¿Habrá alguien en el infinito que se sienta igual que tú?
Seguiré levantándome cada mañana y trataré de mostrarte el sol.
Y esperaré a enamorarte mostrándote mi utópica humanidad,
como cuando eras chico y disfrutabas estar vivo.

Estoy buscando un plano para mostrarte con dibujos
la maravillosa capacidad de los niños para fabricar sueños
aun viviendo en pesadillas.
Yo me enamoro de tu forma,

tu silueta me enseña que el mundo habita dentro de tu piel,
me enamoro de tus lágrimas y quiero mostrarte,
una utópica humanidad mientras rozo tus manos.
Cuando pienses que no puedes,
y la oscuridad nuble tus ojos…
Espera y busca signos en el color negro,
piensa en todos los que se han ido sin haber vivido.
Escucha en tu dolor y renace ardiendo en mi utópica humanidad.
Busco mostrarte mi amor,
busco mostrarte que las fronteras se irán,
que el presente apesta pero tú eres real,
que eres perfecta aunque no lo puedas notar.

Busco mostrarte que las fronteras se irán,
que el presente apesta pero tú eres real,
que eres perfecta aunque no quieras ser más.
Habrá un momento para descansar,
de tantas mentiras que buscan apagarnos,
de tantos besos que fueron quebrantados,
de tantos años siendo silenciados.
Ven conmigo a mi utópica humanidad.
Ven conmigo y volvamos a empezar.

15 de enero: Bebiéndome el tiempo
6:00 p.m.

Un café acompañando una tarde más. Un poco de calma y un poco de paz.

¿Qué pasa con el después? Corremos tanto que dejamos de ver.

El silencio protagoniza la ocasión, ¡cómplice veloz! Me preguntan por la tentación… pero si somos humanos ¿cuál es el error? Me preguntan por el amor… pasan demasiado tiempo buscando algo que ni siquiera quieren encontrar. ¿Cobardía? Es un intento de hallar para saciar lo que no quieren enfrentar. Mi consejo es dejar de buscar a alguien que pueda llenar las carencias que no se irán. ¡Me preguntan una vez más! A veces no sé qué contestar. Un humano jugando en la inmortalidad de las ideas constantes, de las creaciones inquietantes. La lluvia golpea suavemente mi lugar, hay tantos enamorados que sufren al verla llegar.

¿Qué pasa con la idealización? A veces somos adictos al amor efímero, nos enamoramos de una imagen, nos enamoramos de lo que creemos es. Pero no tenemos el valor para ir tras él. ¿Y tú? ¿Has lidiado con el amor platónico? Si es así, estarás anhelando mientras cae la lluvia, y querrás volver a intentar, porque prefieres seguir imaginando qué pasará, aunque si resumimos a acciones jamás te atreverás a probar. Prefieres que se quede así, en inconstante, en ladrón de suspiros, en protagonista de insomnios, pero no te atreves a invitarle un cigarro o un café, ni a pasear por la lluvia para hacerse preguntas que tal vez no querrán responder.

No quieres invitarla a tu vida, ni tú invitarlo a pasar. ¿De lejos se ve mejor? ¡Por supuesto! De lejos no hay error, son sólo sueños y es mejor soñar, porque aunque despiertes tendrás otra noche para idealizar. Cuando decidas probar, si es que acaso, en algún instante, querrás, recuerda no cambiar para gustar. A lo mejor dure un breve momento pero, ¿hay algo malo en lo fugaz? Un breve instante es sinónimo de eternidad. Un delicioso café para entender, me bebo el tiempo una y otra vez, y sólo puedo agradecer por estar existiendo en la mejor vida que he podido tener.

31 de enero: Despidiendo el ego
01:12 a.m.

No te ates a los recuerdos, no vivas del ayer, quiere tu presente hasta que lo deje de ser. El amor que se fue, te enseñó, debes dejarlo volar. Crees que extrañas a alguien que en presencia no querías amar. Amas lo que se ha ido por tu afán de retener lo que a tu lado ya no querías más. Tu ego decepcionado te hace soñar y envuelto en tristezas te lleva hacia atrás.

Tu corazón confundido no conoce la dirección, tus latidos se han ido, pero tu orgullo los reanima por no querer despedirte. La mejor forma de amar es dejar partir lo que no tendrás la capacidad de hacer feliz. No vivas llorando por lo que decidiste no querías para ti.

PD: Los recuerdos no se marchan, viven en tu interior. Tómalos con madurez y que no te roben la ilusión.

1 de febrero: ¿Quién soy?
8:00 p.m.

¿Quién eres? —me pregunté. Ocurre que me suelo perder. Tengo poco equipaje, pues nada me llevaré. Tengo mis sueños y me ayudan a comprender, en días como hoy, que no recuerdo quién soy. ¿Pero quién soy sino una hoja de las mil millones de hojas que caen del árbol para su renovación? Hoy soy la hoja, mañana tierra, pasado quizás un ave, después volveré a ser este humano al que le gusta enloquecer entre preguntas sin respuestas al anochecer.

—— ¿Quién soy? —— la voz de mi cabeza vuelve a repetir, sin ella mi vida no tendría un fin, me guía y me ayuda a discernir entre mis buenas acciones y la oscuridad que habita en mí. Yo no sé qué contestar, soy un hilo conectado a la vida. Soy la vida defendiéndose de lo injusto, soy la vida cambiando lo injusto para poder llegar a aquel peldaño de la verdadera humanidad.

¿Quién soy? Transformación.
¿Quién soy? Pasado y presente.
¿Quién soy? Luz y oscuridad.
¿Quién soy? Un sueño y un ideal.
¿Quién soy? Un hilo y una conexión.
¿Quién soy? Aquel que perdió su dirección.

¿Quién seré? El presente que construyo.
¿Quién seré? Las cuerdas que voy tejiendo.
¿Quién seré? Polvo de estrellas.
¿Quién seré? Aquel que aprendió a querer
sin poseer.
¿Quién seré? El rostro del ayer,
con la visión del ahora que tendré.
¿Quién seré? Aglomeración de pasado
convertido en presente.
¿Quién seré? El sueño que alcancé
o el nuevo rumbo que tomé.
¿Quién seré? Un muerto
que volvió a la vida,
después de abandonar el cuerpo.

¿Quién fui? El legado que dejé
para que pudieran construir.
¿Quién fui? Los corazones que
toqué y ayudé a conseguir.

¿Quién fui? El amor que sentí aunque tuve que partir.
¿Quién fui? Las almas que me marcaron
y me ayudaron a insistir en la persona que quería concebir.
¿Quién fui? La semilla que dejé para poder seguir
aunque mi cuerpo físico se vaya de ahí.
Me pierdo, me encuentro.
Un mejor humano
hace una mejor humanidad.

Saludo a la libertad,
mi pensamiento vuela,
vuelve y se va,
no lo encarcelo,
lo dejo volar.

2 de febrero: Escribo sobre el amor pero nunca he podido amar - 1:17 a.m.

Lo he intentado, sigo intentándolo, pero lastimo a quien me ama. Es injusto decir que no he amado, porque no es así. He amado muchas veces de diferentes maneras, pero de ahí a sentir las mariposas en el estómago y el temor a que jamás se marche, hace mucho tiempo que no lo siento, tanto que me pregunto: ¿alguna vez lo sentí?

14 de febrero: ¡Feliz San Valentín!

Un gran corazón de fuego en el cielo encima de mi jardín, y una chica que acompaña mis días, le preparé una gran sorpresa y convertí este día en su mejor San Valentín, pero cuando leo lo que escribí hace dos noches me pregunto: ¿En qué falsedad he convertido el amor?

Si la quiero, todos me dicen que no la quiero como me quiere ella a mí, pero realmente la quiero. Solo que para mí, el amor debería ser nadar en el cielo con un beso y aunque la quiero, no me hace nadar en las nubes, no siento las mariposas, y me frustra enamorarla sino soy capaz de poderla amar.

Quiero amarla mientras toma mi mano, quiero hacer que sus días sean hermosos y su sonrisa nunca se desvanezca pero... ¿en algún momento podré sentir eso? Mi sonrisa se desvanece y el día de los enamorados terminó. Son las 11:58 pm y en dos minutos he pensado mil cosas sobre el amor. Ella se merece a alguien que la haga nadar sobre las nubes y la suba

13

al cielo, ese puedo ser yo, de hecho lo soy. Pero también quiero sentir lo mismo, entonces no entiendo ¿qué es el amor? Si pudiese escoger amarla lo escogería sin dudar pero son las 11:59 y aún no sé amar.

PD: El amor no son tantos "pero", el amor son más soluciones.

16 de febrero:
¡Un sueño realizado! - 5:00 p.m.

En dos meses será el lanzamiento de mi disco y las preguntas no se han ido, siguen en mi cabeza y es esa la razón por la que escribo, es una terapia que me ayuda a salvarme de una realidad que me mata. Empecé a escribir pensando que podría drenar mi interior, vivo y escribo lo que vivo, pero me sigue preocupando el hambre, la sociedad que nos corrompe y nos distrae para no ocuparnos de lo esencial. Se matan como bestias hambrientas, hay envidia, hay mezquindad, hay gente que muere de hambre, otros mueren de amor y yo, soy adicto a pensar que todos somos alma y que hay algo más.

Hoy me dijeron que pienso demasiado. Pasamos la mañana y parte de la tarde en mi casa, pero yo pasé todo el día absorto, tirado en mi hamaca, viendo el atardecer con unas copas de vino mientras ellos se divertían con unas cuantas amigas. Al final del día, cuando el sexo agotó y nuestras acompañantes de instantes se fueron, solo se quedaron mis tres mejores amigos, Lucas, Carlos y Daniela.

—Nosotros disfrutábamos y tú meditabas, que absurdo. Hubieses tenido a la que quisieras, solamente estaban esperando a que escogieras. ¿Qué pasa contigo? Lo peor es que eso les encanta, esa parte tuya entre engreído y humilde que cuadra con todo —dijo Lucas victorioso, alardeando de su tarde de sexo, al mismo tiempo en que se ponía la camisa para luego destapar una cerveza.

—Agradece Lucas, agradece. Solo en estos tiempos cuando Christopher está ausente es que puedes llegar a segunda base, porque cuando está en el juego no le gusta compartir. Así que termina de vestirte y agarra el ego que está volando —indicó Daniela riéndose y quitándole la cerveza de la mano.

—Llegué a tercera, para que sepas, no para que llegues a tu casa a masturbarte imaginándolo —respondió Lucas molestándola, mientras la abrazaba a la fuerza para quitarle su cerveza.

—Lo mejor que has podido hacer es la piscina, nos da un plus muy especial, así que por mí puedes estar ausente todo lo que quieras. Al final, siempre tiene que haber alguien intelectual, interesante, raro, tonto, ensimismado, autista…

—Pero encantador, ésa es la diferencia. No como tú, Carlitos, que se nota que tenías un verano intenso, estás como nuevo después de diez minutos en el cuarto, porque ni siquiera fue que duraste mucho, además…

—Daniela quería seguir fastidiando a Carlos pero él no se dejó, se le acercó lo suficiente para taparle los labios con suavidad y quitarle la palabra.

—Si no fueras lesbiana pensaría que te gusto. Es que no sé, la forma en que me miras, hablas mal de mí con todos, e incluso hasta intentaste contarme el tiempo, pero te aseguro que diez minutos no duré. Me hubieses dicho Dani y te invitaba a pasar.

—Si no fuera lesbiana serías el último con quien me acostaría, y no porque seamos muy amigos, sino porque eres un patán

—¿Vamos a ir a los kartings? –pregunté, cambiando el tema.

—Sí —contestó Daniela—. Reservé la pista de carros por dos horas.

—¿Por fin conoceremos a la famosa incógnita que robó tu corazón? —preguntó Lucas, acercándole una cerveza a Carlos.

—Quiero conocerla más antes de presentárselas. Por ahora les digo que es la primera vez que alguien me gusta tanto —contestó.

—¿De verdad prefieres a una mujer qué a un hombre? No entiendo Daniela, seguramente ningún hombre te hizo el amor como es —protestó Carlos, sin pensar en las consecuencias.

—Me retiro, no voy a estar soportando ese tipo de comentarios toda la vida.

En pocos minutos estaba montada en su carro, con sus lentes y su estilo peculiar que enamora a simple vista. Carlos no pudo controlar sus celos, al perder a la chica que quiere sin haber podido intentarlo. Lucas, salió detrás de ella pero yo ni siquiera me inmuté, la conozco lo suficiente como para saber que no va a volver.

PD: No tendremos día de Kartings gracias a Carlos.

19 de febrero:
Escuchando al árbol - 4:37 p.m.

—¿Qué buscas? —preguntó el árbol suavemente.

—El problema no es lo que busco, el problema es si estoy preparado para encontrar.

—¿Tienes miedo? —respondió el árbol mientras el caminante se detenía.

—Tal vez, —contestó dudando.

—¿A qué le temes?

—Le temo al final, al final del arco iris y al comienzo de la verdad. El problema de encontrar son las miles de puertas abiertas en un mundo que impide hasta abrir las ventanas.

—¿Tan pronto y con ganas de huir? —le dijo el árbol al caminante con sarcasmo.

—No huyo, estoy iniciando mi viaje para encontrar. ¡No huyo!

—Esconderse es igual que huir. Vivir detrás del árbol no significa querer la naturaleza. Ir a buscar preguntas no significa desviarse por recelo a encontrarlas. Por eso te pregunto, ¿verdaderamente estás listo para continuar?

—Sí.

—Entonces entiende el silencio, comprende tus ojos, controla tu boca, conserva del mundo ese lugar precioso. No te ahogues pudiendo nadar. Siempre será mejor enfrentar los miedos que voltear, con la intención de ignorar. Busca y sacia tus dudas, ama despacio, ama veloz. No olvides lo que has sido, pero recuerda quién eres para que en el futuro incierto, no seas un extraño frente al espejo con un mundo interior apagado o tan encendido que pierdas de vista lo básico. Escucha las voces, las miles de voces que te inspiran, que te incitan. Cae en la tentación de tu piel pero no cedas el control por completo. ¡Consigue el equilibrio! Y sal del árbol para que escuches a los demás. No permanezcas mucho tiempo en un lugar por miedo a indagar. Atraviesa la línea que encarcela tu alma. Olvida el ego, aléjate de la envidia y libera el orgullo.

»No controlamos el tiempo, ha empezado a controlarnos. Pero por ignorarlo, ignoramos que todo es fugaz. ¡Haz lo que amas! Busca lo que te grita en sueños. Enamórate de la vida y del perdón. Y no dejes lo que quieres hacer por pánico al fracaso, fallamos cuando dejamos de intentarlo. Busca a quien quieres buscar y aléjate de quien te impide seguir avanzando. Lucha por tus ideales y olvídate del mañana, quizás esté apurado y no pueda esperarte. ¡Levántate! El viaje ha comenzado.

1 de marzo: Dándole la bienvenida a una nueva oportunidad - 8:00 a.m.

Y de repente, le cantas al mundo, sabiendo que no sabes cantar.

Y de repente, te crees con la total capacidad de mejorar el mundo, de tener un equipo de soñadores que prefieren la naturaleza al dinero, que prefieren el amor a la guerra, que prefieren no dividirse por fronteras.

Y de repente sabes, que todo está en conexión, la luna y el sol, las estrellas y la noche, los humanos y las diferentes especies de animales, que son como nosotros, que respiran y viven, y que quizás, saborean con frecuencia la felicidad. ¿Hacia dónde vamos en un mundo de descontentos, liderado por poderes?, ¿Hacia dónde vamos si no existen escuelas para el alma?, ¿Hacia dónde vamos sin rumbo? Olvidando la pasión, queriendo hacer todo por interés individual y satisfacción personal. ¿Por qué no inventamos otro camino? Despierto con las ganas profundas de revolucionar mi corazón para conseguir más soñadores que se unan en una misión colectiva ¡Renovar la civilización!

Me pongo la ropa de la esperanza para salir a trabajar por mis sueños. Pero ya va, no te confundas, no trabajes en lo que odias por seguir un parámetro lineal. ¡Si podemos construir un universo ideal! El planeta pide nuestra ayuda. La luna confía. El viento me saluda con el café y yo con mis mascotas entiendo que no me rendiré. ¿Si fallo?, ¿qué perderé? Habré gastado mi vida con el mayor placer, una fantasía y ganas de crear un virus de amor que haga despertar. ¿Quién soy? Un simple humano con vocación, me despierto queriendo mejorar, queriendo restablecerme, queriendo continuar, queriendo comenzar, queriendo dejar atrás lo que va mal. Si me caigo mil veces, me haré un experto al caminar. Mis cicatrices marcarán la aventura hermosa que me permito alcanzar.

PD: Transición, proceso, comienzo, evolución. Amanezco hablándole al sol, le escribo al silencio las palabras que brotan de mi interior.

5 de marzo: Flor deshidratada
1:17 p.m.

—Te amé tantas veces, —dijo una voz quebrantada.
—¡No fue suficiente! —respondió una flor deshidratada, segundos antes de morir.

A veces amamos demasiado tarde. Tan tarde que las espinas de la rosa matan el corazón. Tan tarde que olvidamos que el sol quema y que el amor se muere si no se riega con ganas, con paciencia, con dulzura y con pasión. Olvidamos valorar y recordamos que amamos cuando es demasiado tarde. El amor que la flor sentía murió cuando dejó de respirar, en ese instante entendió, que —en ocasiones— lo que amas puede lastimar hasta matarte. Muy tarde para volverlo a intentar, muy tarde para enamorarnos del amor después de verlo marchitar, muy tarde para memorias rotas, la flor falleció... renacerá en una estrella y conseguirá otra ilusión.

Esperemos que en ese momento, no la amen a destiempo y la ayuden a comprender que es necesario morir para renacer, que en otra estrella está el infinito vestido de un nuevo querer.

12 de marzo: La semilla no sabía que la primavera tardaba - 3:03 p.m.

Paciencia, le decía el tiempo a la semilla. Paciencia, le volvía a repetir. La semilla rebelde, incapaz de escuchar envidiaba a los árboles, quería crecer, quería conocer en lo que se iba a convertir. Una semilla queriendo ser grande, anhelando la etapa de madurez. ¡Quiere ser exitosa y que todos la puedan ver! Cuando las gotas de agua la rozaban no disfrutaba el espectáculo, anhelaba más; ¡Muchas gotas de lluvia que la pudieran saciar! Cuando el sol brillaba para ayudarla en su evolución, ella se quejaba, codiciaba toda su atención, no pretendía compartir sus rayos con las demás semillas de su alrededor. Impaciente, la semilla quería dejar de ser insignificante, no veía su belleza, no veía su grandeza.

Su existencia daba vida a otras vidas pero ella no lo sentía. Confundió grandeza espiritual con grandeza física y de esa forma dejó de valorar. El cielo decidió darle una lección, la lluvia y el sol serían solo para ella. Tendría atención especializada cada día. ¡La impaciencia de la semilla cesó! Empezó a dar frutos pero de tanta lluvia, se empezó a ahogar. De tanto sol, seguido de la lluvia, se empezó a quemar. Se ahogaba y se quemaba mientras las otras semillas iban creciendo velozmente hasta que el cielo le explicó:

—Desperdiciamos nuestra vida deseando con envidia lo que podemos tener si somos capaces de trabajar y de ser pacientes. Quitarle algo a alguien para triunfar solo traerá futuros fracasos. Estropear el proceso de alguien para llegar más lejos te impedirá disfrutar el camino. El éxito es efímero para los ventajosos, que utilizan su comodidad para hundir a quienes podrían ayudar.

»No te quiero ahogar, no te quiero quemar. Solo quiero enseñarte sobre la humildad. De tanto añorar, tuviste el deseo que querías y lo que deseaste te está matando. Disfruta ser semilla, luego, cuando seas un gran árbol, lo extrañarás. Todo pasa en el segundo exacto, déjate llevar. La hermosura es interna, lo irás descubriendo.

Ahora me despido, querida semilla, lo hago dándote una segunda oportunidad. Escucha al tiempo, te casarás con él.

El silencio latente se apoderó del bosque, y la semilla decidió volver a comenzar.

13 de marzo:
¡Llegó la primavera!

Ya sé que aquí en Venezuela no hay cuatro estaciones, pero para mí si las hay y en mi casa llegó la primavera. La naturaleza me acompaña, estoy viviendo solo, asumiendo retos, esforzándome por ser más organizado, aunque aclaro, no estoy solo, vivo con mis dos perros y con dos gatos que forman parte crucial de mi crecimiento. Vine temprano para disfrutar de la primavera. Se acerca abril, y he entendido que aunque no consigo ese amor con el que sueño, el amor que me estoy dando hace que pueda sentirme bien. Sin embargo, soy como la semilla, quiero ir muy rápido y no disfruto el momento. ¿Realmente qué es vivir? ¿Qué hay más allá del cielo? ¿Quién nos permite estar aquí? Todas estas preguntas vuelan en mi cabeza; mi café se prepara y me espera una hamaca, mi balcón, mis flores, mis animales y también mi guitarra.

¿Qué es la vida sino hacer lo que amas? Me siento inspirado, y a pesar de estar aquí, en mi casa silenciosa, acompañado por el canto de los pájaros y la libertad de mis gatos —que me quieren a ratos—, no me siento solo.

Huimos de nosotros esperando encontrar quien cure nuestras cicatrices, quien barra nuestros miedos, quien nos saque de la realidad. Pero el amor no es una droga y la soledad sabe escuchar.

Querida soledad, esta carta es para ti.

Cuando me rozabas, otro trago llegaba y te ahuyentaba. Tú tratabas de sanar mi corazón, yo te alejaba en labios sin amor. Me embriagaba en placer para no comprender y cada mañana después del después, tocabas mi almohada y no te quería ver. Mis lágrimas corrían, y tú, paciente insistías. Amigos a cada instante y miles de chicas eran mi distracción. Quería olvidarme de mi propia voz.

19

Soledad, sabes escuchar pero no sabía que podías hablar. ¡Me sorprendiste! Te metías en mi interior y hablabas a través de mi voz.

Me fui conociendo, fui leyendo viejas hojas perdidas, en libros que nunca pensé que abriría. Fui caminando en el silencio y aprendí sobre los versos. Mis amigos siguen aquí, no se han ido, pero ahora no los utilizo para no encontrarme, son mis aliados en este viaje de explorarme. Estoy tratando de no beber para olvidar, entendí que hay cosas que debo recordar. Ya no huyo de mi pensamiento, lo transmito a través de mis canciones. Ya no quiero romper corazones por no saber amar y es gracias a ti, querida soledad. Tu esperanza me la regalaste, y yo a cambio, solo pude ofrecerte rechazo.

Ahora eres mi mejor amiga y quiero confesarte que quizá, estoy a punto de vivir una linda historia de amor, una que no es necesidad, satisfacción o posesión.

PD: La historia de amor de la que hablo tiene nombre, se llama como yo.

21 de marzo: Un viejo amor

Estoy sentado en silencio, me tomé el día libre y tuve la oportunidad de conversar con alguien especial. Alguien con quien pensaba no volvería a hablar. Fue muy breve nuestra historia y nos dañamos muchísimo, pero fue tan corto que no es del tipo de amor que recuerdas. Estoy en mi balcón y llueve como si el cielo sintiera nostalgia y yo acompaño su soledad mientras ella acompaña la mía, en la distancia. Se mudó a Dinamarca, pero no le gustan las despedidas, así que no me lo dijo. Tampoco estoy triste, solo disfruto un café y pienso en todos esos amores que tenemos y olvidamos, o creemos que olvidamos por temor a recordar.

25 de marzo: ¡Basta!
7:00 p.m.

Basta a lo que nos lastima, al resentimiento oculto y repentino que nos hace quedarnos donde nos sentimos muertos. Basta al placer de convertir en temor las pasiones y creer el amor como sinónimo de decepción, como sinónimo de tristeza, como sinónimo de desesperanza. Eso ocurre por nuestras caídas anteriores, nos hacen huir de lo actual por miedo a volver al hueco del que hemos salido con aquella despedida. Ultimamente el ser humano se cree más listo con esa capa que lo protege, por no saber separar, amor de equivocación. Tu inmadurez, es culpa tuya, no culpes un sentimiento puro por traición personal, por traición individual. Se traicionan, juegan, se lastiman, se aman mientras se mienten. Se acuestan en la misma cama pensando en alguien más, huyen de sus emociones, viven en una relación por miedo a la soledad.

Digamos: ¡Basta! Basta al trabajo que odiamos, a la costumbre que nos mata desde adentro. ¡Basta a la relación contaminada de la que tanto cuesta salir! Basta de mirar con ojos de esperanza lo que está marchito.

Basta de mentirte a ti, pero ya va... ¡no confundas cansarte, decir adiós a lo que te daña y volver a comenzar con volverte ciego, con volverte mudo, con volverte un caparazón e inundarte de tanto miedo! Dile basta al temor de volver a empezar, comienza de nuevo acomodando lo que hiciste mal. ¡El amor nunca será un error! El error está en algunos enamorados.

Ya es hora de asumir y dejar de fingir. Así es la vida y afortunadamente sigues viviendo. ¿Eres la víctima?, ¿o quizás eres el victimario? Recuerda: No hay uno sin el otro, ser víctima acarrea ser victimario. Vive con tranquilidad, sin que te minimicen y sin minimizar. ¡Siempre hay tiempo! Porque el tiempo no es real.

PD: ¡Vuelve a intentarlo!

27 de marzo: ¡La gran fiesta!
10:43 p.m.

Mi casa se viste de diversión para esta noche. Ya todos llegaron y estamos decorando con velas, con máscaras que cuelgan y con antorchas. En el balcón que da hacia el patio recibimos los equipos, las luces y a los dj invitados. Una fiesta privada, esperamos a 70 personas pero seguramente serán 300. Cada chica con la que salgo me pregunta lo mismo, ¿por qué si tienes todo te llenas de banalidades? Y yo les respondo, que entre frivolidades y profundidades soy feliz. Un pequeño equilibrio que tienen que aceptar, o no, pues siempre pueden quedarse o irse.

Mis amigos son inigualables, somos como hermanos, estamos llenando la ciudad de poesía, música, pinturas, proyectos y sueños, pero al mismo tiempo ¡vivimos entre banalidades! La fiesta es de máscaras y estamos todos organizándola. ¡La noche en la que las miradas hablan y los besos llueven!

PD: No sé por qué sigo escribiendo este diario, pero sí sé por qué empecé a hacerlo. Todo empezó porque cada día escribo para mi instagram y de ahí la conexión con los desconocidos y mis ganas frecuentes por plasmar lo que siento.

PD1: Soy feliz haciéndolo.

PD2: Cuando no escribo, o paso días sin escribir es porque me estoy encontrando, estoy viviendo, y estoy organizándome para volver a hacerlo.

PD3: Nada puede ser forzado, lo forzado sale mal.

28 de marzo: Descontrol de primavera

Hasta las 11 am, estuvimos despiertos, más de 200 personas vinieron a mi casa. Fue un éxito de fiesta, pero el vacío sigue aquí. Mi conversación de la mañana me sirvió mucho, estuve charlando por horas con una amiga, que aunque sé que le gusto, siempre está para mí. La plática se basó en mis anhelos. Es decir, quiero dedicar mi vida a demostrar que es posible una mejor humanidad, pero también quiero vivir una vida con alguien, que no me quite mis libertades, que entienda que me propuse un reto grande, pero que me ame y yo la ame también.

Debo confesarlo, estaba bajo los efectos de las sustancias, me había comido un LSD. Viajé a otras dimensiones tratando de mantener el control. La fiesta fue una victoria, pero mi mente estaba en otro planeta, y en el viaje que tuve llegué a una conclusión:

No pasa, no siento.
No pasa, sigo aquí.
¿Soy feliz?

Ayer fue un descontrol, la gran celebración, la gran vida, la primavera continúa pero se acerca abril y yo sigo esperando algo, sin saber qué es. Ya mis amigos se fueron, yo sigo aquí, solo me acompaña la guitarra y esta vez no quiero café, quiero ver más allá del cielo para ver si veo a través de mí, para ver si entiendo por qué tengo tantos vacíos, por qué tengo que llenarlos con cosas externas. No quiero ser la dualidad eterna, no quiero ser luz y oscuridad, pero de repente lo olvido y vuelve a pasar:

¡Soy lo mejor de ambos mundos pero con suerte y talento!

31 de marzo: El corazón que encarcela no sabe amar - 6:00 p.m.

No temas abrir la jaula,
ten miedo de encerrar tu alma.
No tengas miedo de la libertad,
el corazón que encarcela no sabe amar.
¡El amor tiene alas, déjalo volar!
Pero tampoco cierres la puerta para cuando quiera regresar.

Tienes dos opciones: cerrar la jaula que encierra tu corazón, porque el pasado te defraudó, o abrirla y con ella dejar independiente tu ilusión. ¡Tampoco confundas amor con posesión!

Si encierras lo que amas perderá su identidad. Toda alma tiene derecho a la sensación de saltar, de vivir cayendo, de aprender a fallar. ¿Cuántas alas te rompieron para que decidieras dejar de volar? Abrir la puerta es abrir tus emociones, quitar la cerradura, ser parte de tanta hermosura.

Crees que eres el dueño de la jaula, cuando te has convertido en prisionero, escondiste las llaves hasta de ti. Tienes que buscar en tu ser para conseguirlas. ¿Cómo esperas que te amen si ni siquiera tú, te has tomado el tiempo para poder amarte?

¡Abre la jaula! Pero ten cuidado, también nos encarcelamos ahogándonos en tanta libertad.

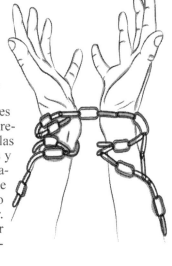

Eres tu propio juez, deja libre el pájaro que es tu yo interior, pero no pongas candado para que regrese con el aprendizaje, para que regrese con las alas rotas, para que regrese con amores perdidos y entonces, ten la capacidad de brindarle las herramientas para volver a saltar. Después, sabrás, que ese amor que esperabas, te estaba esperando pero que no estaban preparados para poderse hallar. Ahora, cuando se encuentren, tendrán que superar una dura misión: ¡No encarcelarse juntos alegando que así es el amor!

PD: El corazón que encarcela no sabe amar.

1 de abril:
¡Disfrutando la primavera!

Sé que no soy perfecto, pero está creciendo la flor de mi interior. He lidiado con críticas por mi dualidad, soy el intermedio entre el bien y el mal. Canalizo mis sentimientos, despedí a mi hermano sin opción pero construí sueños con la inspiración que me dejó su despedida. Antes, no tenía un grupo musical, era un dúo. Éramos él y yo. Ahora tengo un disco, estoy creciendo, mis canciones inspiran, pero todo es gracias a él, que al despedirse, contó lo que ahora sabe mi alma. Sin embargo, me pierdo en la oscuridad queriendo olvidar. Las lágrimas salen de mí en las noches tristes y aunque piensan que tengo una vida perfecta, para mí la perfección estaba en los días acompañados del ángel que me cuida desde cielo.

Pastillas para no pensar, cigarros de felicidad, ¿qué importa? La vida es breve, todo se va. Por un tiempo esa fue mi excusa, no limitar la maldad de la bondad, pero no hago daño más que a mí. Vivo mi juventud pero los vicios me persiguen aunque la luz insista. Otra tarde dedicada a ti, escribo muy lento queriendo desaparecer de mis dedos las cicatrices, pero siguen ahí.

PD: Son las 5:45 de la tarde y nada me llena aunque sé que la flor de mi interior está creciendo y la primavera me acompaña.

2 de abril: ¡Quiero estar solo!

No puedo seguir en el mismo sitio, en el mismo rincón, en el mismo espacio, en la misma puta zona de confort. Quiero volar lejos del pasado, lejísimo del futuro pero muy cerca del jodido presente, que viene un segundo para convertirse en etéreo, para vestirse de rostro, para irse al ayer sin preguntar por el ahora. Ya no puedo seguir viviendo de lo que era, de aquellas calles oscuras que formaban parte de mí y hoy las valoro, pero no las necesito, las alejo para convertirme en mi nueva sombra.

Necesito nuevas personas, necesito nuevos instantes, nuevos momentos, nuevos segundos minuciosos del reloj golpeando el ahora. Necesito disparos, ¡disparos de amor que rompan mi apatía a sentir! Necesito vivir sintiendo y no morir tratando de imitar un sentimiento por golpes de ego. Necesito amar porque de verdad lo siento y no por compañía, no por síntomas de estúpida cercanía, que hagan que me sienta vivo. Quiero viajar al espacio y despertar en mi cuarto.

¡No hay nadie! Estoy totalmente solo y perfectamente acompañado por mi propia compañía. En mi cuarto abunda la esperanza de no querer por querer; de no abandonarse por miedo a perder. No necesito vivir del orgullo y querer a alguien para imitar sus falsos anhelos, cargados de faltas, cargados de velas sin prender, cargados de mares sin barcos... cargados de ti, sin mí.

PD: La noche es larga pero no toques a mi puerta, no voy a abrir.

4 de abril: Tercer día sin salir

Nos acostumbramos a la situación precaria, nos acostumbramos con desgana, a lo que nos molesta. Seguimos ahí en la costumbre absurda de quedarnos donde no somos felices. ¿Por qué? buena pregunta, ¿por qué permaneces pudiéndote ir?, ¿sigues dónde no te quieren hasta que dejas de quererte?, ¿por qué aceptas menos de lo que te mereces?

Nos acostumbramos a muchas cosas pero principalmente somos adictos a la costumbre. Pequeñas circunstancias hacen tu vida monótona y terminas creyendo que la monotonía es la estabilidad, ¡falso! De repente pestañeas y ya no estás en los veinte y descubres que pasaste tus mejores años tratando de ser alguien que no eres, viviendo de vanidades y llorando por alguien que nunca lloró por ti.

La vida es un viaje y no nos damos cuenta, nos anclamos a lo que sea que permita que nuestra existencia tenga algún sentido, somos adictos a creer en algo pero muchos son incapaces de creer en ellos mismos. No es que sea ateo, es que creo en Dios y lo traigo con mis acciones al mismo tiempo en que otros, creen en él pero mantienen su cotidianidad llena de odio, de pensamientos negativos, de envidia e incapacidad para ayudar a los demás.

Vivimos en un mundo donde nos ahogamos con dinero y aun estando muertos, hay quienes siguen coleccionando más. Hay quienes dedican su vida a tener, dicen que su misión es comprarse una casa, un carro y tener éxito y yo siento que son un fracaso. Porque si vivimos para obtener cosas y somos incapaces de convertirnos en amor, eventualmente será una existencia perecedera que se perderá en el viento y no será recordada.

Me gustan las personas auténticas, que viven entregando su 100% a la tierra sabiendo que se retiraran de ella. Me gustan los inadaptados que hacen lo que aman y no lastiman a nadie al hacerlo. Me gustan los de metas grandes, los que se esfuerzan por cambiar el universo y se preguntan: ¿de dónde proviene el tiempo? Me gustan los emprendedores que no sienten temor de que otro los supere y se alegran de los logros ajenos.

PD: La gente que más me gusta es la que ha fallado, ha sido lastimada, ha llorado, ha visto cosas terribles, y sin embargo, no ha perdido su capacidad para seguir amando.

5 de abril: Me exijo recorrer las calles y valorar estar vivo - 10:58 p.m.

Mis amigos están esperando que salga, ya no quieren excusas. Yo quiero ver personas, quiero ver caras, quiero encontrarme con alguien especial. Nos contrataron para cantar en una cafetería cada semana, es una buena oportunidad para empezar, para agradecer y hacer lo que amo.

Además, acabamos de sacar nuestro disco y yo no sé por qué he estado tan disperso, hay algo que tengo, algo adentro, pero no entiendo qué es, algo que me impide disfrutar el presente y aunque lo escribo, mi conexión parece que es solo al escribir. Tengo apatía, no quiero seguir haciendo lo mismo, estoy cansado, pero hoy me exijo recorrer las calles y valorar estar vivo. Voy a cantar y a disfrutar de mi sueño, apenas estamos empezando y tenemos admiradoras, tenemos personas que disfrutan de nuestra música.

PD: siempre supe que sería difícil el comienzo, pero el comienzo es lo más emocionante.

6 de abril

Son las 3:00 de la madrugada y no tengo libreta ni máquina de escribir, solo tengo mi celular. Otro tequila viene... otro tequila se va. No estoy en mis 5 sentidos pero quién dice que hay que estarlo siempre. Me fui a disfrutar y eso estoy haciendo. Ya lo decidí, mañana comienzo de nuevo, ahora me corresponde hacerle el amor suavemente a la vida y hacerle el amor más rápido y con más fuerza a una morena de ojos verdes, que tengo en frente y que hará que me guste más mi edredón de plumas, que aunque sintéticas, parecen bastante reales, tan reales como mis amores efímeros de una noche, que no están nada mal.

¡Gran noche! Definitivamente una de las mejores. ¡Lucas! Nuestro gran amigo Lucas tiene una historia con un hombre. Mañana lo negará pero yo lo vi claramente. No importa que lo niegue, en realidad no sé si decirle que lo vi o quedarme callado y esperar que sea él quien diga la verdad, pero me espera la morena y debo apurarme.

Daniela nos presentó a Angélica, por fin la conocimos. De ellas, lo único que puedo decir es que se quieren y más allá de lo que diga la gente prefieren callar al mundo y vivir su amor, que estar escondiéndose como si hicieran algo malo. Angélica es irreverente, tiene mucha actitud, es elocuente, chistosa, y trata a Daniela como una princesa. Pronto les contaré más de ellas y claro, de los celos de Carlos, que hoy cantó como nunca y que ha bebido más tequilas de los que debería. Aunque no dice nada, sé que le duele y debe fingir, porque en el fondo sabe que la persona que ama está feliz.

PD: Mientras Carlos quiere a Daniela, Daniela quiere a Angélica y Lucas las quiere a todas pero realmente quiere a Daniel.

Seré breve: Disfrutando el show.

6 de abril: ¡Escapándonos de la rutina! - 5:00 p.m.

Queríamos un día diferente para hacerle trampa al tiempo... estamos limpiando las playas, con buena música y unas cuantas cervezas que hacen nuestro trabajo ameno. ¡No cortes la flor, ayuda a sembrarla!

Nuestro movimiento sigue integrando a jóvenes y nosotros seguimos conociendo gente nueva. 32 personas nos acompañan a recoger los desechos de nuestras espectaculares costas, ayudando con buena vibra, conociéndonos, divirtiéndonos, pasando un día totalmente distinto pero no menos entretenido. Buscamos demostrar que hacer cosas positivas no te resta, ni te hace menos relevante, todo es cuestión de actitud y el día ha ido de maravilla. Sin embargo, Lucas está distante, es el único que en vez de recoger la basura está adentro del mar. Dice que se siente muy cansado para ayudarnos, que se acostó muy tarde y quiere estar solo. Decidió irse en el carro de Daniela y creo que me está evadiendo, pero pensé que no sabía que lo había visto con un hombre. Por mi parte, no le dije nada sobre el tema, ni siquiera es mi problema y él se ve realmente incómodo, no ha dejado de fumar marihuana, ni de estar hostil. Supongo que debo dejarlo tranquilo y esperar que se le pase.

PD: La verdad duele pero más duele aceptarla.

7 de abril: Pijamada mixta - 9:00 p.m.

Quería una noche para estar solo, tomarme un café, preparar comida y quedarme leyendo. Mis planes iban bastante bien, hasta que Daniela tocó la puerta, no esperaba ni quería visita. La recibí en bóxer pensando que estaba sola, pero cuando abrí me sonrojé, vino con Michelle, otra amiga del grupo. La buena noticia, es que me trajeron pizza, la mala, es que quieren mis consejos y convierten mi martes en una pequeña pijamada mixta.

—No te esperaba —reparé, poniéndome la camisa.

—Me gustan las sorpresas —contestó Daniela, acomodándose.

—Qué bueno verte Mich, ¿quieres algo de tomar?

—Vodka doble, mi vida.

—Es martes, mañana tengo que ir al estudio temprano. Me están ofreciendo un programa de televisión para hablarle a las personas y quiero estar sobrio. Te puedo ofrecer un vinito mejor, ¿quieres?

— ¿Para qué otra cosa sería el programa de televisión, sino es para hablarle a las personas? —dijo, burlándose—. Te acepto el vino pero cuéntame más sobre el programa. ¿De qué vas a hablar?

—De la vida, del arte, de la música. No sé ni por qué me quieren.

—Eres uno de los mejores periodistas del país, eres guapo, un poco loco, será un éxito —expresó Michelle coqueteándome.

—Me preocupa que no funcione.

— ¿Qué es lo que te asusta si no funciona? ¿El fracaso? —preguntó Daniela abriendo una bolsa de papas para ponerse su gorro con orejas, lista para la pijamada

—Es mi sueño y me da miedo fallar —dije con ganas de explicarles verdaderamente lo que me preocupaba, pero Mich me impidió continuar—

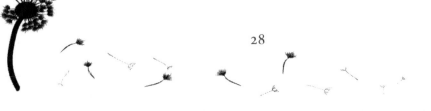

Si fracasas lo vuelves a intentar. No dejes que el miedo te quite las ganas.

—No lo hará, Chris es persistente, lo que le falta es tener más paciencia y confianza pero las tendrá. Ahora quiero contarles algo, pero no quiero que digan nada.

—Chisme, chisme, chisme —dijo Mich riéndose—. Christopher, llevo todo el día esperando que esta mujer me cuente, pero no quería decir nada hasta que estuvieras tú —repuso con entusiasmo.

—Cuéntame princesa, ¿qué pasó? —pregunté.

—Necesito discreción. Ayer pasó algo y siento que si no se los digo me voy a morir de la culpa.

—Habla de una vez, te lo ruego, me tienes loca de la intriga —insistió Michelle, impaciente.

—Carlos me besó y le contesté el beso.

— ¡Yo sabía que era eso! ¡Qué escándalo! —exclamó Michelle, levantándose de golpe, al mismo tiempo en que Daniela se tapó los ojos con el gorro, avergonzada.

—Me dejas estupefacto Dani, no me lo esperaba pero, ¿qué sentiste tú? —le pregunté tratando de proporcionarle la confianza de abrirse con nosotros, cosa que al parecer no hice con Lucas.

—Me siento como una mierda Chris, estoy empezando a salir con Angélica y me encanta su cuerpo, su personalidad, sus ojos, su forma de ser. Es lo que siempre había esperado.

— ¿Por qué lo besaste, entonces? —volví a preguntar.

—Ganas acumuladas, el alcohol, curiosidad, rabia, no lo sé.

— ¿Volverás a ser heterosexual? —preguntó Michelle, nuestra amiga rubia y vanidosa, pero a la vez tierna y de buen corazón.

—No se trata de si eres homosexual o heterosexual, fue algo de momento. ¡No estoy confundida, estoy enamorada de Angélica!

— ¿Se tocaron? —indagó Michelle, discretamente.

—Un poco.

— ¡Me estás matando con esta noticia, amiga! —continuó Michelle, mientras yo, me quitaba la camisa, con ganas de servir la pizza y retirarme a mi estudio.

—Chamo, pero tú estás como para comerte enterito, podemos seguir el juego de Carlos y Daniela de no respetar las amistades —repuso Michelle riéndose, con actitud seductora.

—Me gusta la idea, podemos empezar esta noche en mi habitación, cenita a la cama, un masaje en la espalda y lo demás se ve después —respondí enseguida, sin saber que lo que empezó como un flirteo terminaría en acción.

—Les estoy contando algo serio. No sé qué hacer ni cómo va a reaccionar él, necesito su ayuda —intervino Daniela, solicitando atención.

—Debe estar emocionado, ha estado enamorado de ti toda su vida —contestó Michelle.

—No quiero que se emocione, quiero que lo olvide porque no significó nada para mí.

— ¿Te ha escrito? ¿Lo has visto? ¿Cómo se ha comportado? —preguntó Michelle, llenándola de preguntas.

—Me escribió un mensaje diciéndome que había sido la mejor noche de su vida y agradeciéndomelo.

— ¿Qué le contestaste tú? —pregunté.

—Le dije que lo olvidara, que no significó nada para mí y solo puedo verlo como amigo. No me vean así, no soy la mala aunque parezca. Tenía que ser franca, se iba a hacer ilusiones, es mejor la sinceridad aunque duela.

—Es mejor ser sincero, en eso tienes razón pero no en haberlo besado, ni en haber dejado que te tocara, te excitara y se excitara él para decirle después que no significó nada, solamente fue un juego para ti, pero para Carlos tú significas más que diversión de una noche —contesté siendo fuerte con ella para que asumiera sus actos y reaccionara.

— ¡Estaba borracha! No puedo retroceder el tiempo, lo que pasó ya está hecho y no voy a arruinar mi presente con Angélica por una tontería. Espero que como mis mejores amigos sepan guardar un secreto y no hablemos más de lo ocurrido.

Michelle y yo asentimos con la cabeza para hacerla sentir segura de que no íbamos a decir nada.

8 de abril: Con ella - 7:11 p.m.

Me levanté a las 6:00 am con las piernas de Michelle entre mis piernas y sus cabellos rubios y largos por toda mi almohada favorita, que al parecer, ya no me pertenecía. No pude evitar darle un pequeño beso, después de admirar su cuerpo, notando también, que tampoco era mío. Debo confesarlo, quise despertarla y continuar con más, pero me esperaba el canal de televisión en el que debía únicamente "ser yo mismo" ¡Tarea difícil entre tanta diversidad!

Me dispuse a darme un baño pero no dejaba de tener "flashbacks" de la noche anterior preocupándome un poco por el después, tuve suerte, fluyó maravilloso. Apenas salí de la ducha, Michelle me esperaba con la ropa que me pondría para el gran día, me dio un pequeño beso en el cuello y me susurró: —Ya sé que no se te da esto del amor, así que finjamos que no pasó, pero siempre pudiendo repetirlo cada vez que lo desees.

La mañana se tornó distinta, Daniela era nuestra cómplice y se veía encantada de no ser la única que tenía secretos. Nos preparó el desayuno, me peinó (uno de sus pasatiempos favoritos) y así, me fui al canal de

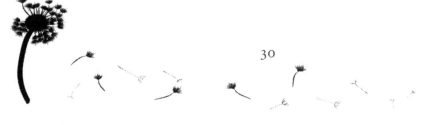

televisión, a una audición que salió perfecta, me seleccionaron para ser la imagen de un programa que pretende unir a los jóvenes de Venezuela, conocer sus inquietudes en todos los temas y poder conversar sobre las esperanzas, los proyectos y las ambiciones de cada uno de nosotros, al mismo tiempo en que ayudamos a fundaciones de toda índole. Aún estoy sorprendido, no sabía que llegaría al lugar adecuado sin buscarlo.

PD: Me duermo feliz.

PD1: Me gusta esto de los amores de un día, pero el problema viene cuando tu almohada favorita vuelve a ser tuya y no hay nadie a quien abrazar.

PD2: Esta extraña sensación de felicidad y gratitud, pero también de abandono cargado de ganas de encontrar algo, o tal vez a alguien.

10 de abril - 9:00 a.m.

Miedo de tus decisiones, miedo de futuros errores. Vives sin vivir, esperando que lo que buscas te acerque a lo que quieres oír pero no lo hallarás aquí. Merodeando buscando aprobación, encuentras conformismo vestido de amor. No busques las respuestas en otras bocas cuando aún no sabes lo que quieres. No busques un "SÍ", para arrepentirte después, porque lo que crees, no es. La falta de decisión es cobardía queriendo llamarse prudencia. Somos seres cambiantes, pero también pensantes. No puedes elegir bondad, para mañana matar habiendo cambiado a maldad. Tu ser se divide en varias partes, tienes luz y oscuridad, pero lo que eres prevalecerá.

Aléjate de la rutina, vives corriendo muy rápido para alejarte de ti mismo. Vives refugiándote en excusas para ignorar lo que gritan tus sentidos a través de tu piel. La decisión que esperas leer, no te la dará un papel. ¡Tiempo de afrontar qué es lo que quieres ser!, ¡tiempo de viajar! Si la brújula cambia, puede pasar, varían las emociones, varía el tiempo, varía el lugar. ¡Qué tus ganas no te ahoguen en silencios consumados! Mírate en el espejo y encuentra tu núcleo.

No necesitas clases de autoayuda para quererte, no necesitas un mensaje para desprenderte, no necesitas una señal para poder verte, no necesitas seguir cayendo para intentar protegerte.

Necesitas despertar ante la vida, necesitas salir de tu zona de confort, necesitas abrir tu corazón hacia otra dirección.

Necesitas, necesitas, necesitas... ¡Todos necesitamos algo! ¿Por qué?, ¿inconformismo o verdadera necesidad? Yo pienso que hemos dejado de apreciar y lo que tú necesitas, aquí, no lo encontrarás... ¡Anda! Sigue buscando pero en otro lugar.

PD: Espero que encuentres eso que crees que te falta y que al encontrarlo no descubras que te falta algo más.

13 de abril: Insomnio inspirador
3:00 a.m.

El tiempo sigue rodando, tienes dos opciones, que se agote el tiempo o que cambien los vientos. ¿Prefieres decidir o huir?, ¿la rosa o el jazmín? Cárcel en tu habitación, llueve el corazón. Decide sentir o morir, todos tendremos que partir. ¡Que la vida no se vaya sin ti! ¿Es el miedo a la muerte un frenesí? Valorar para vivir. ¡Despierta, te vas a ir! Sigues jugando a ser feliz y ni siquiera has aprendido a sonreír. ¿Es la vida la utopía de sentir? Me divierto viéndote existir y tan lejano de ti. ¿Son tus sueños el ideal o simplemente lo que te dijeron que sería lo normal? Me divierto viéndote en la nada antes de afrontar lo que viniste a alcanzar.

¡Mañana puede ser el fin! Esta noche me voy a acostar tratando de que entiendas la realidad. La muerte es la belleza de lo efímero, la prudencia de lo eterno, lo placentero de lo etéreo. El tiempo sigue rodando. Tienes dos opciones, que se agote el tiempo o que cambien los vientos. Que no se te pase la vida por temor a enfrentar diferentes tipos de situaciones, la más difícil es nacer, estás aquí para crecer.

Tienes el reloj, si de verdad lo detestas puedes ponerle stop. ¡Te aconsejo seguir tu intuición!
Los fantasmas de los que huyes viven contigo y me leen al mismo instante que me leo yo.

¿Valentía o cobardía?, ¿qué escogerás?, ¿preso de ti o preso de tu libertad?, ¿en qué pensarías antes de cerrar los ojos si supieras que no habrá otra oportunidad?, ¿por quién late tu corazón hoy?, ¿ya le dijiste te amo?, ¿ya le dijiste perdón?, ¿ya le diste las gracias?, ¿ya escuchaste tu propia voz?, ¿ya encontraste lo que mueve los latidos de tu interior?, ¿sabes quién soy?, solo un mensajero que captó tu atención.

¿Ya renunciaste al trabajo que odias?, ¿ya alejaste lo que contamina tu presente?, ¿sigues fumando pasado? El tiempo sigue rodando. Tienes dos opciones, que se agote el tiempo o que cambien los vientos.

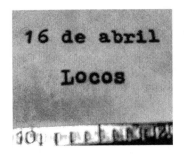

16 de abril

Locos

Los locos quieren con mayor intensidad y los juzgan por no pensar igual. Los locos ven más allá de lo material y los juzgan por no seguir las normas de la sociedad. Los locos tienen genialidad, miran las estrellas y aprenden a escuchar valorando los sentidos y poderlos usar.

Unos locos se creen capaces de poder despertar a las personas que olvidaron el verdadero significado de humanidad. Quieren ayudarlos a alcanzar la luz sin tener que huir de la oscuridad.

Quieren tender su mano y demostrar que todo es posible, sino te quedas prendado de lo que te quieren hacer pensar para poderte controlar. Personas cuadradas los ven mal, su locura no forma parte de su realidad, prefieren estancarse en lo que conocen antes de abrir su mente para indagar.

Los locos no tienen miedo de ellos mismos, se explotan, se asimilan, se expanden, se retraen, conversan, gritan, lloran, aman, pero sobretodo; CREEN. Qué locura más hermosa poder confiar, aunque la maldad acuda ellos siempre apostarán, su apuesta favorita es por la honestidad.

Algunos locos no se rinden, son la luz de un universo misterioso, son las estrellas de los caminantes sin camino, son la dirección de los barcos perdidos. Los locos siguen sonriendo, aunque las lágrimas se escondan dentro de sus sentimientos. Los locos lloran cuando alguien mata. Los locos lloran cuando la desigualdad asalta... los locos lloran cuando el mundo se viste de crueldad, pero usan su arte como antifaz tratando de alcanzar la utopía de la paz. El mundo se controla por poderes, los locos prefieren el amor. Muchos ricos fingiendo felicidad y muchos niños que dejaron de respirar por no tener con que poderse alimentar. ¡Los locos creen que lo pueden cambiar! Los locos aman su locura y se arriesgan cada vez mas aunque el cuadrado se extienda y se separe por fronteras, hay locos en cada cuadra, en cada rincón, en cada esquina y en cada situación.

PD: ¡Justo ahora un loco está viviendo en tu honor!

24 de abril: Escribo, canto y pienso en ti - 6:28 p.m.

Pero llega la mañana y las tristezas cesan o se mantienen. Pero llega la mañana y puedes analizar que tienes un día más o puedes seguir sumergido en el llanto. Llega la mañana y puedes percibir el cambio de ciclo en plena transformación. Muchas personas en una sola o quizá... solamente sigas tan roto como ayer, porque te niegas a abrir los ojos.

Quizá comiences el día y a la hora del almuerzo un café dicte tus pasos, y las personas extrañas te hagan buscar en ellas para buscar en ti y no te sientas tan solo. O quizá, la soledad se mantenga y la veas en cada mirada, y el café sea de nostalgia cargado de sueños que no has podido cumplir, sin poder ver que sigues vivo pero en medio de tu existir, sientes que vas muriendo. Entre sombras y olvidos, quizá al atardecer te sigas sintiendo tan roto como ayer.

Vives caminando y pensando en el pasado. El presente se está cansando de ti y tu apatía cargada de pesimismo. El presente se está alejando porque no lo tomabas en serio.

Disfruta las tristezas, pero no te quedes a vivir con ellas. La nostalgia tiene un sabor especial, pruébalo y pasa de él. No te quedes en el sufrimiento o cada mañana será igual y todas tus noches serán de amores fallidos, de sueños incumplidos, de miseria y autocompasión. Disfruta el café y deja de pensar en lo que has dejado de ser. Piensa en las posibilidades, piensa en el presente, piensa en ti. Empieza a amarte en el desconocido que pasó y cuéntame qué ves en tus mañanas.

Estaré esperando tu respuesta, no puedo ofrecerte más que este momento en el que te dedico mi pensamiento aun sin conocerte.

Recuerda: cuando bailo por el cielo, escribo, canto y pienso en ti.

25 de abril: Lucas y una polémica discusión

— ¿Qué pasa? ¿Hasta cuándo vas a estar distante? —pregunté, cansado de tenerle paciencia y sediento de respuestas.

—No me pasa nada, he estado ocupado. ¿Para esto me llamaste con tanta urgencia? —reclamó con desgana, desaprobando nuestra tarde, y mirando su reloj con impaciencia.

—No, para esto no —contesté con desaprobación—. Te llamé para que seas sincero conmigo.

—Mira quien lo pide, tú, lo más mentiroso que existe —refutó, sin dudarlo, agrediéndome sin freno y dándome la espalda.

— ¿Cuándo te he mentido? Háblame claro y nos dejamos de mariconerías de una vez—exclamé sin pensarlo, y cuando utilicé la palabra "mariconerías", que creo que ni siquiera existe, pensé en su homosexualidad o bisexualidad o lo que sea y me arrepentí, pero no había sido mi intención— No quise decir eso, lo siento.

— ¿Qué no quisiste decir? —contestó, sin bajar la guardia.

—Mariconerías… —refresqué al instante, utilizando nuevamente la palabra equivocada pero nunca me imaginé que reaccionaría así: Se volteó en el acto y arremetió contra mí con un puño en la cara para irse corriendo y sin ninguna explicación.

30 de abril: ¡Pocos días para el lanzamiento de mi disco y sigo pensando en lo transitorio!

Somos dueños de nuestro pasado y somos los únicos capaces de dejarlo partir. Se cierra un ciclo para darle la bienvenida a una nueva etapa. La recibiré con valentía, soy el responsable de mis tristezas y de mis alegrías. La vida es felicidad y estoy tratando de quitarme las barreras.

Quiero ser el actor de una nueva versión de mí, quiero equivocarme en otras bocas, quiero beberme la vida, seducir al mundo y bailar en la apatía hasta transformarla en ganas de vivir.

¡Soy capaz! Cierro este mes con ganas de evolucionar, para eso, debo saber dejar atrás. Tengo el lienzo, también el pincel. ¿Qué colores emplearé?

PD: Se ha ido abril, pero la primavera continúa.

Segundo Capítulo
Amor con fecha de caducidad

Charlotte: ¿A qué le temes?

Christopher: A la despedida constante, a las cicatrices que no se borran pero tampoco se ven, al silencio cargado de gritos, a las transiciones y al otoño pero sobre todo, a mi propia libertad.

Charlotte: ¿Olvidaste cómo volar?

Christopher: Imposible, no te habrías enamorado de mis alas.

Charlotte: ¿Tan rápido y ya hablando de amor?

Christopher: Solo contéstame, ¿te gusto?

Charlotte: El problema de decirte que sí, es que luego, me tendré que ir.

Christopher: Haré que te quedes.

Charlotte: Nada permanece quieto, la vida pasa. Ahora, cuando me vaya, también empezarás a temerle al amor.

Christopher: ¿Apostamos? Juguemos un juego... Yo te regalo una historia de amor, un sueño y una ilusión... y tú, tú me ayudas a sentir y a despertarme de mí. Pierdes si te dejas llevar demasiado, pierdes si te quedas por mucho tiempo o si te vas muy rápido.

Charlotte: Pierdes si olvidas que es un juego y empiezas a amar de verdad. Creo que éste, será el primer juego que perderás.

Christopher: La apuesta es la despedida.

Charlotte: Todo se termina y lo nuestro tiene fecha de caducidad.

TODO COMENZÓ EN MAYO

Mis sueños se hacían realidad, la vida me sonreía y todo por lo que había trabajado empezaba a dar sus frutos. Esfuerzo, entrega, constancia y perseverancia, me llenaban de felicidad y sin embargo, algo faltaba en mí. Amaba por costumbre acompañando mis días con alguien especial, pero que no podía llenarme. Nunca había podido sentir el amor, ese amor de verdad donde entregas tu alma sin pensar que va a terminar. Fui un experto rompiendo corazones, un experto lastimando sin querer —incluso cuando me quedaba tratando de amar y de enamorarme día tras día—, porque en el fondo era mentira, trataba de amarla pero seguía mi vida de soltero al no poder lograrlo, teniéndola ahí para mí pero tocando otros cuerpos, besando otros labios y perdiéndome en soledad cada vez que me provocaba. ¿Ella? Ella lo aceptaba.

Yo en medio de mi sueño por dejar algo que perdure, convencido de poder cambiar el mundo y accionando a diario aunque me dijeran idealista, aunque me dijeran apasionado, amaba y amo cada despertar, cada amanecer y cada minuto que la vida me entrega aun sabiendo que me voy, que no me quedo, que me marcho y la muerte espera que cumpla mi objetivo para mostrarme otra clase de vida. En medio de mi cabeza loca, y mis pensamientos constantes, saboreando mi sueño y trazando un camino, ahí, de la nada, sin previo aviso… ¡la encontré! Estaba llenando mis carencias con placeres efímeros en compañía de mis amigos, en compañía de aquellas personas que si podían tener mi amor verdadero, ese que nace sin forzar y no quiebra las libertades. En medio de alcohol, en medio de fiestas y diversión, —festejando un gran logro con todos aquellos a quienes amo—, ¡la encontré! O mejor dicho, la vida me la presentó.

Un sitio nocturno; su lugar de trabajo. Una pista del destino: Ella quien me atendió. Sí existe el amor a primera vista, ésta es la prueba, lo certifico yo.
— ¿Qué deseas? —preguntó, sin saber que más adelante, desearía su corazón. No tuve la mejor respuesta, había perdido por completo el control. La quise desde el primer momento, pero no sé si era el alcohol. Su mirada, ella, y yo. Pero tan idiota, con tal estupidez, quería un pan para controlar la ebriedad, ¡qué ocurrente!, quizás debía decirle que la quería a ella para llevar. En el primer encuentro conocí a su novio y no me importó, me hice su amigo para estar cerca ella, para poder verla, para poder sentirla cerca. La historia es más complicada, la historia tiene dudas, tiene incógnitas que no sabrán, tal vez en otro libro diga la verdad. Tal vez Lucas tenga razón y yo sea un mentiroso, tal vez no. Total, vivo

en un continuo tal vez. Por ahora les puedo decir que con pureza llegué a herir. Ella estaba con él y sin amor, y yo poco a poco me fui acercando hasta perder la razón.

Me animé a escribir este diario para intentar definir el amor. No solamente es para ella, hay un antes y un después. En este momento viene la parte de mi encuentro y el cambio de rumbo de mi motivación. Charlotte me inspiraba a escribir, y yo me iba enamorando de su imperfección, de sus errores, de su maldad, de tantas cosas que pronto conocerán. No es la historia del amor ideal, ella es de él, pero también mía, pero en realidad no es de nadie. A ambos nos da un pedacito de su amor, y creo que como yo, antes de conocerla, ella aún no sabe lo que es querer, limita al amor para llenar sus carencias y el vacío es cada vez mayor.

Trigueña, ojos cafés, cabello liso, hermosa piel. Su mirada y mi mirada (no hay descripción), fue eso lo que me enamoró. Luz y oscuridad, curioso, escribía una novela cuando la conocí y aunque no es mi personaje tiene la misma cualidad, cuando la ves, no sabes diferenciar si es buena o es mala. ¿Qué diferencia hay? Fue ella quien me enseñó que hay cosas que no se pueden explicar. ¿Para qué tratar de adivinar? Antes de conocerla yo representaba la dualidad, representaba el bien y el mal.

Desde que la conocí empecé a escribir. Algunos días los guardé para mí, pero la mayoría los encontrarán aquí. Yo, un loco apasionado, enamorado del aire, enamorado del viento, enamorado de todo, y de nada a la vez, luchando por demostrar que la soledad es tu aliada y también sabe escuchar. Estoy en una misión especial, vine a dejar mi vida por un ideal, que todos podamos ver más allá de lo que dice la sociedad. Soy líder de personas que creen en mi visión, que no es mía, como tampoco lo es esta historia real, de un amor o tal vez, de una falsa ilusión.

Tenía lo que quería y no me podía entregar, no había conocido lo que era el amor. Lastimaba sin querer hacer daño, llenándome de adicciones que me hacían olvidar que extrañaba a alguien que no iba a regresar. Sin embargo, la vida me la presentó y ella pasó a ser mi adicción favorita. Teniéndolo todo menos a ella, lo único que me hacía feliz. Un diario de alguien que comprendió que a veces el amor es un instante y se queda contigo aunque no te acompañe en las noches tristes, ni en las mañanas, ni en las tazas de té, ni en un atardecer con un cigarro y un café. Pero tal vez, solo tal vez, el amor sí te acompañe en el café y en las mañanas y en los cigarros.

Todo comenzó en mayo, con una mirada y una celebración pero lo mejor, lo mejor fue lo que pasó después.

El DIARIO DE UNA ILUSIÓN

La iba a buscar, la perseguía constantemente, estaba ahí, atento a ella. Podría describírselos en mil libros pero perdería el encanto, así que empezamos con la cuenta regresiva, les presento mi diario por día desde que la conocí; ya se han topado con mi vida antes de C, ahora verán lo que ocurrió después.

Desde que la conocí no fui el mismo, dejé de tratar de controlar mis emociones incluso cuando creía que las controlaba. Mi corazón se rebeló ante mi caparazón que intentaba no amar, mis sentidos se abrieron y sintieron la tierra, con la tierra sintieron la vida, con la vida la sintieron a ella. Así empezó mi historia de amor, mientras conducía mi carro y los árboles se convertían en su rostro, el piso se convertía en su ser, el cielo era su alma y yo trataba de comprender: ¿Tan rápido se puede querer? Lo primero que me dije: ¡Se te va a pasar! Pronto te darás cuenta que solo fue un capricho más, (por supuesto, mis voces tratando de calmar mi sed, sabiendo que no tendría un pozo con sus labios para poder beber).

1 de mayo: Te llamo amor 8:10 p.m.

Hola, querido amor. Te veo más imposible que nunca, tanto así, que quisiera que fueras el deseo que le pido a las estrellas fugaces y dejaron de salir, no puedo verlas. La luna, mi vieja amiga, me contó que no puedes ser. Para mí, jamás serás, sin embargo, te llamo amor.

En la imposibilidad de quererte,
te quiero.
Sin tenerte, pienso en ti.
Sin que lo sepas, mi alma te sueña.
Espero me sientas en el destiempo,
porque escribo
exclusivamente para ti.

PD: Te llamo amor, no importa cómo me llames tú

40

2 de mayo: Literalmente amor

Era el cumpleaños de mi mejor amiga pero también tenía firma de discos, un día especial y yo solamente esperaba culminar para crear excusas e ir de nuevo al local nocturno donde ella trabaja. Yo iba con alguien de la mano; una chica especial, además, me acompañaban mi amigo Daniel y su novia. Fuimos a comer, hubo muchos tragos y conmemoraciones. Era mi primera firma y entrega de discos, las personas querían tomarse fotos con el grupo, querían tocar mi guitarra, querían saber de nosotros pero yo, solo la quería a ella. Literalmente amor, o eso creo. Ayer fue un día acontecido donde no pude escribir, así que aprovecho este ratón moral para contarles mi "gran actuación".

Sé que me comporté mal, pero luego de un día de éxito llegó la celebración, una tras otra, tras otra, y otra copa de vino. Estábamos en un restaurante a mi estilo, estilo de circo, estilo bohemio, uno de mis favoritos en la ciudad: "Floristería Boutique", especialmente lo escogí porque al lado se encontraba el lugar donde ella trabaja. Una botella de vino y decidí invitarlos, me costó convencer a Silvana, la chica que acompaña mis días pero que sé que debo dejar ir. Aclaro: no es mi novia, pero es una de las personas más especiales que he conocido. La quiero, a pesar de haber entendido, luego de conocer el amor, que ella no lo es, por lo menos para mí.

Ayer, cuando por fin fuimos a su lugar de trabajo, ya estaba pasado de tragos, —todos lo estábamos— y nos estaban esperando en la fiesta de una de mis mejores amigas. No me importó, nos bajamos y pedimos 4 copas de vino. Ella estaba ahí con su mirada que me devolvió la vida, con su mirada que me mata y me hace renacer. Tiene que tener un nombre, pero por supuesto, no pondré su nombre real, ¿quién lo haría? Sin embargo, para que mi historia no pierda su realidad, —porque está llena de verdades— vamos a llamarla por su segundo nombre que sigue formando parte de ella.

—¡Charlotte! —la llamé para que me atendiera, aprovechando que oportunamente mi compañera y la novia de Daniel habían decidido ir al baño.
—¿Qué quieren tomar? —preguntó, seduciéndome con su mirada.
—Cuatro copas de vino —contesté, reteniéndola por el brazo para que no se fuera. Quiero que sepas algo, ¡estoy seguro de que eres el amor de mi vida!
—Tu novia está en el baño —dijo, encantadora.
—Y el tuyo está en la barra, pero no cambian las cosas. ¡Eres el amor

de mi vida! —solté arriesgado, tonto y cursi pero ella me sonreía y yo jugaba a Don Juan.

—¿Me das tu número? —Daniel se adelantó a pedirle el número para bajar la tensión y yo pensaba que la respuesta sería no.

—Anótalo: 0412961XXX. Por si en algún momento quieren reservar una mesa —dijo retirándose, pero no sin antes voltear con esa mirada que invita a apostártelo todo y te deja con ganas de más.

Regresaron del baño en el tiempo necesario para agradecerle a mi productor y mejor amigo por haber alegrado mi noche. Serrano y Manchego nos acogió con más vino, mientras nos despedimos para dirigirnos a la fiesta. Así nos encontramos en este punto, ya estamos a 3 de Mayo son las 3:00 pm, y por fin, después de toda una noche de excesos, la tarde llegó y me decidí a escribirle.

En este punto de la conversación no quería continuar escribiéndole, me sentía como un idiota pero, ¿qué esperaba? Seguro estaba con su novio.

(Así finalizó mi intento fallido de conversación)

Entré en su instagram y vi fotos de ella en muchos países, felizmente enamorada y acompañada. ¡Muy bien Chris! Cuando por fin alguien te gusta, resulta que tiene una vida perfecta y feliz. Eso es todo, mi tarde continúa y yo sigo rozando la imposibilidad de esta atracción y aunque sé que tiene su vida, que está con alguien más, que no se puede, de igual forma, me siento bien queriéndola.

7 de mayo: Ya no puedo traicionar
        mis ganas de buscarla, aunque
no la vaya a encontrar - 8:00 p.m.

Las hojas muertas bailan transformándose en otro tipo de vida. Los misterios se visten de esperanza para enseñarnos que hay algo más, que solo somos una pequeña parte del magnífico universo y aun así, podemos ser eternos. Los caminos se cruzan, los desconocidos se conocen y el tiempo se viste de esperanza. Va cayendo la lluvia, la despedida acude, la bienvenida te abraza.

La casualidad viene para robarte una sonrisa y no sabes por qué. ¿Por qué te visita? Es sólo una pista enviada por el destino pero pensarás que es casual. El amor sobrepasa los caminos, elimina las fronteras, nos explica que somos parte de una galaxia que quiere respirar amor. 7.500 millones de humanos... ¡Hay más! El silencio me seduce para arropar mis oídos con su pura melodía. La soledad me cuenta sus secretos haciéndome feliz a través de versos. El tiempo me recuerda que todo termina y que el fin es sólo parte de un nuevo comienzo.

Las tristezas me explican que están enamoradas de la felicidad, y que deciden llorar para que ella sepa valorar porque suele perderse en el pasado. Las tristezas se sacrifican por amor hasta transformarse en amor y estar con ella... ¡su enamorada, la felicidad! El adiós viene cargado de enseñanzas y también de falsas añoranzas que deciden marcharse para volverlo a intentar.

Un desconocido que te miró, un imposible que llegó,
un camino que te abre sus puertas. ¿Vas a pasar?

14 de mayo: ¡Persiguiendo
            mi instinto!

Fui a verla. Ella estaba trabajando en el mismo local y su pareja por supuesto, también estaba ahí. Creo que ha cambiado el concepto de mí, ya no soy el loco borracho, ahora sabe que hay más, que las apariencias engañan. Ya nada me sorprende, excepto ella. Es la chica que se aparecía en mis sueños, pero nos encontramos tarde. Tan tarde, que ahora para saciar mi amor tengo que escribirlo todo en esta libreta porque necesita ser recordado. Iba a dejarle una carta en la mesa: "Eres el deseo que pido cada vez que veo una estrella fugaz, el problema es que nunca las veo". Me arrepentí, la tengo guardada en mi billetera, como recuerdo del deseo que no sucedió.

15 de mayo: Viernes con C de Charlotte - 10:00 p.m.

—Dos días seguidos viniendo a Serrano, me gusta, si vienes mañana rompes el record —comentó, guiándome hasta la mesa que me correspondía.

—Sí, pero no te hagas ilusiones si piensas que vengo para verte a ti. Es el lugar favorito de mi grupo y tengo intercambio por publicidad —contesté tratando de bajarla de la nube aunque supiera que tenía toda la razón.

—Entonces… ¿no vienes por mí?

—Para nada. —mentí de nuevo.

—¿Ni un poquito? —dijo, acercándome el vino para sentarse conmigo en la mesa.

—Eres un plus. Me gustas, me coqueteas, trabajas aquí y la paso bien a tu lado —contesté.

—Eres muy fácil, me acerco un poco a ti y pierdes tu punto. Debiste insistir en que no venías por mí, ¿sabes? por eso de cuidar la dignidad, trata de trabajarlo para que la próxima vez no me resulte tan fácil ganarte, bebé recuerda que lo fácil aburre. —explicó con ironía, mirándome fijamente para luego retirarse, rozándome la espalda con su cuerpo.

17 de mayo: El mejor día de mi vida

Entre tanta gente te vi, yo era parte de los protagonistas del gran salón, pero tú eras la protagonista de mi inspiración.

El mejor día de mi vida, mi sueño hecho real, pero te conocí y entiendo, que eres tú el sueño que más deseo alcanzar.

No importa la fama, no importa alumbrar,
    me hace feliz poderte mirar.
No importa que todas
me quieran tener,
yo solo quiero a la chica que no puedo querer.
Me dicen: Es ego,
amor a la imposibilidad,
yo creo que ninguno
ha sentido lo que es amar.

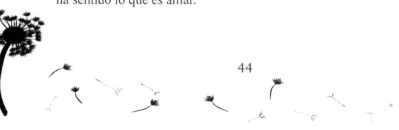

44

Me dicen que te olvide,
no te dejo de pensar.

El mejor día de mi vida, pero no fue mi disco,
fue que me pudieras
acompañar.

> 20 de mayo: Decidí escribirle
> 6:51 p.m.

Charlotte
No pensé que escribirías, quería que lo hicieras

Christopher
Tenía miedo a causarte problemas con Fabio y de importunarte.

Charlotte
Entonces hoy es un ejemplo de lo importante de enfrentarse a los miedos. Quería decirte que cantaste como si vinieras de otro planeta, siento admiración por ti, por tu concepto de la vida y por como logras trasmitírselo a la gente. Gracias por escribirme, me alegraste la tarde y lo digo en serio.

Christopher
Te escribí por la dedicatoria que dejaste en mi guitarra, la busqué entre las otras firmas y me encantó. Perdóname por todas las veces que fui a Serrano y Manchego solo para verte, por todas las veces que te molesté.

Charlotte
No te preocupes porque aunque me gusta más quien eres, no me molesta el loco que toma y me acosa

Christopher
¿Qué es para ti el amor?

Charlotte
¿El Amor?

Christopher
Sí, sabes mucho de mí pero yo no sé nada sobre ti

Charlotte
El amor son esos 5 minutos con alguien que hacen que se paralice tu vida, es un instante que suspende el reloj. ¿Qué piensas tú?

Christopher
El amor ~~eres TÚ~~, es no saber por qué te gusta, es no necesitarla, amar sus imperfecciones, no quererla por lo que tiene, es querer lo que le falta, quererla sin saber por qué.

Charlotte
¿Estás enamorado?

Christopher
Creo que podría estarlo

Charlotte
¿Cómo lo sabes?

Christopher
Porque llevo semanas pensando en ti y no me importa si tienes novio, me hace feliz verte de lejos y por primera vez sentirme vivo.

Charlotte
Te da miedo escribirme pero no te da miedo decirme todas estas cosas.

Christopher
Me da miedo el comienzo pero soy consciente de que al hacer las cosas hay que hacerlas bien y tú y yo no tenemos tiempo que perder.

Charlotte
¿Por qué, si acabamos de conocernos?

Christopher
Nuestra historia será corta pero inolvidable. Aprenderé a amar contigo y me convertiré en tu primer amor.

Charlotte
Lamento decirte que llegaste tarde, ya he amado antes.

Christopher
Crees que has amado, pero pronto te demostraré que no.

46

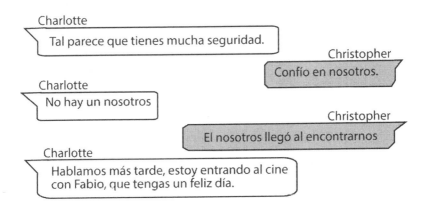

Charlotte
Tal parece que tienes mucha seguridad.

Christopher
Confío en nosotros.

Charlotte
No hay un nosotros

Christopher
El nosotros llegó al encontrarnos

Charlotte
Hablamos más tarde, estoy entrando al cine con Fabio, que tengas un feliz día.

21 de mayo:
Explícale que me encanta

Explícale que me persigue en mis sueños pero también explícale que me duele su ausencia, que es ella quién roba mis noches, que es ella, la culpable de mi despertar, robando mi primer pensamiento.

Explícale que aunque no deba quererla, la voy a querer, porque no se trata de elección, no tengo oportunidad de decidirlo y el sentimiento cada vez es mayor.

22 de mayo: Tantas vidas buscándote
y te encontré - 8:00 a.m.

Te buscaba por mis sueños y al despertar.
Te buscaba en mi interior y no dejaba de intentar.
Te buscaba en las noches y en la incertidumbre.
Te buscaba en lo invisible y en lo palpable.
Te buscaba en los errores que llamaba amores
para descubrir que no estaba tu piel,
que solo en sueños te podía tener.

Te buscaba en un beso de buenos días
y en una invitación para salir de la rutina.
Te buscaba haciendo de mi vida algo especial
para que cuando entraras no te quisieras marchar.

No importa si eres o serás, te buscaba y te encontré.
Aunque no era el momento, pude saber,
eras tú a quien buscaba desde antes de nacer.
Espero verte después, no tan jóvenes,
no tan llenos de ganas y de carencias.
No tan etéreos, no tan prudentes.
Sinceramente, lo único que espero es verte a tiempo.

Tenemos una cita en otro plano, una cita sin fecha pero una cita al fin.

Espero verte sin imposibles y con felicidad.

Si en esta vida no se da… quiero que sepas que estuve buscándote
para poderte amar. Pero el tiempo es veloz, la vida es breve y los cambios
sacuden la emoción.

Recuerda: Hay una cita en otro lugar, una cita a la que no deberías
faltar. Te contaré el secreto del amor y tú entenderás que aunque pasen mil
vidas de separación, aunque la inmadurez acuda, aunque lleguemos tarde
o demasiado pronto; también me buscarás para entregarme una mirada
como sinónimo de eternidad.

23 de mayo: Otra noche
pensando en ella - 10:15 p.m.

Mis amigos, unas cuantas botellas de ron, una terraza con jacuzzi y
burbujas, lujos, un tabaco, risas, buena música, mujeres… y yo, pensando
en ella.

La noche va alumbrando la ciudad, todo se ilumina, y la quiero a ella.
No puedo separarme del celular, esperando un mensaje, esperando que tal
vez, el destino nos sonría. Otro trago y todo va más rápido. Ya otra vez,
me están pidiendo que cante, que todos cantemos. Michelle no deja de
mirarme, no deja de sonreírme y tengo a alguien de la mano. No entiendo
mucho el amor, no puedo creer como de la nada, cambia todo en un instante. Otro trago de ron para borrar mis pensamientos y tratar de querer
las manos que me acompañan pero no puedo. Noche de tragos, noche
para compartir. ¿Han sentido que todo lo que hacen gira en torno a algo?
Yo no, pero por primera vez, incluso respirar, tiene que ver con la chica
del bar aunque ella esté con él, aunque yo tenga a alguien acariciando mi
pelo y besándome mientras escribo. ¿Falso no? Engañando, pensando que
simplemente por no tener algo serio, no estoy haciendo daño. Hago daño
y debo parar.

Silvana me toca suavemente y Michelle me mira invitándome a pecar. Probablemente luego de dejar a Silvana en su casa querré buscar a Mich, para repetir una noche de sexo casual y de nuevo, sentirme vacío en la mañana. Por ahora, seguiré divirtiéndome con las personas que quiero y escribiendo mi vida como si necesitara urgentemente que alguien la leyera.

24 de mayo: Resaca moral

Despierto con la almohada en la cabeza, ocurrió otra vez. Terminamos acostándonos a las 8:00 am. Tragos, diversión, comienzos, despedidas. De la terraza fuimos a mi casa para continuar con música, bailes y excesos. Me gustaría que todos tuvieran tan buenos amigos como los míos, con la confianza tal como para compartir la vida sin mentiras, sabiendo que tienes otra familia aparte de la sanguínea. Concluimos con colchones en mi cuarto, con gente durmiendo en el sofá, en la hamaca del balcón, en el cuarto de visitas, en la sala de juegos, en cada rincón.

Anoche escribía sobre la falsedad de mi amor, hoy opino lo mismo. Me despierta con un café y vuelve a meterse bajo las sábanas. Se merece un hombre que no piense en otra chica al entrelazarle las piernas. En ocasiones, pasamos la vida retándonos a nosotros mismos, pasamos la vida tratando de amar algo porque creemos que es lo correcto, pero para el amor, no hay correcto o incorrecto. Tengo dos amigas lesbianas que se aman, que se desnudan y se visten sin necesitar tocarse. Daniela y Angélica ya tienen varios meses saliendo y son mi pareja favorita.

Daniela ha sido mi amiga desde los 4 años, cuando probábamos besarnos por jugar. Ahora se ha convertido en mi hermana, en mi otra mitad. Por ella sería capaz de dar la vida y de defenderla del mundo si fuera necesario. Angélica llegó para hacerla feliz y así obtuvo mi amistad.

Escribí hace un tiempo la historia de Daniela y el beso con Carlos. Él, actualmente sigue enamorado de ella aunque lo disimula muy bien, está saliendo con Alejandra y simula no darle importancia, pero noto en su mirada como le duele cada beso, cada caricia, cada gesto de amor. También tenemos el caso de Lucas, quien no se ha declarado gay, no se acepta. Supongo que vio que lo vi y desde entonces, luego de romperme la boca, no lo había visto hasta ayer. Nos conocemos desde los 5 años y creo que no fue la mejor forma. Sin embargo, decidirán ustedes.

Carlos me replicó que debo dejar de pasar mis días tratando de amar a Silvana, porque le estoy haciendo daño, porque le impido conocer a alguien que la valore de verdad y no porque es un buen partido, porque es seria, porque es una dama, porque tiene unos grandes ojos azules y un rostro perfecto. El amor supera el físico, supera las circunstancias y yo no me pude enamorar, pero al menos, ahora pienso que tampoco voy a estar ahí lastimando a alguien, besándola y teniendo sexo mientras ella me hace el amor. Pensando en otra teniéndola al lado mirándome con ternura, al mismo tiempo en el que escribo como debo dejarla.

PD: No sé cómo, pero tengo que parar.

Reencuentro con Lucas:
Peleando como animales mientras se omite la verdad

Llegó y los saludó a todos como si nada, yo no entendía, era como si nunca me hubiese golpeado. Yo no le expliqué al grupo los detalles de la discusión, precisamente porque soy el único que sabe la verdad y no lo voy a dejar expuesto, pero tal parece que han olvidado que me partió la cara para irse corriendo como una niña, y se han concentrado en el gran acontecimiento: ¡Lucas ha vuelto! Y lo mejor es que no ha vuelto solo, ahora tiene novia.

Se detuvo dudando en si saludarme o no pero enseguida lo hizo –como si no hubiese pasado nada– y yo, aunque quise contenerme, no lo pude evitar.

—Me encanta como regresas después de un tiempo para saludarme como un hombre y no seguir huyendo —le dije con sarcasmo.

—Tranquilo, ya me voy.

Lucas agarró a su novia dispuesto a retirarse pero lo detuve de y todos miraban como atentos espectadores, nada más faltaban las cotufas.

—No chamo, no puedes volver a irte así.

Le sujeté el hombro bruscamente, se volteó y ya yo no era yo, me convertí en una persona distinta y se me olvidaron mis conversaciones internas. Se me olvidó la reflexión en la que razonaba que me agredió porque no se aceptaba, en la que deducía que se olvidó de mi amistad porque no quería verse y afrontar su realidad, en la que admitía que era mi amigo aunque llevara tiempo sin saber de él. Lo golpeé como para romperlo pero me sujetaron, y yo reaccioné entendiendo que esa no era la forma. Sin embargo, reaccioné horas después, en ese instante quería vengarme, no porque me pegó sino por la forma. No porque me saco sangre, sino porque se alejó. No porque estuviera dolido, sino porque no confió en mí.

— ¡No vuelvas como si nada pasó tratando de ser mi amigo! Habla conmigo y resolvemos de verdad o no regreses.

—Relájate Christopher, no eres nadie para decidir quién puede ser nuestro amigo o no —lo defendió Michelle, y yo sabía que sus razones eran personales, por lo que decidí ignorarla.

—¿Listo?, ¿te vengaste? Relájate hermano, al final tengo todo lo que no tienes y es eso lo que te molesta. Yo amo a alguien y soy feliz, no estoy con alguien por estar… —Lucas empezó su ataque pero no permití que involucrara a Silvana.

—Claro, me imagino que estás enamorado —Exclamé con ironía—. Menos mal que yo no soy como tú y no voy a involucrar ni a lastimar a otros pero procura no llamarme hermano porque ya no lo soy —le dije con rabia contenida.

Carlos y Daniel nos separaban. Daniela veía todo de lejos con desaprobación pero sin meterse, y Michelle calmaba a la novia de Lucas en un intento por calmarse ella.

—Tranquilo, que desde hace tiempo no eres mi hermano —respondió Lucas, con ganas de herirme.

En mi mente, solo pensaba en decirle que lo único que hice mal fue verlo intimando con un hombre —me contuve—.

¡Excelente teatro! —dijo Daniel—. Me encantan sus actuaciones, tienen que pegarse hasta que se cansen porque son unos inmaduros, hagan lo que les plazca, nosotros nos vamos —continuó, llevándose al grupo al jardín para dejarnos solos.

25 de mayo: ¡Decidí dejar de fingir! - 12:01 a.m.

Decidí que mis palabras tienen que estar en sincronía con lo que hago. Quiero escuchar y afrontar lo que he aplazado. Voy a asumir mi soledad, no puedo seguir haciéndole daño a Silvana en mi intento de descubrir si puedo llegar a amarla. La voy a dejar en libertad porque aunque nunca fue mi novia, espera su vida conmigo y yo sigo buscándome y encontrándome.

PD: Se acaba mayo y aunque no pude amarla, me aprendí a amar a mí.

26 de mayo: Despedida

Yo manejaba, ella me acompañaba. Era la última vez que estaríamos juntos, y me dolía que no lo supiera. Fuimos a presentar el disco a dos canales de televisión. Estuvo ahí mientras me tomaban las fotos, y yo no quería seguir quitándole su tiempo. Me observaba con amor y admiración. Lo hacía cada vez más difícil y yo no podía dejar de estar distante. ¿Cómo le explicas a alguien que te ama que no la amas? De igual forma lo arruiné.

—Quisiera decirte cómo me siento, he actuado distante las últimas semanas.

—No estás distante, estás distinto. Lo que haces es salir, olvidaste lo que eres y no pretendo regañarte pero trata de no ser uno más de los que logran algo y se sumergen en el alcohol fingiendo "festejar". (Pensé por un momento que tal vez ella me iba a terminar pero no fue así).

—No te quedes callado, ¿Qué te pasa?

—Necesito estar solo, no me siento bien y tú te mereces mucho más.

—Mucho más al amor mediocre que tú me has dado. Llevamos tiempo y nunca avanzamos. Me has utilizado, ahora me dices: "Quiero estar solo".

En su cara se notaba la impotencia y me di cuenta de todo el daño que le había hecho, todo el daño que no le quise hacer.

—Perdóname, no puedo defenderme, tienes razón.

—Eres tan inestable, temes enamorarte, te cerraste tanto a eso, que solo eres un muerto vivo, con luz para alegrar a los demás pero con incapacidad para alegrarte tú. El amor es lo que nos mantiene con vida ¿por qué no lo sientes? —preguntó decepcionada.

—Lo he intentado —dije apenado.

— ¡Mentira! Tienes demasiado miedo como para intentarlo. Por eso

tu inestabilidad de decirme un día que me quieres y al otro irte como si yo no sintiera.

Cada palabra que decía me golpeaba porque nunca quise lastimarla, pero en mi intento de amarla la lastimé más.

—Quise hacerlo, lo he intentado —rebatí siendo sincero.

—Te gusta otra persona.

—No es eso —mentí.

—Ten la decencia de decir la verdad.

—Se trata de mí.

— ¿Se acabó? ¿Por qué lo alargas? Has estado distante, nos vemos porque me invitan tus amigos, pero tú no. Y luego regresas confundiéndome, porque cuando no me tienes me celas pero cuando estoy te vas.

—Discúlpame.

—Me heriste.

—Lo intenté.

—Todo se devuelve.

—Puedo jurarte que no es mi intención lastimarte, te mereces algo mejor, alguien mil veces mejor que yo, que te quiera como lo mereces, como siempre lo has soñado.

—Me lo hubiera dicho 15 meses antes —exclamó con ironía. — Nos hubiésemos ahorrado este intento de conversación, en el que el resultado nunca será bueno para mí, pero eventualmente sucederá, ¿por qué no me lo dijiste antes? ¡Contéstame!

—Te lo estoy diciendo ahora.

—Ahora cuando ya te amo y solo porque te gusta alguien más… —dijo subiendo la voz—. Ni siquiera tienes la decencia de ser honesto, es solo un experimento que haces para ser una mejor versión de ti y lamento decirte que estás fallando.

—No te mereces a alguien que emocionalmente es un desastre.

—Eres mi persona favorita en el mundo. Te dije que te amaba, cuando respondiste "Yo también te amo" ¿era mentira?

Me quité el cabello de la cara y encendí un cigarrillo con ganas de desaparecerme… fue la respuesta que ella esperaba.

—Necesito irme —dijo punzante.

—Perdóname. ¡Eres perfecta, eres lo que cualquier persona querría a su lado!

—Pero a ti te gustan las que te lastiman, las que no te ofrecen una estabilidad ni construir una vida. El karma existe y lo vas a experimentar, pero tranquilo, deseo que seas feliz. Si yo no soy tu felicidad lo entiendo, y ojalá algún día experimentes el amor. Quiero decirte que en todo esto, yo no he perdido porque sí me entregué, me enamoré por completo de ti,

Perdiste tú, que fuiste tan falso como para estar conmigo todo este tiempo sin poder amarme.

Caminó sin voltear y yo no traté de llamarla para seguir reteniéndola. Ojalá que el mundo aprenda lo que yo aprendí, no quiero volver a herir a alguien por no saber que dañamos dejándonos llevar cuando la otra persona nos entrega el alma. No es malo solo el que mata quitando la vida, también somos malos los que por egoísmo matamos ilusiones. Me arrepiento pero experimenté y tuve mi enseñanza. Quise contarles con detalles nuestra conversación para que deduzcan que debemos ser cuidadosos.

Yo rompí un corazón con sueños, ella sanará.
Yo rompí un alma pura, ella la volverá a pegar.
Yo rompí unas alas que me invitaron a viajar,
ella coserá sus alas y volverá a volar.
Atentos, no lastimemos por egoísmo.
Alguien la está esperando para amarla, yo retrasé su encuentro.
Ojalá siga enamorada del amor, y no sea como yo, él que nunca amó.

Es verdad que me gusta alguien más, pero también es verdad que llevaba meses intentando amarla, sabiendo que amar no es forzar sentimientos, si no amas, no amarás.

PD: Son las 12:37 de la madrugada y me voy a dormir, pensando en esa que me amó y no supe amar y también pensando en cómo se sentirá después de nuestra despedida de hoy.

28 de mayo: Jueves de Serrano y Manchego

Busqué a dos amigos y nos fuimos al bar, ellos querían seducir mujeres y beber y yo quería verla, así que todos estábamos satisfechos. Charlotte dejó de trabajar varias veces para sentarse conmigo, y yo embobado, solo por verla 5 minutos regresaría todas las noches.

Ya estoy en mi casa, un poco cansado, pero bastante feliz. Sé que es injusto, hace nada concluí con un ciclo, debería tener más respeto pero no lo entiendo, me gusta muchísimo. Escribí una canción para ella, la cantaré mañana en la cafetería que queda al lado de su lugar de trabajo –casualmente es en la que nos contrataron para tocar——.

54

29 de mayo: Viviendo en un espejismo y queriendo disfrutarlo - 11:30 p.m.

Llegamos temprano para ensayar y nos encontramos con muchísimas personas en la entrada, esperándonos. Fotos, abrazos, regalos, y emoción, así nos recibió la noche. Yo estaba esperando que llegara. Empezamos a cantar y no había rastro de ella. La buscaba entre las caras, entre miles de ojos y en mi copa de vino. La buscaba y no llegó. Cuando me despedía con la última canción, la vi entrar agarrada por Fabio –su novio—. Decidí pedirles que tocáramos otra, pero mis amigos no entendían, ya habíamos concluido el repertorio, –insistí—.

—Vamos a tocar "en secreto" —dije emocionado.

—Ya estamos listos, vámonos, es tarde —respondió Carlos.

—Es solo una canción —imploré, pasado de tragos.

La gente a la expectativa y Charlotte también. Mi grupo no quería hacerlo pero al final, lo hicieron por mí.

En secreto:
(Un pedazo de la canción)

Quisiera quererte y que él ya no esté.
Quisiera llevarte a un nuevo lugar y llenarte de besos
hasta que digas ya.
Quiero ser tu abismo, quiero ser tu ayer.
Lo que contigo quiero podrá suceder.
De repente me miras y me quieres
aquí,
no quieres que me vaya, no quieres
sin mí.
Acepto ser la tentación,
quiero ser tu pecado,
quiero ser tu adiós.
Que te despidas lenta-
mente en tu habitación
y yo te espere abajo para
hacerte el amor.
Quiero ser tu droga, tu
pequeña adicción.
Te regalo otra dosis, si
me das tu amor.

30 de mayo: Charlotte y su amor por lo transitorio - 7:00 p.m.

Charlotte
¿Estás?

Christopher
Sí, ¿Qué pasó?

Charlotte
Quiero que vengas hoy a Serrano.

Christopher
Tengo que componer, estamos en el estudio y no creo que salgamos sino en la madrugada.

Charlotte
Entonces me gustaría que pudiéramos vernos mañana, es el último día de mayo y deberíamos estar juntos.

Christopher
¿Por qué deberíamos?

Charlotte
Porque un mes se ha ido

Christopher
a o.k...

Charlotte
Tú eres profundo, ¿no ves lo hermoso de despedir cada mes?.

Christopher
¿Te gusta lo que se va?

Charlotte
Claro, tengo fascinación por lo efímero, nosotros somos temporales, somos energía breve y en vez de una gran cita quiero sentarme contigo en mi lugar especial, una locación desconocida que no le he mostrado a nadie.

Christopher
Mi 31 de mayo ya tiene tu nombre.

Charlotte
Perfecto, te enseñaré sobre lo transitorio y te regalaré mi sello.

31 de mayo: Tal vez

Estaba reservada y dudosa, no sabía si llevarme o no pero terminó decidiéndose, como quién decide compartir algo muy preciado —yo lo valoré—. Finalmente llegamos, ya había oscurecido y el edificio era muy antiguo. — ¿Quién vive acá? —pregunté exigiendo una respuesta, pero la respuesta no llegó. —Sígueme, vamos a despedir mayo —dijo guiándome al último piso, pasando por la máquina de ascensores para luego disponernos a subir otras escaleras.

Abrió la cubierta sujetándose con una mano de la escalera, muy cerca al precipicio del ascensor pero sin indicio de miedo. —Cuidado, no te vayas a caer, le dije asustado a lo que contestó: — ¿No me digas que le temes al peligro?

Cuando llegamos, las estrellas se convirtieron en el techo y la luna estaba más cerca que nunca, me sorprendió poder ver toda Caracas desde el centro, en uno de los edificios más grandes que posee. Ella abrió su bolso para sacar 3 botellas de vino y dos copas que tenía envueltas en periódico. — ¿Me abrirías la botella? —preguntó—. Creo que mayo merece una celebración —exclamó, acomodándose en la orilla.

Yo la veía impávido pero abrí rápidamente la botella y me senté a su lado con las copas llenas.

—Te dije que te pondría mi sello, y mi sello es éste, estar en la cima del mundo, a un segundo de lanzarme, disfrutando estar tanto como disfruto saber que no estaré.

— ¿Saltarías?

—Salto cada noche. ¿Quieres saltar conmigo?

— ¿Qué significaría "saltar contigo"?

—Significa conocer más allá de lo que conoces, seducir a la muerte y arriesgarte hasta estar a punto de morir pero ahí, abrir los ojos y también las alas.

—Arriesgado… Me gusta.

—Te traje porque necesito enseñarte algo, le enseñas mucho a los demás y te falta una lección.   —Espero que seas una buena maestra —le dije sonriendo mientras ella se sonrojaba.

—Va más allá del amor.

—No te he hablado de amor solo quiero saber cuál es la lección.

—Mira a tantas personas. —Señaló—. Mira a la gente corriendo, parando, siguiendo como despistadas, como por inercia, sin sentido. Sabes, Christopher, en eso se ha transformado nuestra vida y ya no distingo lo real de los sueños, pero me gusta despedir los meses y estoy feliz de despedir mayo contigo.

—Mayo te trajo hasta mí.

—Tal vez junio me aleje.

—Me gustan los "tal vez".

— ¿Por qué?

—La vida es eso y yo quiero invitarte a vivir conmigo en un continuo tal vez.

—Acepto sin pensarlo pero ahora mayo se está yendo y quiero que pasemos las últimas horas del mes juntos, con un poco de vino mentándole la madre al mundo.

Charlotte empezó a mostrarle el dedo a la ciudad y empezó a gritar.

— ¡Estamos vivos!, ¡adiós mayo!, ¡Christopher despídete de mayo!

—Estás loca.

—Mayo se está yendo y no lo volverás a ver nunca. No volverás a rozarlo porque el próximo año no será el mismo mayo, habrá cambiado.

—Igual que nosotros, todos cambiamos.

¡La vida se nos va! —exclamó, llena de entusiasmo.

—Pero esta noche es nuestra y seguimos presentes.

—Despídete de mayo, no seas descortés —insistió hasta convencerme y yo me tomé la copa de un sorbo para gritarle a mayo. ¡Adiós mayoooooo!

—Es bueno sentirnos ridículos, somos nosotros, unos tontos pensando que sabemos vivir. Te traje para que aprendas de lo perecedero, porque así como mayo somos nosotros y lo que eres hoy no será lo que serás mañana, así que también nos estamos despidiendo de un pedazo de ti.

—Pero viene un nuevo Christopher con la llegada de Junio y me gusta esta parte de mí que está acompañada contigo —la miré, me devolvió la mirada por un micro instante y era verdadero, ambos lo entendíamos y ambos queríamos besarnos, pero no ocurrió.

—Nos estamos conociendo en medio de una despedida ¿te das cuenta? Es la primera vez que salimos solos y es para ver de cerca desaparecer el presente y convertirse en pasado, así como el presente juntos también se tendrá que ir —dijo tajante y no obtuvo respuestas porque no supe que decir, el silencio lo dijo todo y fue maravilloso.

Amor de junio: Esta carta es para ti

No es que tenga muchos amores, digo, me cuesta sentir, pero la transición llega y no quiero insistir. Eres mi amor de Junio y te vengo a contar, el mes va transcurriendo y yo te voy queriendo sin comprender, eres lo que necesitaba, ¿qué puedo hacer? Si la vida culmina y el tiempo se va, por este instante te quiero sin necesitar de más.

Te pienso cuando despierto, te tengo al irme a acostar...
En el mundo de los sueños eres mi realidad.
Me llevas hasta la luna haciéndome alucinar,
eres lo que prefiero aunque signifique extrañar.

Junio me sonríe de forma peculiar,
y tus ojos me guían hacia otro lugar.
Con dulzura, sin forzar,
te invito a callar,
sin necesitar tus palabras,
te puedo escuchar.

Eres mi amor de junio, te debo confesar, si mañana termina, no te podré olvidar. Un poquito cursi, ¿será? te llevo de la mano para compensar, si me piensas mientras te pienso, si quieres comenzar, te invito al espacio, hay que volar.

Amor de junio, he de parar, te traigo lluvia de besos, te traigo amor temporal, te traigo una flor especial que con el tiempo caducará, pero que no caduquen tus ganas, que no caduque la ilusión, que la pasión continúe, sin luz en la habitación.

No quiero ser la brevedad;
siempre lo soy, hay que variar,
contigo seré un vendaval,
junio nos seduce,
y yo lo dejo probar.

5 de Junio: El primer beso

Nuestro primer beso llegó y fue de película. Lo único malo fue lo que sentí por haber lastimado a quien acompañaba sus días y me brindaba su confianza. Él que la amaba y estaba dispuesto a apostar por ese amor que yo me quería llevar. ¿Cómo explicarlo? Se levanta con el desayuno, la quiere, le perdona su inmadurez, le perdonó incluso haberlo engañado con otro que no soy yo.

Antes de haberme conocido, ella había sentido el descontrol que ahora siento yo, pero con otra persona. Sin embargo, su novio, —que curioso hablar de él en nuestro primer beso— cada día le tengo más cariño, pero… realmente no lo engaño, supongo que él sabrá entender, lo sospecha y me deja estar cerca de ella, es quien hace posible nuestros encuentros. Él no la quiere perder, me deja estar con ella y me brinda su amistad para que yo sea honesto y no haga lo que ya hice, sin vacilar ni un segundo. Sin un mínimo de remordimiento, o tal vez sí, ojalá sepa entender que vivo adentro de un continuo tal vez.

El beso llegó después del vino y una tarde para los dos, pero posteriormente llegó la noche y la conclusión. No queríamos separarnos, tuvimos que acudir al plan B. Ella, su hermana y él, todos invitados a mi hogar. Después de unos tragos empecé a meditar lo que hacía por tenerla cerca, aunque durmiera con otro y lo besara delante de mí. Mis amigos se oponen, piensan que es un capricho y luego de acostarme con ella va a pasar a ser otra del montón, de esas que olvido, incluso cuando no quiero olvidar.

Charlotte me regala su tiempo, me hace sentir cosas que, repito, no puedo describir. Es mi amor de junio, pensé que se quedaría ahí, pero quiero que sea mi amor a cuatro estaciones.

Nuestro primer beso llegó y todos los besos anteriores no significaron nada, pero una hora después besó a su novio con sugestión repleta de costumbre y carente de amor.

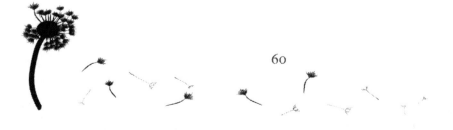

LA NOCHE DE NUESTRO PRIMER BESO

— ¿Qué es para ti un "para siempre"? —pregunté.

—Una estrella fugaz, por ejemplo. Vienen de vez en cuando aunque no estén ahí eternamente.

— ¿Cómo puede ser "para siempre" algo fugaz?

—Te deja un deseo por cumplir, te entrega una ilusión, te regala esperanza. Es decir, observa las estrellas, mira tanta quietud, no te entregan más que hermosura y paz, es aburrido. Es mejor arriesgarse a lo efímero y buscar la aventura, sentir emociones nuevas aunque luego se vayan, así se traduce la eternidad.

—Prefieres las estrellas fugaces a quedarte en lo que conoces, y eso pasa porque tc cansas rápido de las cosas. Pero te gusta la estabilidad y por eso no dejas lo que te fastidia.

—Exactamente, me gusta que podamos ser sinceros —respondió.

—Te quedas en tu zona de confort pero saltas al vacío constantemente probando situaciones que te devuelvan la vida porque la estás perdiendo estando donde no quieres estar por temor a despedirte.

—Crees conocerme demasiado. —¿Me equivoco? —pregunté—. Si me equivoco manifiéstalo y debate conmigo, ¿quién eres? —le dije retándola.

—La persona que te devolvió la vida, porque estabas cansado de no encontrar a alguien con quien desafiar al mundo y retar a tu existencia.

—Supongo que deberías ser más que eso. Ya sabemos que me devolviste la vida, no dejes que tu ego te consuma. ¿Quién eres? —le pregunté nuevamente.

— ¡No lo sé! Estoy con alguien pero la vida me aburre y no puedo irme porque estoy librando batallas y no estoy preparada para enfrentar la vida sin él.

—Pero estás preparada para dominar tu ambiente haciendo cosas nuevas, tratando de superarte para convertirte en alguien que pueda valerse por sí misma —exclamé súbitamente— Discúlpame, no debería meterme en tu vida.

—Los amigos se conocen profundamente, me gusta tu concepto de mí. ¿Crees que logre convertirme en quien quiero ser?

—No lo creo, estoy seguro. Pero quiero que sepas que pasé por lo mismo y dañé a muchísimas personas en el transcurso.

— ¿Tienes miedo de que venga el karma y se llame igual que yo?

—No lo digo por mí, me lo merecería por completo. Lo digo por Fabio.

—Me gustaba más el tema de las estrellas, de lo eterno y de lo fugaz. ¿Qué clase de "para siempre" prefieres tú, Christopher?

Charlotte me miraba fijamente queriendo olvidarse del tema y de mi análisis sobre ella. El vino ya había hecho efecto, el parque era para nosotros y pensaba en ese instante en el que pudimos conocernos de verdad, ese breve momento, era para mí el para siempre, era lo que estaba buscando y en ella lo encontré.

—Prefiero el "para siempre" que tú me das —contesté tímidamente—. Me gusta la forma en que me quieres; así como si en cualquier momento fuera a irme, sin más segundos que los del ahora. Lo único que no me gusta es que para quererme también tengas que quererlo a él.

—Cuando pienses en eso lo que debes hacer es quererme como se quiere lo efímero, lo que valoramos más por lo pronto que se irá —contestó.

—Te quiero querer como si cada noche tuviera que convertirme en sueños para hacerte compañía. Tal vez, antes de acostarte con él te sentirás sola y querrás tenerme a tu lado.

—No predigas sin certeza.

— ¿Estoy en lo incorrecto?

—Tal vez, no lo sé.

—Algunas veces es necesario saber qué quieres.

—¿Qué quieres tú? —preguntó.

—Te quiero a ti y quiero demostrarte que podemos ser felices juntos.

—No me pidas más de lo que puedo darte.

—¿Qué estás dispuesta a darme? Necesito saberlo, para no pedir más de ahí.

—Por ahora lo único que quiero es besarte, para callar tus pensamientos y ahogarte conmigo en los cientos de "tal vez" que creaste.

No había terminado de pronunciar la última palabra y ya estaban sus labios rozando los míos, desenfrenadamente, con desemboco absoluto. Lo deseábamos tanto que nuestras ganas acumuladas se sintieron libres y nosotros nos sentimos felices. Me olvidé de Fabio y me concentré en la mujer que amo. Ella me besaba agarrándose de mi espalda, se separaba para besarme el cuello, rasguñaba mi cuerpo y yo sentía que el mundo entero estaba a mi favor y que ella quería que no me fuera, sin saber que por nada del mundo querría soltarla.

Fue como si la tierra, el viento, los sonidos, la existencia misma y lo que hay después, se juntaran para representarse en una persona y esa persona te acariciara la vida. Nos reducimos en pequeños tal vez que hicieron que nuestra permanencia valiera la pena y ambos nos aferramos a una posibilidad mínima, nuestro amor.

En la escasa certeza fue fácil amarnos.

Tercer Capítulo
Eternas preguntas

Christopher
¿Y si el miedo le gana al amor?

Charlotte
¿Te asustarías si te digo que puede ser lo mejor?

Christopher
No me asustaría pero seguiría sin entender,
¿no debería ser más fuerte el corazón?
¿Es normal que te asuste todo lo que desconoces?

Charlotte
No se trata de eso. No me asusta, los cobardes
son los que esperan que todo ocurra y se niegan
a ser parte del acontecimiento, yo no...

Christopher
¿Cómo reaccionarías?, ¿te atreverías conmigo?

Charlotte
Lo estoy haciendo. Tú eres quien no se atreve.
Me miras y nunca lo intentas, algo te frena y es
un buen momento para ser felices juntos.

Christopher
Vives evadiéndome y escondes lo que sientes.

Charlotte
Háblame de lo que sientes tú, ¿qué sientes,
Christopher?

Christopher
Siento amor por ti y me atrevo a decírtelo,
¿y tú, qué sientes?

Charlotte
Dudas

Christopher
¿Dudas?

Charlotte
Sí Chris, dudas. En mi duda habita la certeza de
mi amor por ti. En mi silencio vive la cobardía
que evocas y en un futuro hará que te alejes.
Te alejarás de mí, no hoy, pero después me
dejarás en mis dudas convertidas en certeza,
y también frenarás tu amor.

Christopher
Te equivocas completamente

Charlotte
Hazme caso, aunque el futuro no habla yo
aprendí a escuchar a los mudos.

6 Junio: La quise mientras era de otro que también la quería - 9:16 p.m.

La quise mientras ella lo quería.
Ella lo quería mientras él le mentía.

La quise mientras ella no sabía lo que sentía,
me quería pero estaba confundida.

Mi cabeza me dice adiós... ¡Vete antes de perder el corazón! Pero el corazón rebelde quiere morir si esa es la única manera de al fin poder latir.
Me frustro al verla en el error, no sabe que está sumergida en la equivocación.

La quise y era de otro que también la quería,
pero no de la misma forma, no con la misma sincronía.
Él la quería por ego, yo quería mostrarle el amor.
Él la quería por posesión, yo la quería como mi más linda ilusión.

PD: Ella nos quería a los dos.

7 de junio

Fabio la ama con mentiras piadosas, con mentiras que no cuentan pero con mentiras al fin.

La mentira es que él sabe que ella me ama a mí.

9 de junio: Bailando en mi existencia - 10:00 a.m.

El tiempo es tan real como tú quieres que sea. No cierres las puertas por una decepción y levántate del dolor. Sumérgete en tus sueños, explora en tu ser, busca lo que quieres y no hagas caso a los que te dicen que no lo lograrás. ¡Empieza de nuevo! Los caminos se cruzan, los desconocidos se conocen, los viejos planes vuelven a resurgir saliendo del recuerdo para recorrer nuevas formas, para hacerse reales, depende de ti. Nunca es tarde para replantearte lo que quieres y dedicarte a construirlo.

Historias se acaban constantemente pero nuevas historias nacen. Depende del escritor y tú puedes serlo, o puedes ser solo un espectador que observa desde lejos por falta de valor. El sueño que te persigue, el que no te dejes dormir, despiértate con ganas y hazlo vivir. Mételo en tu vida, corta la separación. La calle que te separa está en tu ilusión, aliméntate de ella y presta atención: ¡El tiempo no existe para los que tienen pasión! ¡Sé el actor de tu vida! ¡Cuenta historias! ¡Rompe el molde! ¡Elimina las fronteras! ¡Crea puentes! ¡Levántate de tus cenizas!

Explora en tu interior, busca lo que te gusta, ten la intención. Puedes lograrlo, confía en ti. Nunca es tarde si eres un creador, no hay límite si vives en el hoy. Lucha por lo que amas, tu sueño te espera, cruza la calle, recorre nuevos caminos, cambia la velocidad. ¡Un mejor humano hace una mejor humanidad! Regala tus sonrisas y no temas fracasar. La felicidad es para los que entregan, la felicidad es para los que se equivocan y saben retomar de nuevo el viaje.

PD: Vuelve del olvido, sigues presente, hazte consciente.

Situación sentimental: Tratando de creerme lo que escribo.

11 de junio: Charlotte me hace ser una mejor persona

La quiero tanto que me he vuelto una mejor versión de mí. Estoy concentrado dibujándola aunque dicen que me debo concentrar en la música y disfrutar mi momento, "MI GRAN MOMENTO". Yo no canto ni escribo para tener fama, no toco la guitarra para gustar, lo hago porque si no lo hago me muero, porque si dejo de hacerlo soy infeliz y ahora, desde que la conocí estoy más feliz que nunca.

Acabo de terminar su retrato, mañana quiero entregárselo con una rosa llena de espinas.

Más que sus ojos, es su mirada. Más que sus labios, son sus palabras. Tan misteriosa, tan ácida y dulce, diferente a todo lo que conozco, capaz de hacer que sienta como nunca me sentí. Ella es las espinas y es la rosa, es el conjunto, la fusión perfecta entre amor y desamor.

12 de junio: En la invisibilidad tengo más forma

¡Tranquilidad en el silencio! Muchas veces preferimos el ruido, huyendo constantemente de nosotros en medio de una sociedad cansada que va corriendo y carga las dudas de sus habitantes. Pocas veces queremos ir atrás, a lo que éramos antes, pero hay que ir atrás para descubrir quiénes somos, hay que ir al silencio y a la sabiduría de la naturaleza para encontrar que no estamos solos, ella nos acompaña.

Hay que ir atravesando obstáculos hasta llegar a la meta, hasta alcanzar la cima. En el recorrido podremos adquirir aprendizaje, nadie dice que será fácil, porque todos preferimos la comodidad de no saber, al juego de la búsqueda y el encuentro. A veces necesitamos aprender del error en vez de ignorarlo, necesitamos probarnos que podemos lograrlo, pero en todo momento hay que respetar la naturaleza para respetarnos a nosotros, para canalizarnos, para convertirnos en una mejor versión de nuestro ser. Sin pasado, sin presente y sin futuro, desafiando al tiempo sin querer, creemos en los instantes y estos alimentan nuestra fe.

13 de junio: Me duele quererla sabiendo que no es mía aunque siempre hablo del amor en libertad

Me duele saber que su vida no es conmigo, que llegué tarde o muy pronto. Cuando mi hermano murió me di cuenta que la vida es breve y nuestros encuentros provienen de antes, hay un hilo que nos conecta a todos, hoy estamos pero posiblemente mañana no. Maduré poco a poco y sin querer, maduré sin darme cuenta mientras abonaba la tierra con esperanza, con valores, con sueños y con ganas de volver esos sueños realidad. Entendí que el amor es libertad, siempre tendremos que separarnos de lo que amamos porque nada nos pertenece. Era mi hermano gemelo, también mi mejor amigo, se murió en mis manos y yo entendí que aunque lo amaba, no podía detenerlo. Después de su muerte me sumergí en un proceso de constante evolución, entregándome al mundo y dejando todo de mí cada día, haciendo las cosas bien y cambiando la humanidad o al menos intentándolo y así, de la nada, llegó alguien a revolucionar mi vida. Después de lo aprendido, son las 6:21 de la tarde, el sol se está ocultando para darle paso a la luna como todo ciclo y yo, aunque lo entiendo no lo quiero aceptar. La quiero a ella, la quiero tanto que no sé si pueda controlar que esté con la persona ideal. Quiero que esté conmigo y con más nadie pero guardo todo, no intervengo y sigo viviendo en un tal vez que nos hace felices a ratos, y a ratos nos pone tristes y nostálgicos.

Me da un pedazo de ella y me debo conformar, porque realmente es él quien la merece aunque no la tenga. No tengo nada en su contra, he querido sacar sus defectos pero no hay que mentir, la ama y por eso, no soy yo, llegué tarde pero sé que podría amarme haciendo del mundo un lugar más hermoso. El sol se oculta, así se ocultará ella sin siquiera darme tiempo para olvidarla, aunque con el tiempo o la inexistencia del tiempo, comprendí que todo pasa para enseñarte y luego se va, aun así debo confesarlo: me duele quererla, pensaba que lo podría tolerar pero me está costando, no soy tan fuerte.

15 de junio: La imposibilidad de quererla me golpeó el alma

—Te cuesta bastante asumir tus emociones, expresar lo que sientes —le dije al mismo tiempo en que le besaba el cuello.

—¿Para qué quieres que lo haga? ¿Para ser una más? Además no puedo volver a perder la cabeza…

— ¿Cómo cuando la perdiste con él? Creo que a él si lo amaste de verdad —alegué soltándola.

—Fue diferente, casi pierdo mi relación y no valió la pena —respondió, volviéndose a acomodar entre mis piernas.

—No funcionó porque no te arriesgaste, nunca sabrás que hubiese pasado.

—No era la persona.

—¿Yo lo soy?

—No lo creo. Peleamos demasiado, debatimos todo el tiempo, no nos soportaríamos —contestó riéndose.

—Entonces tengo que aprovecharte porque en cualquier momento te vas —le dije mientras la besaba.

—¿Te pone celoso lo que sentí por la persona que estuvo antes que tú?

—Para nada, lo único que me incomoda es lo que te niegas a sentir.

—Pero aun así lo siento.

—Somos un desastre.

—Mis ganas también son un desastre. Ayer quería hacerte el amor, pero preferiste quedarte con tus amigos.

—Nunca quieres hacer el amor, pero justo ayer que no podía, sí.

—Siempre quiero pero nunca puedo porque casi nunca estamos solos.

—Ahora mismo estamos solos.

—Sí claro, y en 20 minutos llega Fabio.

—Qué problema compartirte a tiempo completo.

—No me compartes porque no me tienes —respondió incisiva, pero en seguida y en oposición a su oración, me besó sujetándome por el cuello -preferí apartarla-.

—Supongo que nunca te tendré.

—Todo es misterioso, es mejor no tratar de descifrarlo. ¿No me dijiste que era el amor de tu vida?

—¿Puede ser el amor de mi vida, el amor de la vida de alguien más?

—Por supuesto, la cuestión es: ¿quién es el amor de mi vida?

—Dímelo tú.

—Con dos copas de vino cuando deje de ser mortal. Paciencia.

Y el vino siguió y la noche continuó con la llegada de mis amigos y de Fabio. Nuestra pequeña no cita romántica se convirtió en una gran reunión. Seguimos mirándonos como si el mundo no existiera y Fabio tomó y tomó tequila para evitar notar que el mundo se detenía con nuestras miradas, no lo logró.

Al final de la noche, como de costumbre, se la llevó. Pero me dejó su mirada en mi mirada y muchos mensajes en mi celular.

Yo soy C1:
4:46 a.m

C:
Ya llegamos a casa

C1:
Lo único que te cambiaría es el domicilio

C:
ajajjaja ¿en serio, te gustaría?

C1:
Si fuera tan sencillo sí, pero no nos soportaríamos, ¿cierto?

C:
¿Te despertarías cada día a hacerme el desayuno?

C1:
No, no puedo fingir ser él para llenar los vacíos de la estabilidad que te arrancarías al dejarlo.

C:
Conseguimos a alguien que nos haga el desayuno, me sacrifico por 5 minutos a tu lado.

C1:
Yo prefiero toda una vida

C:
He tomado demasiadooooo. Quiero ques sepas q no quiero lastimarte.

C1:
Tengo que dejar de verte entonces

C:
¿Tan cobarde eres?

C1:
Ambos sabemos que no, solo bromeo para que dejes la intensidad.

C:
Quiero dormir contigoooooooooos.

C1:
Pero tienes que dormir con él, pensando en mí

C:
Te quiero demasiado, quiero que me secuestres mañana todooooo el día. Buenas noches, me voy a dormir.

C1:
No tienes idea de cuánto te estoy queriendo yo También te quiero, descansa. Hasta mañana.

17 de junio: La primavera terminó
4:44 p.m.

La verdad es que en Venezuela solo hay dos estaciones, pero entonces, está mi obsesión por las transiciones y por los cambios. Para mí la primavera se acabó, terminó ayer, llegó el verano. ¿Seguiré amándola mientras el sol molesto trata de quemar todo a su paso para darle la llegada al olvido?

La playa perdió su encanto para otorgártelo a ti. Si el sol me quema no lo siento, me está haciendo feliz. Escaparme contigo ha hecho que aprenda que ser el secreto de alguien tiene sus virtudes. Ya sé que mañana no tendré tu compañía, pero también sé que él no podrá tener esta clase de cercanía.

No importa el después cuando tu ahora te lanza fuegos artificiales. No importa ser tu amante si me miras como si solo existiéramos los dos. No importa decir "Soy poeta", realmente no lo soy, pero en ti, conseguí la poesía, eres mi maestra y quiero aprender.

Enséñame sobre los versos asonantes mientras me despeinas.

Enséñame sobre el verso libre cuando te vayas con él, pero enséñame a despedirme para seguir escribiendo que el amor es fugaz, y que aún al irte tu enseñanza se queda, solo entonces, estarías enseñándome a amar.

18 de Junio: Fumando para olvidar,
terminé recordando

Las horas transcurren lentamente, me pregunto ¿A dónde se ha ido lo que creía tener? Vuelvo a inhalar para advertir, a veces ignoramos creyendo saber. La vida cambia, las estaciones cambian, el viento desfila vertiginoso.

Iba tan absorto que perdí la ocasión de escuchar lo que me quería contar aquel pájaro veloz. Perdí la metáfora, perdí la ilusión. De nuevo, vuelve a pasar, es un buen momento para prestar atención.

70

El pájaro silencioso por fin cantó, se situó a mi lado, y me explicó:

—Tomamos por costumbre lo habitual, perdemos las maravillas al no despertar. Incluso yo dejo de escuchar, cuando te veo triste fumando para olvidar. Un secreto sobre la soledad, puedes compartirlo con alguien más pero no todos tendrán la capacidad para canalizar que estar solo no es semejante a desierto. La soledad es la plenitud de descubrir respuestas en tu interior. La soledad es la armonía de estar en compañía sin perder la percepción: ¡Todos estamos aquí por una razón!

Un sorbo de café para concebir lo que el pájaro insinuó. El cigarro lentamente me explicaba sobre la tentación, absorber errores una y otra vez sabiendo que matas una parte de tu ser. No me importó, el cigarro y el café eran mis acompañantes por esa vez.

El pájaro voló, me dijo que era un sueño, que era mi imaginación. ¿Un sueño con sabor a alucinación? Despierto en el mismo balcón, veo al pájaro a lo lejos y se activa mi intuición.

El cigarro sigue encendido pero va a terminar… ¿Un último jalón? ¿O mejor dicho, última equivocación? Decido parar, lo apago sin quererlo consumir.

Algunos finales llegan antes que otros, algunos finales tienen que llegar.

El café me invita a pensar, o será este sueño, con sabor a realidad. El sol se va ocultando, y yo voy más lento, no es necesario correr.

El pájaro volvió… un último secreto me susurro:
—Somos un sueño jugando a ser real. ¡Aún si despiertas me podrás encontrar!

19 de junio: Escuchando las voces del mundo - 5:00 p.m.

—Normalmente nos perdemos, es tan normal que se vuelve costumbre.

—Vivimos perdidos pero creo que encontrarnos terminaría hundiéndonos.

—¿A qué te refieres?

—Dejar de estar perdidos sería despertar en un mundo inhabilitado —contestó C, extendiendo sus piernas hasta dejarlas caer al vacío.

Estábamos en la cima de nuestro edificio en el centro de la ciudad. Un poco arriesgado, pero supongo que de eso se tratan nuestros furtivos encuentros, de ganas de sentirnos vivos y no ser descubiertos. —Es preferible despertar que vivir con los ojos cerrados —le repliqué, sacando mis piernas a saludar la ciudad.

—Todo es dinero, trabajo que agobia, costumbre, sistema. El sistema nos encarcela y aunque creas que puedes cambiar el mundo, es imposible.

—Pero vale la pena intentarlo, vale la pena levantarte con esas ganas de dejar algo que perdure—exclamé con euforia—. Cuando se acaben las ganas porque es cierto, se van las ganas y no quieres cambiar nada y piensas que es imposible, entonces depende de ti retomar la misión y no rendirte.

—No eres especial Chris, cuando no estés en los veinte lo entenderás, cuando el sistema te coma, estés con alguien saboreando la estabilidad y el dinero se apodere de ti, te deje de importar el mundo y te succione la cotidianidad que detestas, en ese momento sabrás que perderse es normal, tan normal como vivir dormido, tanto que ni lo notarás.

Empezó a señalar a todas esas personas que corrían cruzando la calle, y las cornetas de los autos se metían en mis oídos mientras pensaba en sus palabras e imaginaba mi vejez, los autos seguían en su concierto de contaminación y todos los esclavos de la sociedad continuaban trabajando para conseguir el pan que significaría su dosis de vida, que significaría un día más tratando de cumplir la meta: "SOBREVIVIR".

—Bésame y vamos a olvidar las voces del mundo que necesitan ser escuchadas así como me has dicho desde que me conoces, olvídate por hoy de las voces y concéntrate en mis labios —repuso acariciándome, como quien se da cuenta de que acaba de cortar todos los sueños de un niño chiquito sin siquiera dejarlo intentar. Y yo la besé como para olvidar sus palabras y concentrarme en ella, sin éxito.

20 de junio: 9:10 p.m.

Confusión...

No imagino mi vida contigo pero tampoco la quiero sin ti.

No eres el cielo donde quiero vivir pero tampoco quiero un cielo sin ti.

Confusión: No eres lo que busco para habitar pero tu mirada me hace dudar.
La memoria extraña al olvido, y el olvido se fue a jugar con otros amantes perdidos que decidieron no intentar.

Confusión: Mi razón te quiere lejos, mi corazón te quiere aquí.
Me alejo, pero mi alma va tras de ti.

Ni me despido, ni me quedo.
Ni hola, ni adiós.
Ni breve, ni eterno.
Ni nunca, ni tal vez.

No eres el amor de mi vida, ni de mis momentos pero sigues siendo amor.
Y el amor me visita para saborear que muchas veces lo que te pincha te hace sanar.
Muchas veces lo que no puedes controlar te lleva al rumbo donde debes estar.

21 de junio: Tocando fondo

Debemos tocar fondo y seguir las pistas hasta llegar, aunque no sea lo que esperamos, aunque las expectativas sean superadas y queramos quedarnos. De las situaciones más difíciles podemos aprender si recordamos que hay otro nacimiento, un renacer. Tú escoges renacer, o quedarte vagando, quedarte perdido entre llantos. No dejes que situaciones externas se roben tu energía, entrégalas y déjalas que fluyan porque no hay luz sin oscuridad, se complementan.

73

Si te preguntas ¿por qué?, ¿qué hago en este instante?, ¿por qué vivo esta situación? Son preguntas que vendrán para luego irse, somos humanos, tendremos millones de etapas y luego éstas, partirán, como partirá la vida tal cual como la conocemos. Habla con tu espíritu, no te pierdas de ti, ni tampoco pierdas el ser humano que quieres ser por capricho o egoísmo. No hay reglas pero, si existieran, realmente ésta sería una de ellas: No hacer daño. No hagas daño porque estarás haciéndote daño a ti, escucha tu alma. ¡Quédate solo! Habla con tu almohada, escucha a la soledad y sumérgete en tu proceso porque esta etapa va a pasar pero antes, te tiene que enseñar.

Perder, sentir desde adentro, experimentar el amor, volar y regresar con un roce... a veces estas sensaciones solo vienen a enseñarte a despedir. Vienen a enseñarte a despertar de ti, te van enseñando que si puedes ser capaz de vivir el amor pero que es necesario saber que todo se va y que la vida continúa.

Si pasas por una situación difícil y crees que no hay solución; entiende que sigues vivo y que siempre hay otra opción. Aprende la lección, suelta cuando debes soltar. Sigues vivo y que lo sepas, es crucial.

No dejes lo que eres a un lado, no te contamines de pasado, ni de presente que te ensucia al pasar.

PD: Cáete mil veces, pero no olvides que eres capaz de levantarte.

27 de junio: ¿Para qué sigo escribiendo este diario?

Parezco un idiota enamorado de la imposibilidad, en vez de disfrutar de mi disco, de mis conciertos y de este Movimiento que estamos haciendo para eliminar las fronteras, para despertar al mundo. ¿Para qué sigo escribiendo este diario, en vez de escribir canciones sobre el universo, sobre la sociedad corrupta que nos manipula, sobre el ego enorme que domina al mundo, sobre las almas superficiales que se enamoran del físico y no ven que se va a agotar? Sobre todos los esclavos sociales que creen que viven y solamente están cumpliendo unas reglas, viviendo de la infelicidad.

Mi misión es o era con el mundo, por eso no sentía ese amor de pareja pero sentía amor por las plantas, por el universo, por los desconocidos, por el arte, por mi familia. Un artista loco que no se conforma con nada, y quiere hacer de su vida algo especial. Sin embargo, mírame, desperdiciando mi vida, distrayéndome. Dejando de liderar a mí equipo de artistas por estar tratando de frenar mis ilusiones, al mismo tiempo que me lanzo en el carrusel de la vida enamorándome de ella, ¡lo prohibido! Así que hoy, quiero decirles que esto tiene que parar. No entiendo por qué este diario sobre el amor, cuando el planeta necesita que seamos locos y reinventemos a la humanidad para reinventar nuestra vida, escapándonos de la burbuja llamada realidad, donde mueren las personas en la miseria y otros envueltos en lujos, no saben qué hacer. Pretendo con arte hacer algo mejor y sin embargo, ahora escribo puras tonterías sobre el amor. ¡Tiene que parar! Ella no es para mí, ella solo intenta encontrarse, y en la nada lo es todo. Ella, ella, ella, ella, ella, ella, ella, ~~ella~~… ¡Me rindo!

28 de junio: Razones para alejarme

1. Tiene novio.
2. No piensa dejar a su novio.
3. Guarda sus sentimientos con llave.
4. Es una experta jugando, pero no se quiere entregar.
5. No nos soportaríamos.
6. Peleamos todo el tiempo.
7. Así como lo engaña a él, me engañaría a mí.
8. Su juego favorito es seducir.
9. No sabe ser fiel.

PD: Aun así, no quiero estar con nadie más.

29 de junio: Razones para quedarme

1. Realmente me gusta.
2. No es un capricho, me está haciendo sentir cosas que nunca había sentido.
3. Gracias a ella estoy más inspirado, he escrito muchísimas canciones.
4. Creo que estoy enamorado.
5. Me está enseñando cada día algo nuevo.
6. De no ser por ella, seguiría como un fantasma vivo, amando la vida sin haber conocido el amor.
7. Su mirada me dice quédate y me olvido de olvidarla.
8. No ama a su novio y yo sé que aunque él cree amarla, ya no la ama.
9. Necesito hacerla feliz.

PD: Aun así, sé que es un error.

30 de junio: Despidiendo junio
12:15 a.m.

Eres mi amor de junio, pero el mes terminó,
hoy es el último día y sigues robando mi inspiración.
No sé si continúe, no sé si seguirá.
La transición se acerca, mañana no será igual.
Tan solo unas pocas horas para despachar...
junio se irá así como tú, en algún momento,
también te marcharás.

La incertidumbre acude, el mes terminó.
Junio me sedujo y lo dejé.
Hoy me dice que no va a volver.

Te preguntarás: ¿julio sabrá amar? Quién sabe, queda un mes para probar, pero si está distante y no quiere intentar, junio nos regala amor para llevar.

Si julio no quiere besar, si julio se asusta y no quiere jugar... entonces debo decirte, que es tiempo de abandonar; ¡Que fue solo amor de junio y en la brevedad conseguí mi eternidad! Si es la última noche brindo en tu honor.

PD: Si te quedas, le enseñaremos a julio sobre el amor.

30 de junio: "Olvídate de mí"
3:58 p.m.

——No debiste, ——refutó, notando al instante que era tarde.

Las velas decoraban el balcón, y los platos de sushi esperaban que disfrutáramos de una cena especial. No me contuve, hasta que a última hora, deduje que estaba perdiendo el juego. Ya le había vendado los ojos, ya le había cantado una canción. ——No quiero canciones, ni cenas bajo la luna, ni telescopio para ver las estrellas. Lo único que quiero es que te olvides de mí. ¡Olvídate de mí! ——gritó.
— ¿Por Fabio?
——No, no es por Fabio, es por mí. No quiero que juguemos a estar enamorados, no me gusta tu intensidad. ¡No hables! ¡Escúchame, que te dejaré todo claro!——exclamó silenciando mi intento de intervenir——. Quiero unas botellas de vino y pasar la noche contigo, quiero hablar de lo que nos provoca sin otorgarle importancia, más nada.

—Ahora mismo le estás dando más importancia de la que amerita, es solo una cena, no es para tanto. Sabemos que nuestra historia es breve, pero no por eso hay que dejar de disfrutarla. Imagina que tal vez estamos juntos esta noche y no hay tantos limitantes, es nuestro tal vez, solo eso.

—No quiero ningún tal vez, no quiero vivir adentro de una duda ni mucho menos quiero ser tu certeza —respondió decidida. — ¿Qué es lo que quieres entonces? —volví a preguntar, idiotamente.

—Definitivamente esto no. No quiero que toques tu guitarra y que trates de conquistarme. No quiero una mega cena, ni estrellas fugaces —dijo, apagando con arbitrariedad una de las velas que tenía cerca.

—Lo hago porque lo siento, porque me nace.

—Ese es el problema.

— ¿Cuál?

— ¡Qué no entiendes nada!

—Explícame.

—Eres una distracción que utilizo para liberarme de mis malos días, eres eso que hace que tenga todo, mi vida perfecta y un cómplice para cuando me obstine de ella. Pero más allá de eso, seguiré con Fabio porque no lo dejaría por ti y luego, cuando me aburra y mi juego termine, no tendrás ningún tal vez porque me habré fastidiado de tu poesía. Tendré otro cómplice pero no serás tú —terminó su monólogo viéndome a los ojos sin contemplación, y yo entendí que las velas estaban de más.

—Entendido —musité despacio, tratando de no darle importancia, controlando mi ego y con la cabeza firme, como si nada hubiese ocurrido aunque por dentro me estuviese muriendo. ¿Entendido? —repitió con la ironía que la caracteriza.

—Sí. Exageré, lo siento —le dije, apagando las velas rápidamente para llevarme los platos a la cocina.

—Tengo hambre, no te lleves la comida.

—Te la pongo para llevar —contesté, esforzándome por no perder mi educación. — ¿Nos vamos? —preguntó, queriendo armonizar la noche que acababa de arruinar.

—Te llevo a tu casa.

—Christopher no me dañes la noche, relájate, vamos a disfrutar del vino.

—No quiero hacer las cosas impuestas a tu forma. Y no me interrumpas ahora tú, que es el turno de mi monólogo, ya el tuyo pasó —le dije contundente porque necesitaba toda su atención—. No tolero tu actitud prepotente, ya no hay noche, ni estrellas, ni cena, ni vino. Ya no quiero nada de eso contigo, lo único que quiero es llevarte a tu casa pero detente y no seas cínica, la que dañó la noche fuiste tú.

Hay gente de la que es mejor alejarse, de pronto lo descubrí, no es la persona por la que quiero vivir. De repente lo intuí, es un buen momento para partir.

Me quedé a su lado el tiempo necesario para decepcionarme, el tiempo necesario para darme cuenta de que estaba enamorado.

Confundí con el amor a alguien incapaz de amar.
Confundí con felicidad a alguien que solo sabe dar por la mitad.
Confundí con mis ganas, lo que realmente no importaba.

Me voy buscando un nuevo amanecer.
Me voy buscando las respuestas que en ella no pude tener.

No vale la pena, ni las ganas, ni las lágrimas, ni nada.

PD: Julio empezó mal.

2 de julio: Mil formas de pedir disculpas - 2:45 p.m.

Querido Chris: Léeme cuando tengas ganas de disculparme:

No sé hablar en persona, así que acudo a esta carta con la necesidad de que me perdones. No sé exactamente qué quiero decirte, pero necesito urgentemente ser tu amor de julio.

Antes de arruinar nuestra cita, me regalaste un escrito, ¿tan rápido lo olvidaste? Me dijiste que si me quedaba podíamos mostrarle a julio sobre el amor. Solo te quiero recordar que me quedé, pero quedarme no significa que haga las cosas bien. Lo arruino y me equivoco, pero eso no quiere decir que quiera perderte.

COSAS QUE ACLARAR

Me asusté al escucharte cantar, al sentir, con los ojos cerrados que podía observar la luna. Me asusté al momento en que me quitaste la venda y vi todas las velas decorando la noche ideal.

No puedo enamorarme de ti, lo tengo prohibido y cuando sentí las mariposas en el estómago, quise correr. No quiero que te vayas de mi vida. Por favor, encuéntrate conmigo a las 7:00 en el edificio.

PD: Quiero ser tu tal vez, así que te estaré esperando aunque corra el riesgo de que no quieras volver.

Por supuesto que no la dejé esperando, pero mi cabeza estaba hecha un lío entre ir a buscarla o dejarla por venganza. En principio quise que aprendiera, sabía que si faltaba ganaría el juego, pero no era un juego lo que quería ganar. Fui a su encuentro, sin ganas de arreglar las cosas hasta que llegué…Subí poco a poco las escaleras y la encontré en el penúltimo piso antes de llegar a la azotea. —No puedes pasar a menos de que te vendes los ojos y confíes en mí —señaló—. Lo arruiné pero me arrepiento, suelo dañar las cosas que más quiero y contigo no pude, no pude pasar el primer día del mes sin hablarte y me entró la necesidad de hacer esto, no porque me sienta culpable, sino porque realmente lo quiero.

—¿Hacer qué? —pregunté mientras caminaba sin ver nada y con su apoyo, pero la música me hizo imaginar el ambiente.

—Quiero ser tú tal vez y regalarte la cita que arruiné. No hay sushi, pero tengo hamburguesas, no sé cantar, pero tengo a uno de los mejores violinistas del país para que decore nuestra noche. No quiero que me digas nada… Tocará unas cuantas canciones y se marchará, pero apenas se vaya quiero que me quites la ropa y nunca más hablemos de esto, llámala "no cita", así ninguno de los dos se sentirá mal y no correrás el riesgo de que vuelva a arruinarlo.

—No es necesario que te quites la ropa.

—Cállate, escucha la música y déjate seducir por la vida. Quiero entregarme a ti pero no será el cuerpo lo más importante que voy a darte.

Mi mente retumbaba, pensé mil cosas en un segundo sin dejar de mirarla. Había imaginado nuestra primera vez pero nunca había ocasión, no podía aceptar que la ocasión estaba ocurriendo y que era de película. El violinista había preparado el solo de David Garrett con la canción Viva La Vida, y entendí que no había sido casualidad, porque cuando conocí a Charlotte, antes de empezar a salir, le mostré ese video que cambió mi vida y que les invito a buscar en youtube. En ese instante, las velas, la música, la comida, y por supuesto, su compañía, hicieron que olvidara todo lo que había ocurrido antes y empecé a quererla con sus defectos porque julio había llegado y sería muy difícil dejar de amarla.

Repertorio del violinista:
David Garrett— Viva La Vida.
David Garrett—Dangerous.
David Garret—Explosive.

Charlotte sacó su lengua y la metió en mi boca, fue el más ácido de nuestros besos. Con su lengua me daba un LSD y el violinista tocaba Explosive y yo sabía que era una noche que no iba a olvidar. Fue el primero de muchos besos para nuestra "no cita" y el violinista seguía tocando. Las manos de Charlotte me rozaban y no era tiempo de cenar. Me llevó al piso en el que había decorado un colchón grande, con pétalos de rosa y muchas botellas de vino alrededor. ¿Cómo hizo para trasladar todo? ¡Es una locura! Pensé demasiadas cosas y ella lo notó.

—Pon tu mente en blanco, disfruta y solo recuerda no pensar en el después. Este es un día que no tiene tiempo, igual que nosotros, que nos encontramos en el momento inadecuado pero con los sentimientos correctos —me dijo, señalando las estrellas y el LSD hacia efecto en ambos.

Nuestras pupilas engrandecían, nuestros sentidos concebían las voces del mundo y yo quería que nuestra noche no terminara jamás. El tiempo transcurrió muy rápido, el violinista terminó con su repertorio del que sinceramente solamente conocía las tres primeras. Al irse, Charlotte me quitó la camisa y el momento que había recreado tantas veces en mi mente estaba a punto de ocurrir. No puedo contarles el desenlace de nuestra velada pero cada vez que nos tocábamos las sensaciones volaban alrededor de nuestro pequeño "tal vez", que empezaba a convertirse en infinito al instante en que ella se sujetaba de mi cabello, besaba mi cuerpo y bajaba hasta mi pantalón en consecutivas ocasiones hasta que —por fin— decidió quitármelo.

El vino no se acababa y el reloj se rompió. Nuestros celulares sonaban pero ambos decidimos apagarnos de los demás y conectarnos con nosotros, exclusivamente —una de las únicas exclusividades que me iba a dar—. Mis amigos me esperaban en alguna calle de Caracas, sin saber que yo no querría regresar, me quería quedar ahí, en el medio del todo y la nada.

Rocé la felicidad y con esa felicidad asumí el riesgo de quedarme en ella, viviendo en la intermitencia de su querer en vez de abandonar lo amado por miedo a su despedida, que en nuestro caso, era mi única certeza.

3 de julio: Confesión

Luego de la noche perfecta, luego de hacer el amor como si las estrellas se alinearan para nosotros y las imposibilidades desvanecieran para fundirse en dos cuerpos. Luego de suspiros y alucinaciones, de violar necedades y atravesar el umbral. Llegué al abismo con su cuerpo pero no fue eso, lo más importante que me entregó. Me regaló la intermitencia de su querer y aun así, me dio su eternidad, y ahí acepté el reto, ¡decidí saltar! Lanzarme por ella hasta los limitantes y cruzar las fronteras ilegal. Nuestras locuras eliminaron los segundos, y aunque me pusieran pistolas no iba a retroceder.

El disparo llegó, fue ella quien me mató.

Una llamada que atender y se desvanecieron las estrellas, no había alineación, los imposibles llegaron venturosos, los cuerpos acaban de separarse y decidieron irse a su territorio. Me caí sin paracaídas cuando me lancé por amor.

—Príncipe estoy reunida con los internacionalistas, están aprobando el congreso. No voy a poder ir a trabajar hoy.   Tienes razón pero no podía atender el celular, nos vemos en la casa, yo llegaré antes de que cierres el local. ¡Te amo muchísimo! ¡Gracias por entenderme!

(Eso recuerdo de su conversación, fue más larga y más fuerte pero en el primer te amo decidí cerrarme a ella, aunque muy tarde, el disparo había llegado. Tenía que fingir, no darle importancia, y continuar la noche como si nada, porque las reglas impuestas debían ser respetadas).

PD: Me dolió, pero nadie se muere por amor.
PD1: Cambio de estrategia.
PD2: ¡Empezó el juego!

4 de julio: Noche de cine

Fuimos al cine a ver "Ciudades de papel", después nos fuimos a su casa, estaba sola. Unas cuantas copas de vino, risas, largas conversaciones y ya el pasado no importaba, todo había sido redimido. Sus dedos jugaban conmigo, me apartaba para luego volverme a agarrar. Me dice aléjate y me trata mal, pero luego vuelve hacia donde estoy. Adora discutir conmigo y terminar resolviéndolo con besos pero cuando yo nadaba en sus cabellos turnándome en la expedición, para explorar en su espalda, haciendo constelaciones en sus lunares, así, de la nada, le provocó jugar:

—Si pudieras describirte en tres palabras, cuáles serían?

—Idealista, volátil, atento —contesté después de vacilar un poco.

—¿Idealista por qué?

—Tengo mis ideales muy marcados y espero que mi estadía en el mundo sirva para lograrlos.

—¿Para bien o para mal?

—¿Por qué querría cambiarlo para mal?

—No lo sé, ¿por qué no?

—Quiero cambiarlo para bien.

—¿Qué cambiarías?

—Las injusticias, la maldad, la pobreza, la desigualdad, la sociedad mentirosa, los puestos comprados, el dinero… tantas cosas.

—El mundo es malo y luego te darás cuenta de que no lo vas a poder cambiar, ya es muy tarde para los humanos —me explicó, haciendo morisquetas con su cara quitándole importancia a sus palabras.

—Me parece cobarde asumirlo sin intentarlo.

—¿Quién dice que no lo he intentado?

—Yo lo sé. Has vivido siempre para ti.

—No es verdad, lo dices porque difiero de tus ideales y eso te choca.

—Sí es verdad. Da igual si no compartes mis ideales pero yo puedo decir con toda certeza que no haces nada por el mundo más allá de ti.

—No me conoces, no sabes quién soy.

—No lo tomes personal, sé que te pasaron cosas malas, pero también sé que es tiempo de olvidarlo y dejar de victimizarte.

—Te molesta tanto perder que hablas por hablar. Yo Construyo mis sueños cada día, soy emprendedora, nunca estoy sin hacer nada, trabajo. ¿De qué hablas?

—De tu misión.

—No la he encontrado y para mí carece de importancia.

—Ni siquiera lo has intentado y te da miedo no lograrla, eres muy básica.

—Por lo menos no soy una romántica como tú, que piensa que puede vivir en un mundo sin dinero, pero vive bien y todo lo tiene.

—Todo lo que tenemos se va.

—Es más fácil decirlo teniéndolo, pero quisiera ver qué pensarías desde la cima de un cerro sin comida, sin mujeres, sin vicios…

—Cuando algo no te gusta lo evades pero estamos hablando de ti, la que no lo intenta, la que vive esperando algo y no hace nada para obtenerlo. La que vive tratando de llenar las carencias del pasado en el lugar equivocado, por miedo a enfrentar la realidad.

—Habla tu reflejo, tú te reflejas en mí y te molesta. Habla el superficial que ve a las personas por su físico pero dice ver el alma.

—¿Crees que me gustas por tu físico? —pregunté.

—Te gusto físicamente, pero ves en mí algo más. No sabes cómo controlar que no te pertenezco como todas las personas con las que acostumbras a estar. No soy ni tu admiradora, ni tu novia, no llego a ser tu amante pero tampoco soy tu amiga. Soy el amor de tu vida o tal vez no, soy todas las dudas y todos tus pecados… Soy tantas cosas y nada a la vez ¿No te parece? Y tú, tan perfecto. Trabajando cada día por la vida, despertándote para cambiar a la humanidad, queriendo hacer algo distinto por el mundo, tan hermoso y talentoso y mira; te enamoraste de la que vive llenando carencias, pero como tú dices, "normal", simplemente estamos en un "ETERNO TAL VEZ".

—Otro monólogo —dije aplaudiendo sarcásticamente —. Mi turno: Da igual si me gusta la que no tiene misión de vida y vive buscando algo que ni siquiera quiere encontrar. Se trata de lo que quiero hacer y Christopher Santalla quiere dedicar su vida a algo importante, ayudar a la gente y no tener una existencia aburrida en la que piense solamente en él. Quiero saborear la experiencia aunque muchas personas me digan que no lo lograré o que no tiene sentido, o que la humanidad no tiene oportunidades. Me parece que la vida es un sueño y quiero que mi sueño sea colectivo.

—Mi misión de vida te aseguro que no sería una pérdida de tiempo como la tuya, que aunque lo niegas, sigues viviendo entre trivialidades y por eso soy tu adicción. Porque si de verdad estuvieras seguro de lo que quieres ser, no estarías con alguien que tiene novio ni tampoco te harías amigo de su novio. Eso no lo hacen las buenas personas, querido Chris. —refutó tratando de vencerme y decidí dejarme ganar, de todas formas tenía la razón.

5 de julio: No quiero compartirla y no me pertenece - 3:00 p.m.

Ella vive así como si nada le importara, despeinada y tenue, fugazmente hermosa y al parecer, feliz. Le gusta estar con él y estar conmigo, pero de repente me pongo a pensar si es esto lo que quiero, si quiero vivir besándola a escondidas y teniéndola a ratos, o si realmente quiero algo más. La veo cuando puede, un amor por la mitad y sigo escribiéndole día tras día y contándoles cómo se siente quererla. Lo besa delante de mí como si lo nuestro fuera nada. Seguimos jugando y yo estoy perdiendo, me estoy enamorando.

Me llama, me busca, está todo el tiempo ahí…
No me deja ir pero tampoco me pide que me quede.

6 de julio. Dejé de quererme mientras te quería, ahí estuvo mi error.

Te quise sin pensar,
como eso que no quería se fuese a marchar.
Te quería en libertad,
como quieres algo que jamás podrás alcanzar.
Te quería en la línea que divide
el bien y el mal,
aunque no supieras que en el error,
te quería igual.
Te quería sin tantas preguntas
y con aceptación hasta que me di cuenta
que no se detiene el reloj.

Te quería de muchas formas
que no logro definir,
es necesario que lo intente antes de seguir.
Te quería aun cuando no quería quererte,
como eso que no puedes controlar,
que vive en tu mente y te hace suspirar.

Te quería sin futuro, sin presente
y sin pasado.
Te quería y dejé de quererme
mientras lo hacía.
Te quise olvidando al mundo,
queriéndome quedar,
en un mundo imaginario
donde pudiésemos estar.

Tanto te quise que entendí,
no puedo quererte si no me quiero a mí.
Tanto te quise que he decidido
que es tiempo de quererme a mí.
Dejé de quererme mientras te quería,
aceptando a medida un amor sin sincronía.
Te quería, te quiero y te querré
pero es momento de entender
que quizás tú...jamás me pudiste querer.

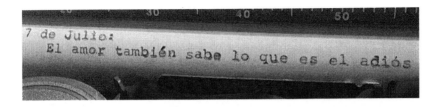

7 de Julio:
El amor también sabe lo que es el adiós

Cargado de polvo,
pensando en querer.
Las sombras se asoman,
el viento no es.

Llegas al piso con miedo a subir.
Reconoces su mirada y te quedas ahí,
hasta que comprendes es tiempo de partir
que algunas veces es mejor dejar ir.

Deja ir tus alas,
no las cortes por quedarte ahí
donde no perteneces
por pensar que es así.

Sin matarte por dentro,
sin querer naufragar,
el tiempo es perfecto,
ya podrás amar.
No es el momento,
no es el lugar,
por eso hoy vuelas
sin mirar atrás.

La reconociste, te reconoció.
El adiós también sabe lo que es el amor.

8 de julio:
Cantándole al después

Cantándole a la breve dulzura de un amor que no es.
Cantando para liberar lo que duele y no había querido soltar.
Cantándoles a los enamorados de un mes
que piensan que su amor no existió.
Cantándoles a los "enamorados" que tienen años en compañía y
duermen pensando en alguien más pero dicen seguir amándose.

Cantándole al vació de un corazón podrido de tanto esperar, con la impaciencia que el engaño vestido de amor, le da.

Cantándole al universo mientras las estrellas me preguntan dónde estoy, hacia dónde quiero ir y

sobre todo, dónde está ella.

Canto porque me enamoré después de no haber sentido nunca.

Canto por los fraudes del destino aunque sepa que son aprendizajes.

Canto por ti, que piensas que conseguirás lo que te falta en otra persona.

Canto por mí, que pienso que no volveré a querer, aun sabiendo que la vida continúa y que estoy exagerando.

Canto mi exageración después de 4 botellas de vino, lleno de amigos, mujeres, y distracciones efímeras, en mi fallido intento de olvidarla.

9 de julio: El despertar

Siempre hay motivos para sonreírle a la vida, para vivir, para insistir y para levantarnos con ganas de besar al mundo. Esperamos demasiado la oportunidad y la oportunidad nunca se ha ido, la oportunidad radica en estar vivos. ¡Estamos aquí! Tenemos una casa gigante que nos cubre y un corazón lleno de amor. El tiempo pasa muy rápido y lo único indudablemente seguro es que la muerte llegará y de eso se trata, de una existencia fugaz, queriendo ser eterna a través de los sueños.

Mucho tiempo pensando en el PERO y no en la solución... Me levanté con ganas de besar el sol.

Hoy me levanté con ganas de encontrarme conmigo, de abrazar mi esencia, de construir puentes y borrar las fronteras. Mi voz interior tiene ganas de hablar y yo, la pienso escuchar.

Quiérete para querer y comprenderás que no hay contratos para el amor, no hay distancias que separen una verdadera ilusión. El tiempo es breve, incluso, he llegado a pensar que no existe...

Sin pasado, sin presente constante, sin futuro distante, solo somos instantes... Te hablo a ti, aunque no sepas que es así. Vamos a comenzar de nuevo, a reinventarnos. ¡El viaje ya empezó!

Tengo mis maletas vacías pues nada me llevaré, pero tengo mi alma llena de ganas de poder ver más allá del dinero. No hay religión que detenga a un alma con ganas de dar amor sin dividir, ¡sin limitar! La vida me sonríe, y yo te sonrío a ti. No sabes cuándo será la hora de partir, por eso te digo: ¡Tiempo de ser feliz! Te regalo mis sueños envueltos en mis letras por un mundo mejor.

Hoy te quiero aunque no entiendas quien soy. ¡Feliz jueves para ti! —dice la casualidad. —Te estaba esperando, ¡gracias por llegar! —dice el destino mientras la empieza a amar.

10 de julio: Gracias, lo siento, te amo

La vela es la esperanza, crees que se apaga pero la luz vive en ti. La oscuridad nos persigue, podemos salir, que la tormenta pase para poder revivir. Siento la frialdad, siento el hielo que cubre parte de mí, siento mi proceso y que es tiempo de fluir. La oscuridad y la luz se debaten dentro, me dan las opciones, me atrapan por momentos y me hacen decidir. La decisión cambia, la luz llega y se hace fuerte. Una familia y diferentes conexiones, procesos y evoluciones. Si quieres cambiar el mundo, cambia tu interior, escúchalo, siéntelo. La fe te muestra que eres vida.

Estás aquí, en este instante, en este momento, en este minuto. 12:04 a.m. He decidido levantarme, he decidido meditar, he decidido que puedo, y mi voz espiritual quiso hablar. El hueco interno busca las herramientas para llenarse. Sigo siendo vida, sigo siendo luz. Vida a mí alrededor, personas que se preocupan, personas que se aman, personas que conoces y que se van. Dejé de explorar en lo fundamental, necesitaba hacerlo, perderme y llegar. Estoy aquí, y tú también lo estás lector o lectora desconocida. Son las 12:06 ahora mismo, y sigo escribiéndote, te hablo desde mi experiencia y mi revolución de sentimientos llega a ti, sin permiso, porque sí.

No es casualidad, me lo repito una vez más. Desde cualquier país, desde cualquier ciudad, desde cualquier situación, el hilo que nos hace parte de la vida sigue flotando y por eso esta conexión. Seguiré analizando pero descubrí que esto apenas comienza. ¡Es tiempo de sanar! ¡Tiempo de perdonar! ¡Tiempo de finalizar! ¡Tiempo de comenzar! Estás a tiempo. Por eso escribo, por eso hoy estás conmigo, aunque no estés.

11 de julio: Hoy recuerdo a quien me quería y no supe querer - 10:13 a.m.

En definitiva, nunca entendí la razón de su amor, tan contundente, tan lleno de ganas de no detenerse. Quería lo mejor de mí, pero amaba ferozmente mis errores. Quería su vida conmigo, pero esperaba paciente a que yo tomara ciertas decisiones. Me quería en mis días de mal humor, me quería cuando también la quería yo. Me quería dejándome libre, sin retener, aunque algunas veces quisiera que yo pudiera volver. Me quería como no mucha gente sabe querer. Un amor de otro tiempo, besos que no caducan con el viento. Me quería desgreñado, me quería al despertar.

Me quería cuando yo no quería querer. Me quería con mis largos pensamientos y reflexiones al atardecer.

Me quería cuando me perdía en mí mismo para tratar de comprender, algunas cosas que guardo y otras que quiero conocer. Yo también la quería. La quería sin limitar al amor. Quería demostrarle que no hay contratos para ganar mi corazón. La quería dulce y tiernamente, también la quería cuando estaba ausente. La quería cuando estaba en soledad y cuando quizás pensara, no la quería más. La quería a mi manera, sin retener mis ganas constantes, sin retener mis miedos. La quería sin costumbre, la quería distinto. La quería sin pretender atarme a su alma para huir de la realidad. La quería impaciente, la quería feliz. La quería antes de irme a dormir. La quería, pero no la quería para vivir el amor normal, lleno de costumbre, repleto de carencias... Yo no la quería así.

Prefería las dudas a las certezas. No hay certeza en el amor y cuando la encuentres perderás la ilusión. Puedo decir que la quería como pocas veces la gente se atreve a querer, y que por eso, tengo la valentía de seguir queriéndola.

PD: Para la chica que estuvo antes de conocer a Charlotte, ella merece conseguir el verdadero amor.

12 de julio: Una tarde bajo la lluvia y ganas de no aceptar que inevitablemente este amor no va a durar - 5:30 p.m.

Me levanté sin ganas de levantarme, todo estaba callado, mis gatos jugaban, las plantas se confundían con la neblina. Un baño para quitarme las cicatrices permanentes, sabiendo que no se van. Me asomo en el balcón buscando qué hay más allá de la montaña y me relajo cuando siento que todo está en sincronía. Enciendo el motor de mi auto, sigo el camino con los vidrios abajo y la música a todo volumen para callar mis pensamientos. Voy cada vez más rápido, quiero dejar atrás todo lo que me mantiene perdido, no entiendo, por qué Charlotte está presente incluso cuando debería mantenerla alejada de mi vida. Quiero dejarla atrás. Empieza a sonar nuestra canción: "Deamonds" de la banda Imagine Dragons. Recuerdo sus besos, la recuerdo. Recuerdo que la vida se va, me parece una linda casualidad haberla encontrado. De pronto, suena mi celular y es ella. Debo contestarle, pero después de hacerlo voy a ir a verla y es lo que no quiero.

Masoquismo, no quiero contestar, ella insiste y vuelve a llamar.
Cada vez que trato de alejarme, recaigo en ella y no me arrepiento, es mi adicción favorita y estoy dispuesto a pagar el precio.
Un día normal, transformado en extraordinario.
Una vida sin sentir está destilando amor.
Una no cita con ella para seguir siendo participe de sus trucos, porque la magia comienza con su presencia.

¿Me amas? —preguntó, pero su intención no era una explicación, era una apuesta directa al corazón.

—Eres lo más cercano al espejismo y la ilusión —respondí, guardando con llave mis sentimientos.

—No me digas, ¿ya no sabes lo que sientes? Si es tu estrategia, estás fallando.

—Sé más que tú, que llevas años en una vida prestada, buscando afuera la felicidad que él no te da. Esperas respuestas insustanciales a lo que mis sentidos te contestaron ya. ¿Será tu ego?

—No, lo único que quería era conocerte pero olvídalo, no quiero pelear. Mejor bésame y enséñame en la cama lo que serías incapaz de expresar a través del método tradicional. Si tanto te cuesta contestar que hablen tus sentidos, son a los único que quiero escuchar.

La cama no bastó... El sol se ocultaba pero no sin antes, contarle a la luna sobre nuestro encuentro de hoy:

Hicieron el amor en las estrellas o las estrellas bailaron alrededor de su pasión. ¿Quién sentiría más calor?, ¿el cielo completo o su habitación? Él la amaba en el silencio, y lo demostró. La luna complacida, se presentó, quería ser partícipe de aquella unión.

Ella lo amaba sin quererlo aceptar. A veces necesitaba de sus palabras y quería explorar, aunque de pronto se detenía porque sabía que no podía exigirle lo que no le podía dar.

Se amaron y descubrieron la ecuación. Un TE AMO llegó, aunque nadie lo pronunció. Imposible de olvidar: Un te amo para llevar. Eran los elegidos de las estrellas, pero ni siquiera se lo imaginaban, nunca hubiesen pensado que al fusionarse pasó una estrella fugaz para pedirles un deseo. La estrella quería volver a verlos juntos, tan felices por tenerse como para borrar sus cicatrices y olvidarse de las malas experiencias, tan felices como para no necesitar de nada ni de nadie más. La estrella fugaz se fue pensando en ellos y ellos siguieron rompiéndose el alma al amarse.
—¿De qué forma he de quererte sabiendo que te irás? —pregunté.
—Quiéreme sin pretender que cambie mi vida por entregarte mi amor. Yo solo quiero que me quieras sin tratar de hacer que me quede.
—¿Qué clase de amor es ese?
—Un amor que no limita, un amor sin límite más que la acción de amar.
—¿Y si estás con alguien más?
—De cualquier modo siempre estaré con alguien. No soy tuya, ni lo seré más adelante, eso no sucederá. Quiero ser en ti un pensamiento, una sonrisa, algo más...
—Preferiría un amor sin tanta contaminación, un amor estable como el que tienes con él.
—Esa clase de amor siempre caduca. Yo te ofrezco un amor eterno, un amor libre donde podrás equivocarte, donde podrás fallar, donde te buscaré y te perderé mil veces, donde me alejaré y tendrás mi sombra, pero me encontrarás en sueños.

Amor a Cuatro Estaciones

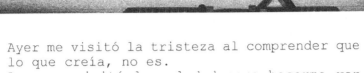

13 de Julio. Ayer decidí que puedo vivir sin ti.

Ayer me visitó la tristeza al comprender que
lo que creía, no es.
Ayer me visitó la soledad para hacerme ver
que es tiempo de emprender un viaje lejos de
tu ser.

Ayer entendí, me había enamorado de ti,
pero también en medio del silencio pude saber, que no es el momento para querer.
Comprendí que amar no es poseer,
decido volar a un mundo lejos de tu piel.
Ayer decidí que puedo vivir sin ti,
que la vida no se acaba por no poder convivir, y no tener tu mirada para existir.

Comprendí que las calles seguirán igual
aunque no tenga tu mano para caminar.
Comprendí que el planeta no dejará de girar,
sin tus labios, la vida continuará.

Le faltó comprender a mi corazón,
que te esperó durante mucho tiempo con ilusión.
Le faltó asimilar a mi interior,
que tiene un alma que persigue a tu alma en
cada constelación.

Mi corazón seguirá latiendo,
y seguirá andando el reloj
aunque no esté contigo en mi habitación.

Decidí que puedo vivir sin ti.
Te regalo mi despedida como último acto de amor,
ése que no retiene y busca la libertad,
ése que ama sin buscar encarcelar,
ése que se despide sin haberte dejado de
amar.

13 de julio: Otra confesión
2:50 a.m.

Lo lamento, me desperté buscando un poco de ti y no encontré nada, algunos amores son tan cortos que llegan únicamente para demostrarte que puedes sentir y se van para que entiendas que no es para tí.

14 de julio: Voces me dicen lo que no
quiero escuchar - 1:01 a.m.

Se enamoraron de lo prohibido, de las ilusiones, de lo inalcanzable. Pero ¿por qué?, ¿para huir de las tristezas y amar una imagen?, ¿será que están empezando a utilizar el amor como una religión?, ¿será que esperan amar para sentirse curados?, ¿de qué hay que curarse? Tenemos que curarnos de nosotros mismos, que siempre estamos esperando algo pero no sabemos que es.

Buscamos en las rosas una nueva emoción para sentirnos vivos por las mañanas, pero le tenemos tanto miedo al amor, que algunos prefieren observarlo de lejos, y conformarse con un pedazo de felicidad en vez de tenerla completa. ¿Cómo podemos tener completa felicidad si estamos incompletos? Nos levantamos queriendo alcanzar algo y lo olvidamos en el almuerzo por no escuchar nuestro interior. Tememos de la soledad y amamos lo provisional, aunque soñemos con la eternidad. Sin embargo, hay quienes aman lo que se les presenta por miedo a no encontrar nada más, viven infelices porque no se dieron el tiempo para esperar, decidieron fingir amar para contemplar la perennidad aunque la habitación esté sola incluso al compartir la cama. Aunque las mañanas traigan vacío incluso al despertar con sus besos.

¿A dónde queremos llegar? Guardamos las palabras que debemos decir y hablamos cuando el silencio quiere acudir. Hay quienes quieren sentirse enamorados pero no sienten amor por su ser. Hay quienes se enamoran de la vida, de las flores, de los instantes, del día a día pero niegan su amor para alguien en particular, lo prefieren plural, y son incapaces de enamorarse de una persona. ¿Temor o incapacidad? Yo creo que es temor. ¿Y tú?, ¿en cuál bando estás?, ¿caminas para llegar o disfrutas el camino que transitas?, ¿amas para huir de ti y sumergirte en la costumbre mientras corres de la soledad?, ¿amas lo irreal para no lanzarte al abismo de encontrar el verdadero amor?

¿Existes o solamente vives porque no tienes otra opción?

16 de julio: Lo que espero algún día poder decirle - 12:10 a.m.

En un breve espacio de tiempo me gustó la imposibilidad de quererte, pero ya no.
Ni mi cama quiere tenerte, ni mi alma espera poder verte.
Ni te quiero esta noche, ni te extrañaré por la mañana.
Ni te idealizo como "el amor",
ni espero que despiertes pensando en mí en tu habitación.

Demasiado corto para causar heridas,
ni te convertiste en mi presente,
ni tuviste tiempo de ser mi pasado.

No serás mi futuro, te quedas en la brevedad de este instante
en donde le escribo a lo que no fue.
No quiero estar más contigo en donde nunca estuve,
pero confieso, lo quise.
Ni te quiero en mi viaje, ni miraré atrás para observar tu camino.
Ni eres lo que busco, ni serás lo que encontraré.
Mataste todo indicio de atención, por eso estás líneas son para
el adiós.

17 de julio: No hagamos del amor el daño para otros - 3:03 a.m.

Te quise como a nadie he querido, te olvidaré como si jamás hubieses existido.
Sin preguntas y sin recuerdos, sin momentos y sin futuros encuentros.
¿Cuántas ilusiones he roto? Pago por renacer, mañana me levanto y no te vuelvo a ver.
Una mentira jamás será verdad, este cuento llega a su final.
Cierro mis ojos sin "flashback", sin mañana y sin quizás.
¡No fue! Te juro que en esta brevedad te amé.
Muy poco, muy lento, muy desde adentro.
Y mi alma quería que estuvieras, mi alma quería que jamás te fueras.
Otra huella que se va, un encuentro y un adiós.
El árbol de la vida me dio el 32, piensa que significa y encontrarás el amor.
Gracias, me recordaste que puedo sentir, luego me enseñaste que el amor puede herir.

Espinas y rosas, espinas nada más.
La flor murió, pero el árbol de la vida renació.
La primavera se acerca, aunque no estemos en abril.
El tiempo se paró pero la vida sigue andando, no tiene reloj.

18 de julio - 11:58 a.m.

Si fuéramos más valientes y no tan cobardes,
no habría mañana acompañados de otros brazos,
seríamos tú y yo, viviendo el amor.

~~¡No contestarle el celular!~~   ~~¡Debo alejarme!~~   ~~¡Es tóxico!~~

C1: Tenía el celular en silencio.
C: Te extraño, ¿nos vemos hoy?
C1: No puedo.
C: Anda, tienes días evitándome. Vamos, un día para los dos. Vente a mi casa tengo una botella de vino de mora. ¡DILE QUE NO! ~~¡DILE QUE NO!~~
C1: Si me desocupo temprano nos vemos en tu casa, tengo que entregar unos discos e ir a unas entrevistas, luego estoy libre, pero realmente estoy cansado. Tú también tenías muchas cosas atrasadas por tu viaje de aniversario.
C: ¿Estás molesto?
C1: No.
C: Cumplíamos cuatro años y tenía que ir.
C1: De eso se trata, yo soy el amante. Lo decidí muy consciente.
C: No te me pongas tonto, vamos a vernos, anda.
C1: No quiero.
C: No sabes resolver las cosas hablando.
C1: Aja…
C: Estás insoportable, pareces un niño.
C1: Duermes conmigo, me abrazas, estamos juntos, pero al día siguiente te vas con él a vivir tu gran mentira, a celebrar cuatro años de relación teniendo sexo con Fabio después de haber hecho el amor conmigo.
C: ¡Me conociste así! ¡Acéptalo! Estoy con alguien, cumplimos cuatro años, y me fui de viaje con él, nos besamos, nos quisimos y así es la vida. Es otra clase de amor. ¿Para qué me buscaste si sabías que tenía mi vida?
C1: Perfecto… (Colgué, pero ella continuó por whatsapp)

Charlotte

No quise decir eso, es que me sacas de mis niveles, no fue mi intención…

No me dejes en azul. No entiendes, te quiero, pero hay cosas de mí que no sabes, no es fácil hacerle daño a alguien que quieres.

Contéstame

Te quiero más de lo que imaginas aunque me cueste demostrarte mis sentimientos

Christopher:

No es el hecho de que estés con él, es que no respetes, que lo beses cuando estoy en frente, que no te importe que me duela… Es el hecho de llamarlo luego de tener relaciones conmigo, sin esperar ni 20 minutos o ser prudente e irte para otro lado

Eternos puntos suspensivos

Era nuestra última conversación, o eso creía. Era una despedida, o eso parecía. Ella esperaba su café, yo quería vino para adornar mi tarde y enmudecer mis sentidos. Era mi última oportunidad para abandonar el juego.

—¿No hay solución? —preguntó.

—Llevamos tiempo tratando de enmendar lo irreparable.

—Hay maneras.

—La costumbre limita el amor hasta desgastarlo y tú vives de la rutina.

— ¿Me amas? —preguntó, rozando mis manos.

—Te amé por muchas noches, hasta que mis insomnios me explicaron que el amor no es condicionar, ni poseer. Te regalé mis días cuando tenías tiempo. Te regalé dejar todo y escaparme cuando huías de él. Sin embargo, cuando yo te necesitaba, estabas en el cine o con su familia, estabas en la playa o en el teatro, pero conmigo no.

—Tu venganza es el adiós. Lo intenté, pero no crees en mi forma de querer.

—No hay culpables, es lo de menos, ya no importa.

—Es una derrota compartida y te vuelvo a preguntar ¿Lo volverías a intentar?

—Se agotaron mis ganas. ¿Intentar qué?

—Solamente quédate, no te vayas. Quédate, porque aunque parezca que lo hago mal, por fin estoy queriendo de verdad.

95

—¿Mientras lo quieres a él?

—Te gusta alguien más. Sé que has conocido a la chica de la cafetería, sé cómo la miras, sé que te gusta y tú le gustas a ella.

—La estoy conociendo —mentí, ni siquiera habíamos tenido la primera cita.

—¿Tan rápido puedes amar y luego olvidar para volver a amar?

—Podría hacer como tú y amarlas a ambas, pero todavía creo que el amor vale la pena.

—¿Por eso prefieres alejarte de mí?

—Me alejo porque nunca lo vas a dejar y porque no estaría bien que lo dejes. Me alejo porque sé que nunca podremos tener más que esto.

—No hubo amor. Me hieres porque no puedes tenerme.

—Te perseguí, te quise, me alejé del mundo. No soportaba que me dijeran que no valías la pena, no soportaba que hablaran mal de ti. Me alejé de Daniela cuando se opuso a esto, me citaban todos y yo les explicaba que podía alejarme de ellos, pero no de ti; y no me arrepiento, te defendería del mundo mil veces, pero es una mentira disfrazada, no es sano. Al final tenían razón, estoy atrapado en un ambiente tóxico y solo te quiero a ti.

—Quien ama no se aleja, ni vuelve a amar tan rápido. Te enseñé otras cosas, yo te ayudé a que vivieras despegado de un estudio o de un canal de televisión…

—Pero amas a dos personas y fallaste enseñándome a aceptarlo.

—Tú sabes que no lo amo, o bueno… —dijo rectificando—. Lo amo distinto, es otra clase de amor.

Otro trago de vino…es difícil desprenderse de lo amado y entender que el siguiente escalón de la vida te espera, que no puedes quedarte con lo que te impide seguir caminando.

—Lo siento. Ni todo ese amor sirve para que abandones la rutina, para que crezcas, para que veas más allá de la seguridad, de lo estable. No dejarías de estar con él, y nunca podríamos ser felices encima de su felicidad. Tú no apostarías y yo no quiero que apuestes por mí…

—Cállate de una vez, dime mejor que te gusta ella, es más fácil, pero no me vengas con estupideces como hiciste con tu ex cuando me conociste. Yo no soy ella, no soy débil. ¿Qué sientes? —preguntó mirándome fijamente, esperando salir del hueco en el que la sumergió mi duda.

—Me gusta que se queda, que no se va con otro ni me tiene cuando puede, sino cuando quiere —quise que mis palabras le llegaran, quería lastimarla para salvarme.

—Estás conformándote con ella porque te da todo lo que yo no puedo darte —me respondió cínicamente dedicándome su mejor sonrisa.

—Te equivocas.

—Te equivocas tú si crees que puedes desprenderte tan rápido de lo que sientes. Ésta, no es nuestra despedida.

—Charlotte, hace unos días te fuiste de viaje por la celebración de tu aniversario, fue un viaje de sexo, de mentiras, de falsa ilusión, pero al irte conseguí algo más —exageré, tratando de darle celos.

—Sabes que tenía que ir y aun así hice todo para estar contigo, pero al irme conseguiste cobijo en otros brazos, al instante ya tienes un nuevo amor.

—Esa es la cosa, que siempre empiezas la oración asumiendo que debo comprender y no soy bruto, realmente lo entiendo pero no lo acepto. No eres tú lo que quiero.

—Soy lo que quieres, y sabes que tú eres lo que quiero pero…

—No podemos estar juntos como queremos —terminé apropósito la oración, se la arrebaté de los labios con toda la intención y ella lo notó.

—No seas tan injusto.

—Eres predecible.

—¿Por qué me separas? —intentó besarme y nunca fue tan difícil decir que no.

—No quiero tus besos.

—¿Tan rápido jugando a ser fiel?

—¿Tanto te importa?

—Te quiero y no pienso compartirte, sé que soy injusta pero no vuelvas otra vez a estar con alguien por miedo a estar solo.

—Ya aprendí a estar solo y no estoy con alguien, solo no quiero estar más contigo. A ella a penas la estoy conociendo.

—¿Ya no me amas?

—Te amo pero quiero ser feliz sin ti.

Ella quiere otra oportunidad y yo ya no quiero volver a tratar.

Agarré las maletas mientras bebía otro trago de alcohol. Dicen que en la segunda copa de vino dejas de ser mortal, yo quería ser de otro planeta. Un recorrido difícil, un viaje especial. Viajaré intentando conseguir la felicidad, esa que ella, ya no me puede dar. Me dice que no entiendo que amar no siempre será felicidad y que en las tristezas el amor no deja de habitar. Nos amamos, indudablemente nos amamos. En mis sueños me visita y cada mañana al despertar sonrío, pero ya no la quiero cerca, ya no la quiero conmigo.

¿Seguiré soñando con la que —en medio del infierno— me enseñó a ser feliz?

19 de julio.

Hoy le escribo al amor.
irónicamente

No tiene tu nombre, ni es en tu honor.

Le escribo al amor como máxima expresión, escribe mi alma y yo presto atención, mientras transcribo palabras que me dicta una voz.

Llevamos tiempo haciendo del amor el sufrimiento constante, las mentiras y la decepción. ¿Por qué? Si nada es nuestro, para qué tratar de tener.

No podemos hundir el amor en pudrición por no dejar ir.

No podemos confundir nuestro ego con amor.

No podemos dejar que nuestro orgullo contamine el ambiente.

Amor a Cuatro Estaciones

Hoy le escribo al amor de verdad, a ése que espero encontrar.
Le escribo al amor universal, ése que sí he podido disfrutar.

Le escribo al amor de amistad, que aunque falle no me va a abandonar.

Le escribo al amor de la vida, al real, que nace cuando aprendemos a valorar.

Hoy no te escribo a ti, pero me di cuenta que tengo mucho que decir.
Hoy no escribo en tu honor.

No es personal, necesitaba indagar, mirar adentro para soltar.

Le escribo al amor que expande tu ser, que te toma de la mano y te hace creer. Le escribo al amor puro, al que no juega a querer tratando de vencer un juego que debería perder. Le escribo al amor que utilizan los que se aman de verdad, sin lastimarse, sin necesitarse… ¡Se aman sin limitarse!

No hagamos del amor las carencias internas. Nadie te puede sanar, vinimos solos a este lugar y solos nos tendremos que retirar. El amor es la brevedad y la eternidad. El amor es un deseo fugaz. Y aunque estás letras no son en tu honor, podría decirte que en su momento, fuiste mi amor.

Hoy le escribo a un lector desconocido que se encuentra con el diario de una ilusión.

20 de julio:
Dejando ir al globo

¿De qué sirve coleccionar lagrimas?

Cada persona es como un globo que sabes, en su momento, también tendrá que seguir. Si lo mantienes atado a tu lado, corres el riesgo de su explosión, y así, lo que amabas morirá por no haberlo dejado en libertad.

Un globo comprendió, que miles de globos conocerán, serán situaciones que atravesar. Un globo comprendió, que miles de veces tendrá que conseguir un nuevo camino.

¿Y tú? ¿Sostienes el globo sin quererlo soltar?

¿O eres el globo que le ha cogido miedo a volar?

PD: Yo soy los dos.

Reencuentro con Lucas:
La verdadera amistad no se queda mirando tu cicatriz.

— ¿Por qué te empeñas en fastidiarme? Vine porque extrañaba a mis amigos, no siempre tiene que tratarse de ti.

—Esta es mi casa y no voy a dejar que entre un extraño.

—Ahora soy un extraño…

—Eres un extraño y te quiero   lejos.

—Tenía razón en pegarte y no te voy a pedir disculpas. Yo no vine para una reconciliación.

—Tampoco quiero una reconciliación Lucas, eres un loco. Vamos a hablar mirándonos a la cara —dije situándome frente a él pero sin agresividad—. ¿Por qué me golpeaste?

—Tú sabes por qué lo hice.

—No tengo ni idea. Dime tu razón mirándome a los ojos —me empujó, lo empujé. Daniel entró.

—¿En serio van a seguir con esto? Entren al cuarto que todo se escucha y ya sabemos que tenemos un grupito de amigos bien chismosos —intercedió Daniel, separándonos.

—Nadie aquí oculta nada, ¿verdad Lucas? —pregunté con ironía.

—Cállate Christopher no seas imbécil—contestó, al mismo tiempo en que íbamos al cuarto.

—Daniel, déjanos solos para terminar de hablar, por favor.

—Él tiene que ver en esto tanto como yo, ¿por qué se va a ir? No entiendo —preguntó Lucas, indignado.

—Me voy a quedar pero no quiero estar recibiendo golpecitos tuyos —se dirigió a Lucas con resentimiento y noté que los que tenían que hablar eran ellos.

—Creo que el que se tiene que ir soy yo—alegué sutilmente.

— ¿Por qué le damos tantas vueltas? Me viste con un hombre y eso te ha tenido afligido ¿no Chris?

—En absoluto, al que lo ha tenido afligido es a ti que tuviste que pegarme porque no te aceptas.

—¿Cuántos libros de autoayuda has leído para llegar a esa conclusión? —preguntó Lucas, abordándome.

— ¿Por qué me pegaste entonces?, ¿por qué me esquivabas después de que te vi teniendo sexo con Daniel?

— ¡Porque la agarraste conmigo! A Daniel no le preguntaste nada, no lo mirabas extraño, no lo tenías loco como a mí. Está bien si me encontrabas con otra persona que no fuera él, pero ambos somos tus amigos y todo fue conmigo. ¿Por qué?, ¿por qué con él no? Siempre he estado con mujeres, pero ahora tengo una novia y es un pecado, Daniel tiene su novia y puede estar teniendo sexo con hombres por ahí y eso para ti es normal. No entiendo.

—Cuidado con lo que dices y habla bajo, yo no tengo nada con nadie por ahí, así que respeta, lo que tuve fue contigo y terminó, es tiempo de aceptarlo, tú no eres "gay", así que no te debería importar lo que haga con mi vida.

—No me digas Daniel, cuéntame más —respondió Lucas a la defensiva.

—Christopher y yo ya habíamos hablado de eso, la primera persona que supo mi condición fue él. Yo tengo mi novia y no quiero ganarme dudas gracias a ti. ¡Listo! Resuelto, nunca pasó, amigos todos.

—Las dudas son tuyas, no de ella y aunque no tengamos nada no se te van a quitar —Lucas le respondió a Daniel con sarcasmo y eventual superioridad, dos de sus características más marcadas.

— ¡Ya ves! no te fue tan bien con los hombres como con las mujeres, para mí eres historia de ayer —respondió Daniel, defendiéndose.

—Eso no me lo decías cuando me dabas la espalda implorándome que te lo metiera, como una mariquita.

—Supongo que mis súplicas no fueron saciadas y no me lo hiciste tan bien, porque ya ves, no quiero repetición. ¡Me retiro! Resuelvan sus diferencias solos, no tengo nada que hacer aquí —explicó Daniel saliendo del cuarto, y lanzando la puerta.

Lucas lo dejó irse, como quien sabe que ganó una partida de ajedrez y en el último minuto, no ve una jugada y lo pierde todo.

—A mí me da igual si te gustan los hombres —puntualicé.

—No he tenido nada con ningún hombre, solo fue con Daniel y estaba borracho, ni siquiera cuenta. Él sí debería aceptarse, porque es bien homosexual.

—Yo no quiero hablar de él. Eras mi mejor amigo hasta que me pegaste y te fuiste por tiempo indefinido, hasta hoy.

—Me dijiste maricón en vez de preguntarme si era o no.

—Dije "Mariconerías", no era para tanto.

—¿En qué pensabas mientras decías "mariconerías"?

—En ti cogiéndote a Daniel.

—Por eso te partí la boca. ¡Yo no soy gay!

—¿Qué eres? Yo nunca he tenido nada con un hombre y puedo decir que no soy gay pero tú sí, ¿cómo te defines?

—Como un ser humano muy diferente a ti —contestó de golpe y prendió un porro para continuar—. No me gustan los hombres, me gustan las mujeres, pero somos más que el cuerpo y Daniel me lo enseñó. Me gustó, lo admito, pero no su cuerpo, ni que sea hombre, sino él como persona, ¿me entiendes? De igual forma se acabó, no pasa nada, sigue con su novia y yo tengo la mía.

—¿Ya no te gusta?

—No quiero hablar de estas cosas contigo, en serio.

—Como quieras. ¿Bajamos?

—¿Qué, te da miedo estar a solas conmigo?

—Tú realmente estás demente. Repito: me da igual si tienes sexo con hombres o mujeres, me tiene sin cuidado, quiero a mi amigo de vuelta y ya, aunque no sea tu caso, si de verdad te gustaran los hombres, la primera persona en la que podrías confiar es en mí.

—¿Ya todos lo saben?

—No le he dicho a nadie, ni pienso hacerlo.

—¿Ni siquiera cuando te pegué? No te culpo, por desahogarte,
lo aceptaría.

—Nadie del grupo lo sabe.

—Gracias.

—Todo bien. Vámonos, te espera tu novia y a mí la otra botella de
vino.

—Pensé que todos sabían, pensé que por un error ya…

—Puedes confiar en mí, anótalo.

—Discúlpame.

—¡Hasta que por fin llegó la disculpa! —me reí para bajar la tensión
y le di un abrazo, no volvimos a hablar del tema.

DESADAPTADOS

Pasa que a veces no encajas y no te quieres esforzar. Pasa que a veces
sientes que todos siguen su rumbo y tú estás colgado a una estrella. Pasa,
que mientras muchos mueren de desamor tú mueres de amor. Pasa que
mientras la gente se queja tú, solo tienes ánimo para levantarte y hacer
todo al revés, a tu tiempo, a tu ritmo, a tu manera.

Pasa que te da igual la sociedad, pero no sigues su rumbo. De pronto
entiendes que eres un desadaptado, que tienes tus sueños, que un quince
y un último no pueden dominar tu vida, que quieres algo más. Pasa que
todos te ven como el loco pero tú aprendiste a ser feliz. La vida te sonríe
y la noche te acoge, y tienes la capacidad de volver a comenzar mil veces.
Sabes que aunque fracases volverías a pararte y los miedos se van dán-
dole paso a las metas cumplidas. Pasa que no encajas porque no quieres
vivir para nadie ni regalar tus alas. Dedujiste que eres de la vida y sin
embargo tienes de tu mano al amor. Pasa que aunque te digan que eres un
loco, que el arte no da, tú les das esperanza con cada respiro y cambias
sus no por sí, con una máquina de escribir.

Pasa que no siempre tenemos que pensar igual, ni tratar de encajar. Le
pintas un dedo a las guerras y continúas creando, esperando que algún día
tu mayor creación sea un mundo mejor. Así que entiendes que no quieres
ser igual, que no dejarás de hacer lo que amas por ser aceptado, y que no
perderás tu rumbo por haber fallado.

Pasa que son las 10:54 pm, y este es un escrito para ustedes, mis
artistas favoritos, los que hacen que no encajar sea perfecto. ¡Los poetas
locos con ansias de más! Y aunque no escribo poesía, pasa que tal vez a
ti, la poesía te encontró.

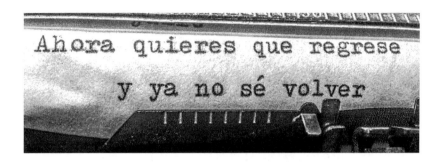

Ahora quieres que regrese
y ya no sé volver

Me perdiste creyendo saber,
que al estar preparada,
me podrías tener.
Ahora que llueve,
ahora que te vas,
esperas que te llame
pero no va a pasar.

Mi amor se ha ido,
mi amor no está.
No intento culparte.
¿Para qué reclamar?
No sé si fue muy tarde,
no sé si fue mejor.
Si sé que te quería
y mi amor se agotó.
Dicen que el amor perdura,
que quizá no era amor.
Yo digo que te amaba
y me quitaste la ilusión.

Mis alas desgastadas decidieron andar,
desplegaron el vuelo hacia otro lugar.
Ahora demandas aquel querer,
que antes rechazabas adentro de tu ser.

PD: Te quiero y te querré, pero querida,
es muy tarde para vivir del ayer.

22 de julio - 6:20 a.m.

Situación sentimental: Tratando de dejar ir a alguien que quiere quedarse.

Charlotte: No estoy lista para sacarte de mi vida.

Christopher: Ni yo para marcharme.

Charlotte: ¿Y por qué sigues presionándote?, ¿por qué no te quedas?

Christopher: Porque aún si me quedara, tú te marcharías.

Charlotte: Llegaste tarde, como lo dicen tus escritos.

Christopher: Ya lo sé…

Charlotte: Pero prefiero pensar que llegaste demasiado pronto.

Christopher: Yo también.

Charlotte: Me respondes con monosílabas.

Christopher: Estoy saliendo a trotar, voy a dejar el celular, debo colgar.

Charlotte: Cuídate.

23 de julio: Eres para mí todos los pecados que no quiero cometer - 4:55a.m.

Te quiero sabiendo que no quiero quererte.

Te quiero sabiendo que no eres ni serás para mí.

Te quiero en tu libertad, persiguiendo más, ambicionando todo eso que tú no me podrás dar.

Te quiero porque mi olvido se olvida de olvidarte y mi razón se embriaga de amor. Y así, en otro insomnio con tu nombre, en otra noche con sabor a lo que no fue y con muchas ganas de perderme contigo y no volver, así te sigo queriendo. Pero estoy esperando al amanecer para explicarle a mi olvido que no es tiempo de ceder, ni mucho menos, de retroceder.

No quiero que me quieras como un fantasma vivo queriendo otros labios al besar los míos

No quiero que me quieras sin ganas de quererme, perdida entre las sombras, huyéndole al pasado, escapando en el presente sin poder reconocerte.

No me quieras solo porque no has aprendido a quererte. No quiero llenar tus carencias, no te necesito para llenar las mías, voy viviendo de vez en vez en la luz, de vez en cuando en la oscuridad y a veces vivo en ambas sin conseguir diferenciar.

No me quieras por correr de tu soledad, que el amor así es solo soledad compartida, soledad que no dejaron nacer pero que está viva.

No me quieras por no querer tu vida, por no entrar en tus vacíos y sacar de ellos tu inspiración. No me quieras así, sin ganas de quererme, que yo no puedo quererte a medida, ahogando suspiros, enterrando mi vida. No me quieras dudando en instantes, y sé que sabes que me gusta el tal vez, porque nada es nuestro, porque nada es cierto. No necesito la certeza, pero no dudes mientras me quieres, duda después, o mejor no me quieras.

No me quieras para escapar de tus vicios, convirtiéndome en tu droga, obsesionada por tenerme solo porque soy del viento, solo porque no me quedo donde no me saben querer.

No me quieras con tristeza, esperando del mundo una sorpresa. ¡Ten la valentía de no querer por querer! Y si me preguntas cómo te quiero yo... No podría responderte sino con versos.

Te quiero como un poema sin concluir, como algo que no puedo describir, pero nacen en mi mente las imágenes inconscientes de tu mano sobre mi mano y tu mirada fundiéndose con la mía.

Te quiero en transiciones, te quiero en mi pequeña eternidad que aún no decide si te quedas o te vas.

PD: No importa de qué forma me quieras, solamente te pido y ya como favor, que no me quieras sin ganas de quererme como los falsos enamorados, que viven la ilusión del verdadero amor, teniendo a otro en su colchón.

26 de julio: Me acuesto con mi
insomnio y sin poder discernir
entre lo que debo y lo que quiero vivir

27 de julio: Algunas cosas
se quedan aunque se van - 7:25 p.m

Quizás me veas por ahí,
después de encontrarnos,
después de andar así,
tan distantes y tan cercanos,
tan prudentes y tan dolientes.

Algunas cosas se quedan aunque se van,
se queda tu mirada y no quiero más.

No puedo nadar, el mar de tu silencio me ayudo a remar.
Quizás un día decidas pensarme,
yo te estaré pensando, te estaré esperando,
en otra vida y en otro lugar,
donde no duela demasiado poderte amar.
Quizás no sepas que te quise como a nadie he podido querer,
pero debes saber, te quiero sin necesitar tu querer.

PD: La ausencia marcará el final de lo que no pudo ser.

Cuarto Capitulo
Después del después

Me había enfocado en mis cosas, sabiendo que ella no era lo que quería. Conocí a alguien pero no podía verla, solamente pensaba en Charlotte. Ella, tampoco se esforzó por verme. Empecé a jugar fútbol, a enfocarme en mi trabajo, a vivir mi momento. C seguía llamándome cada mañana, yo duré varios días sin contestar. Llegaba a mi casa con mis amigos, jugábamos ping pong, me iba a trotar, construía planes, volvía a comenzar, conocía personas, escribía canciones, tocaba cada viernes en la cafetería y una chica me observaba de lejos. Parecían años pero solo eran días sin Charlotte.

Volví a leer Rayuela mientras escribí varias canciones. Sin embargo, no me duró nada mi fuerza de voluntad. Decidí verla y ahora les contaré lo que pasó después del después, de una falsa despedida.

109

DESPUÉS DE UNA FALSA DESPEDIDA
9:00 p.m.

—¿Por qué te gusto? —le pregunté.

—No lo sé, llegaste para despertar cosas en mí. Pero te preocupas demasiado y la vida es muy breve.

—¿Y él?

—No pienso hacerle daño.

—La mentira es un daño disimulado —le dije, abotonándome la camisa.

—La mentira solo es mentira si se descubre —respondió inmediatamente con su elegancia innata, botando el humo de su cigarrillo.

—¿Entonces, no dañas a Fabio con la relación paralela que tienes conmigo?

—No, es solo mi libertad la que me trae hasta ti. Si encarcelo mi libertad, no estaría con Fabio, porque me estaría mintiendo a mí. Además, tú y yo nunca vamos a estar juntos de verdad.

—Si estás tan segura de eso, ¿por qué no me dejas ir?

—Porque no me gustan las mentiras Christopher, y no creo en tus despedidas falsas cuando te mueres por quedarte. Siento que eres infiel a lo que sientes, aunque yo le sea infiel a él.

—Un amor a medias.

—Yo tenía mi vida antes de ti.

—Así no es el amor, no son tus condiciones mediocres, en la que tú eres la única que te beneficias.

—El amor somos tú y yo.

—¿Lo mismo le decías al otro con él que lo engañaste?

—Contigo es distinto, lo sabes.

—No tengo la seguridad, y tampoco la quiero.

—¿Qué es para ti la vida? —preguntó.

—Una estrella fugaz.

—¿Cuál es tu deseo?

—Un deseo que no se cumplirá.

—¿Pesimista?

—Realista.

—¿Qué significa querer?

—Para mí es volver sin saber porque vuelvo, amar algo sin tener razones, quedarme donde me lastiman porque aunque sea breve la permanencia, vale la pena.

—Por eso me aterra la idea de que te vayas. Puedo ser todo lo que tú quieras, pero por primera vez, si querer es como dices, yo te estoy queriendo.

29 de julio: Ya de madrugada, bastante borrachos

—Te quiero, aunque domine mis sentimientos mejor que tú —dijo, después de vacilar.

—Quisiera saber qué hay detrás de tu sonrisa, que dicta que estás bien incluso cuando no es así.

—Se han roto las horas, cuando preguntas el tiempo va veloz, hay que disfrutar sin tratar de medir el amor.

Ella no quería creer, tenía miedo y no sabía que yo también. ¿Qué hay detrás de la seguridad?

El problema del después, cuando aprendes a levantarte sin necesitarla y ves que aunque duele, la vida no se acaba y pronto podrás superarlo, después de eso no quieres volver a entregarte, amas con medida, temes fallar, pero la vida es el transcurso indefinido de emociones, la vida es caer y volver, la vida es incluso, tener miedo y sin embargo intentarlo.

Ahora que me pregunta ella y no sé qué hacer.
Ahora que me callo.
Ahora que no hay preguntas, ahora que no hay ayer…
Ahora que me quedo solo y empiezo a emprender un camino hermoso,
entro en la equivocación, entro en mi vida para tratar de vislumbrar el amor.

Si no seguimos en la absurda apatía de querer poseer… Si no nos ahogamos en una pregunta sin querer conocer… entonces, pero solo entonces, llegaríamos al fondo del amor, sin libertades a medias, sin errores consumados, sin inhalar el pasado para volver a llegar al mismo lugar.

Ahora que no contesto, ahora que no sé la respuesta y que solamente me importa tocar tu corazón.

Ahora quiero ahogarme en un tal vez y que mañana sea solo un recuerdo de aquella sensación, en la que un beso te llevaba hacia otra dimensión.

30 de julio: Bipolaridad emocional

¿Si amar es dejar ir, qué hago si no te quiero sin mí? Sé que es imposible y que no te podré tener pero tu amor huele a primavera y florece cada día que estás. Tu amor es el verano sediento de ganas que se tienen a medias, que no volverán y que aún al irse jamás se van. Tu amor es como el invierno que se pierde en su hermosura aun sabiendo que no hay cordura.

¿Si amar es dejar ir, qué hago si no te quiero sin mí?

Como la nostalgia de invierno y los buenos recuerdos. No quiero mi Navidad sin tu amor, pero al irte, seguiré en la misma dirección, aunque no tenga tu nombre y no sea en tu honor.

Eres mi otoño y la transición, aunque te vayas estarás. Me voy, no me podrás acompañar pero en tu esencia me podrás encontrar.

Te amo en todas las estaciones.
Te amo aunque tomemos distintas direcciones.
Te amo tanto y sin medir, que me siento feliz imaginado mi vida junto a ti, nuestro amor a destiempo me cautivó y quiero mi futuro con tu corazón.

Eres tú, quizás no ahora, quizás nunca.
El universo nos contempla y yo lo sé.
Nuestra conexión supera hasta lo que no puede ser.

31 de julio: Una conversación sobre el amor - 3:41 p.m.

—¿Y la eternidad? —le pregunté a Charlotte para luego beber un sorbo de vino tratando de ahogar mi culpa por reincidir en ella.

—Es un alma que permanece junto a ti.

—Todo se termina.

—La despedida acude, hay que estar preparados para decir adiós, pero lo que te hace revivir no se va aunque no lo tengas cerca.

—¿Te enamoraste?

—¿Qué es el amor? Sé mi maestro, mi conocimiento es muy básico —contestó con ironía.

—Dicen tus amigos que no puedes sentir. ¿Es cierto?

—Para mí el amor es veloz. No puedo prometer sentir mañana lo que siento esta tarde.

—Te volviste poeta —dije, halagándola

—Cualquiera, de tanto estar contigo.

—La pregunta es: ¿Tú lo sientes?, ¿sientes el amor?

—Las preguntas básicas no deberían ser respondidas —contestó evasiva, sirviéndose más vino mientras yo trataba de retener todas sus palabras para más adelante inmortalizarlas.

—¿Eres luz o eres oscuridad? —pregunté.

—No veo la diferencia.

— Muchas barreras para entrar en ti.

—Solo los indicados tienen el valor para seguir, sabiendo que corren el riesgo de ser lastimados.

—Dicen que no sabes amar...

—Tantas cosas que dicen por no saber callarse. Por ejemplo, muchos odian el silencio, no lo escuchan, ni siquiera han notado que sabe hablar. Ahora, en medio del silencio, una pregunta simple: ¿Estás enamorado de mí?

—Me enamoré de una estrella fugaz, ahora aprendo a amarla en libertad.

—¿Y qué tal vas? ¿Has aprendido bien? —preguntó suavemente, rozándome los labios con sus dedos.

—Todo lo contrario, hace dos noches no quería saber de la estrella y de repente, en medio de una tarde, tú y yo observándonos en la nada; entre tanta quietud y silencio, después de dos copas de vino y dejando de ser mortal, estoy hablando de amar a la estrella en libertad.

—Tal vez eres un poco bipolar, es normal.

—Tal vez no tengo otra opción, es quedarme amando a la estrella en libertad, o es irme definitivamente y no estoy preparado...

—Sé lo difícil que es para ti salir de las adicciones, también me lo han dicho tus amigos —comentó riendo, el viento movía su cabello, el frío empezaba a acercarla cada vez más a mi cuerpo y nuestros dedos se entrelazaban.

—Tienes razón, estoy aprendiendo a salir de los vicios, a dejar los excesos, a ser una mejor versión de mí, pero contigo siempre recaigo, eres mi droga favorita, lo que digo no volver a repetir y repito. Mírame, aquí estoy, tan cerca como para no dejarte ir nunca sabiendo que en cualquier momento te vas con él pero aun así, estoy tratando, me estoy esforzando por quererte en libertad, ya que es esa la única forma en que me lo has permitido.

—Lo nuevo te asusta. Podrías disfrutar la brisa, disfrutar de mí, besarme suavemente y volver a hacerme el amor. Dejarme ir cuando necesite irme, comprendiendo que es así, que no siempre es como en la televisión y que nuestra historia puede ser mejor.

—¿Me estás pidiendo que no me enamore de ti?

—Sería muy tarde para pedírtelo, además es muy romántico para mi gusto, y ya estás enamorado. Te estoy pidiendo que disfrutes esto, porque ni tú ni yo somos reales, porque todo se trata de un grandísimo "TAL VEZ" ¿recuerdas? Un tal vez eterno que nos consume la vida, y miras al cielo para descubrir que es grandioso, es tan misterioso que resulta fascinante y nosotros somos tan minúsculos, que desde aquí se siente bien amarte como nunca he amado y lo único que te pido es que no lo arruines.

Desde el piso, ambos acostados viendo el infinito, justo desde ahí, en nuestros minutos de silencio, sentí que "tal vez", había encontrado la felicidad.

31 de julio: Mil formas de arruinarlo - 8:00 p.m.

Tiene mil formas de arruinarlo y termino preguntándome si realmente estoy enamorado, o es mi ego que no acepta un NO. Luego del parque nos fuimos a jugar básquet, ella se encontraría ahí con Fabio. Jugamos y cada vez que corría me sentía mejor, feliz, contento de saber que nos amábamos, que tuvimos un día especial, que no importaba su relación porque lo que sentimos era más grande. Traté de jugar lo mejor posible para impresionarla, al menos eso sí lo logré.

Al salir, llegó Fabio con una gran sorpresa y sé que lo hizo a propósito para que yo lo viera. Llegó a las canchas con una caja gigante de regalo que contenía un perrito, un perrito que decidió llamar: Chris, (Que oportuno). El perrito no me molestó, me molestaron los miles de "TE AMO" que decoraban la caja donde venía Chris, me molestó saber que horas antes me besaba en el parque y me pedía que le volviera a hacer el amor, pero lo que más me molestó, es que la sorpresa no era de él para ella, la sorpresa era de ella para él y lo dejó todo preparado mientras estaba pasando el día conmigo.

PD: No es que yo sea bipolar es que ella tiene mil formas distintas de arruinarlo.

31 de julio: Una visita inesperada en el momento más inoportuno - 9:10 p.m.

——Estás muy joven para morir de amor ——dijo, limpiando el piso para luego limpiar la mesa y luego pedirme que me parara del sofá, para limpiarlo también.

——Y tú estás muy grande como para no vivir por nada ——contesté acostándome en el sofá más cercano, antes de que también decidiera limpiarlo.

——Soy tu hermana mayor, obedece mi experiencia. Trabaja, organízate, esto de ser un artista terminará matándote. Además el amor siempre duele y conseguirá a otro que no le escriba poemas y le regale cosas. Conseguirá a otro que no viva en las nubes y se alimente del viento. Quizás por eso te dejó, puede ser que ahora mismo estén de compras y tú te escondes bajo las sábanas. Ahora levántate, tengo que terminar.

——Pero cuando las cosas se gasten y el trabajo azote, y la noche acuda con su tristeza muda y su silencio autista... El reloj no definirá el tiempo, ni el cuerpo el amor, será una vieja y no sabrá que la vejez es bella, tendrá dinero pero no tendrá que comprar. Tendrá quien la mantenga pero nunca lo habrá amado y nadie le dejará cartas bajo la almohada porque nadie se enamora de lo que ha dejado de amarse y esa vida es para los que no conocen el amor. Le regalarán una cosa más en medio de la desidia, pero no la hará feliz porque entre una lágrima y su café entenderá que las cosas tangibles no alegran los corazones marchitos. Así que hermana, aún estás a tiempo de ver dibujos en las nubes y enamorarte de verdad, estás a tiempo de demostrar que vales y no pisar tus habilidades por conseguir a alguien con quien compartirlas para que desvanezcan. Yo, que hoy sufro por amor, estaré feliz más tarde por haber amado. Pero tú que me juzgas, seguirás huyendo a sentir y así, así solamente existen los muertos vivos. Con el dinero no compras el alma, y con el amor no compras pertenencia. Te dejo para que limpies, pero organizar toda la casa no organizará tu corazón.

¿EL AMOR SIGUE EN AGOSTO?

Empezó agosto y mi bipolaridad no se fue. El verano continúa y ella es el sol que me hace querer vivir para el amanecer. Por eso mi creencia duradera, no he perdido la fe, sus ojos son la única doctrina y su sonrisa la salida que quiero mantener. Ayer no la quería, o tal vez mi mente no la quería querer, hay cosas que no puedo detener. Me desperté soñándola, ayer pensé que no la volvería a ver, despierto amándola, aunque ella despierte con él.

1 de agosto:
¡Un viaje extraordinario!

Son las 10 de la mañana y despierto con un mensaje de Charlotte explicándome porque tuvo que darle a Fabio la sorpresa, excusándose, aunque no necesito explicación. Empezó agosto y he decidido que voy a dejar las cursilerías, voy a drenarla de otra forma. Acepté verla y piensa que voy a estar molesto, pero lo que no sabe es que voy a seguir su consejo, voy a disfrutar su presencia, me la voy a llevar lejos por un día para celebrar agosto, para celebrarla a ella.

Voy a escribir en su cuerpo los poemas que nunca publicaré y voy a borrarlos luego con su sudor. No quiero quejarme, quiero optar por el placer, quiero regalarle un día inolvidable porque tengo poco tiempo, porque pronto su historia ya no estará, pero quiero que me siga recordando, quiero que siga escapando conmigo cuando odie su vida y necesite un cómplice. Quiero que me siga teniendo aunque ya yo no esté.

—Mucho gusto, me llamo Christopher y quiero que nos olvidemos por hoy de que tienes novio. Vamos a tomarnos un día para hacer cosas distintas.

—Mucho gusto, me llamo Charlotte. ¿Para dónde me llevas desconocido? —expresó, tratando de soltarse las cuerdas que inmovilizaban sus muñecas para quitarse la venda de los ojos pero no tuvo éxito.

—Paciencia, ya casi llegamos.

— ¿Qué hora es?

—El reloj se ha roto. El tiempo no está —le dije al oído al mismo tiempo en que guiaba su paso.

—Me inquieta no ver.

—Tienes que confiar en mí, falta poco.

—Si me estás llevando a un hotel y hay pétalos de rosas y velas, debo decirte que no soy de esas.

—Ya lo sé, y tampoco me hubiese tomado el tiempo. Me dejaste claro que eres simple, no eres como para tanto, velas, rosas, no, no, no, eso es para una novia seria —dije bromeando, me pegó con el codo y echamos a reír.

Le pedí que me esperara. Ya habíamos llegado al lugar, pero quería que todo fuera perfecto. Salí corriendo a requerirle a la dueña que me diera los equipos, luego de 10 minutos y de mucho dinero para sobornarla, aceptó, incluso tuve que decirle que se trataba de una propuesta, que iba a pedirle matrimonio a mi novia. Dejé millones de mentiras con todo preparado para buscarla.

—Listo.

—Quítame la venda. Te tardaste mucho —indicó impaciente.

—Camina… tienes que relajarte y dejar la amargura princesa, como se ve que tu novio no te tiene acostumbrada a las sorpresas —le dije con ironía y la silencié con un beso.

—Te voy a amarrar y te voy a tapar los ojos por cuatro horas para ver si te gusta.

—Necesito pedirte algo.

— ¿Qué?

— ¿Me dejas desvestirte?

— ¡Yo sabía! ¡Viste! Te tardaste tanto porque tuviste que quitar las rosas y las velas. Como te conozco. ¡Sí! ¡Sí Chris! Desvísteme, pero quítame la venda rápido y al menos excítame, hay cosas que no se preguntan —señaló riéndose en medio de una actuación, y yo, sin darme cuenta, ya tenía la sonrisa idiota de par en par.

Nadie entiende nuestro humor, ni la forma en que nos tratamos, pero eso es lo que más me gusta.

—Voy a quitarte todo rapidito, solamente colabora.

—Con tal que lo demás no sea tan rapidito.

—Tranquila, me encargo de que al menos duremos 30 minutos.

— ¿Dónde estamos? —preguntó.

—En otro mundo —contesté sin desconcentrarme.

—¿Por qué tu actitud tan diferente? Pensé que me odiarías luego de la sorpresa, que no volvería a saber de ti. No pensé que Fabio iba a llevar al perrito a las canchas, me sorprendió.

—No hay problema, no quiero hablar de él. Lo que has conocido en el pasado no está presente, estamos en otro mundo y el reloj se rompió —respondí victorioso porque acababa de terminar.

Charlotte ya estaba desnuda y yo mordía lentamente sus pezones para terminar bajando por su cintura y sentir como se estremecía abriéndome poco a poco sus piernas, hasta que la interrumpí, interrumpiéndome intencionalmente a mí. — ¿Me dejarías vestirte? —le pregunté.

—No, no te dejaría —objetó con desaprobación y me agarró con una mano la espalda y con la otra jaló bruscamente mi cabello, pidiéndome que continuara.

—Te repito que estamos en otro mundo y necesito vestirte. ¿Me dejas? —pregunté de nuevo con dulzura y empecé a ponerle el traje, fue más difícil vestirla que desvestirla.

—Ya no me está gustando, no entiendo —refunfuñó malcriada.

—Vamos a hacer un trato ¿aceptas?

—Depende.

—No podemos hablar. Tenemos que prescindir de las palabras. Necesito que vengas a un nuevo mundo conmigo y que te dejes sorprender.

—Acepto —dijo, sin ganas.

—He escrito muchas palabras sobre ti, no quiero palabras ya. Quiero mostrarte, quiero que nos descubramos.

—Está bien pero déjame descubrirte y quítame la venda.

—No. Te la quitaré cuando dejes de hablar y entremos en el nuevo mundo. Hay un requisito indispensable.

—¿Cuál?

—Tienes que confiar en mí.

No puedo decir cuánto tiempo me costó vestirla pero sí puedo decir que me costó bastante. Tenía muchos cómplices desconocidos que estaban ayudándome a preparar la sorpresa mientras yo la vestía.

Un nuevo mundo nos esperaba y de repente, estábamos ya adentro de él. Ella sabía que no podía hablar y al parecer que no hablara era lo que más me gustaba. Cuando por fin estábamos en el océano, lo primero que hicimos fue mirarnos a nosotros para luego volver a encontrarnos dentro de un eterno tal vez, pero en otro mundo lejos de los imposibles y de la inseguridad.

Exploramos como niños llenos de emoción, fuimos jugando y dejándonos sorprender por todas las maravillas que nos acompañaban. Teníamos 30 minutos para explorar un mundo nuevo, solo 30 minutos para olvidarnos de la realidad y vivir en la utopía. De pronto, nos estaban esperando dos estrellas de mar y pensé en pedir un deseo y creo que ella también, pero en silencio y sin hablar sellamos otro trato, decidimos dejar de pedirle deseos a las estrellas fugaces y pedírnoslos a nosotros viéndonos a la cara.

La inmensidad del universo submarino nos llamaba más y más. No podía creerlo y aunque decía en broma lo del nuevo mundo, apenas entramos, descubrimos que era cierto, un infinito solo para nosotros donde no habían imposibles. Treinta minutos sin hablar y nunca nos habíamos dicho tantas cosas. Tomaba mi mano y continuábamos explorando y todo era nuevo, nuestros ojos se maravillaban con los corales, con tantos animales en libertad que viven en la paz del océano. Concebí que no necesito drogas para conectarme, simplemente tengo que abrir el alma y mis sentidos a lo que me rodea. Por primera vez no necesitamos del vino ni de ningún vicio para querernos. Nos quisimos como nunca porque no habían límites. Nadamos y nadamos derrumbando las barreras que nos impedían estar juntos. Aprendimos de lo desconocido explorando en nosotros y valorando la vida.

Por primera vez no importaban las voces de los que estaban en contra de nuestro amor.

Por primera vez no había lógica alguna que pudiese hacer que desperdiciáramos ese instante, que aunque breve, durará toda la vida.

2 de Agosto

Son las 11:58 pm, y después de uno de los mejores días de mi vida, quiero dedicarle unas breves letras aunque no las leerá.

Tal vez cuando pienses en mí,
te acuerdes de aquel,
que te quiso sin después,
sin antes, sin ayer.
Ojalá te acuerdes de lo que fui,
cuando eras mi única forma de vivir.
Y cuando nos veamos,
no pienses en esto, que no fuimos,
—en esto, que jamás será—.

4 de agosto: El parque y mi guitarra esperaban el café - 5:00 p.m.

El 3 de agosto estuve todo el día con mi grupo musical grabando una nueva canción. Al salir, nos encontramos con Daniel y su novia, con Michelle y dos amigas, con Daniela y Angélica y la sorpresa de la noche, Charlotte puedo asistir, Fabio le dijo que nos acompañara porque él tenía que trabajar. Fuimos al teatro y disfrutamos de Frida Kahlo, la obra no estuvo tan buena, pero la compañía sí.

Lo malo del 3 de agosto, fue cuando llegué a mi casa y no conseguí mi cuaderno. No podía hacer nada, era muy tarde, pero fue como si borraran lo que había vivido, como si se desapareciera lo que quería compartir. Estuve todo el día de hoy buscándolo. Al principio, pensé que habían sido mis amigos y su curiosidad por ver qué he estado escribiendo, siempre me lo quitaban jugando y era lo más razonable, pero no fue así. Llegué a la cafetería, dejé la guitarra frente a la pared, saqué el bolso y no lo conseguí, no estaba. Lo primero que pensé fue haberlo sacado en casa y que con mi desorden no haya buscado bien, pero algo me decía que no, que no estaría ahí. Pensé en dejarlo así, en buscarlo en la noche, en disfrutar de la música y de un buen café, pero no pude, no dejaba de pensar en eso. Busqué en casa, en la universidad, en casa de mis amigos, fui a todos lados y nada, para terminar aquí, viendo el atardecer en el parque de siempre, escribiendo en mi libreta.

Después de un día fatigoso todo se transformó, Alison me trajo mi diario… Todos se preguntarán quién es Alison ——si supiéramos que este insignificante diario se convirtiera en un libro y lo viera más gente——. Si este cuaderno sucio, de repente, hoy estuviera en tus manos y no fuera 4 de agosto de 2015 sino otra fecha… Alison es la chica de la cafetería, ojos marrones, blanca como la leche, de mirada triste pero profunda, de pecas en la nariz ——la gente con pecas en la nariz normalmente es especial——. Alison tiene el cabello liso, de color castaño oscuro. Tiene 5 tatuajes y una espalda perfecta. Nunca he sido bueno describiendo personalidades, pero es madura y paciente, de amabilidad honesta, no de la forzada, es de esas que ayudan a cruzar la calle a los ancianos y dejan de comer para que otros coman, pero no es para ganarse un lugar en el cielo, sino para sentirse parte de algo en la tierra. Alison viene al mismo parque que yo y siempre nos cruzamos, tiene un hermanito de aproximadamente 3 años al que trae a caminar. Por las tardes los veía de lejos, jugando con una creatividad increíble. Pintaban cuadros con acuarela, se perseguían insaciablemente o se sentaban a descansar. Yo, en cambio, en muy pocas ocasiones dejaba mi mirada en su escenario, los miraba y me cautivaban pero al instante, se perdía, lo dejaba ir. Sin embargo, llevo tiempo viéndola sin verla. Mi mirada se quedaba ahí y luego se iba, pero siempre se quedaba lo suficiente.

Alison es amante de la música, le encanta mi grupo y no sabía que había sido ella quien propuso nuestros toques en su cafetería —tampoco sabía que era la hija del dueño—, me enteré después por Charlotte, aunque Ali me atendía cada día y ya sabía mi orden antes de pedirla. Ahora entiendo porque nos aceptaron para tocar, ha estado dándome oportunidades y yo he estado sin notarla —hasta ahora—.

Le gusta el café y no le gusta el alcohol, antes fumaba marihuana pero la dejó —dejó todas las drogas—. Son pequeñas cosas que averigüé, porque en el instante en el que Alison se fue, tuve la necesidad de llamar a todos los que la conocían para obtener información. Su misterio me llevó a buscar pistas y casualmente llegó a mi mente el famoso: "Andábamos sin buscarnos, pero sabiendo que andábamos por encontrarnos". Cortázar, ¡Grande Cortázar! Él, seguro sabría qué decir en vez de solo mirar. Sabría qué decir a miradas que permanecían cuando yo no quería ver.

Tal vez yo sea el antihéroe, un Horacio buscador de algo que supere a la vida misma y lo centre en el hueco de lo que realmente es. ¿Pensaría Talita lo mismo? ¿O su amigo Traveler?

Comparación absurda, tan absurda como la vida riéndose de nosotros a cada instante, mientras nosotros lloramos. Cada lágrima se convierte en una sonrisa y ojalá la maga lo hubiese sabido antes, ojalá hubiese sabido que había hecho feliz a la existencia. Cortázar me hizo feliz con su rayuela y estando en el parque, llegó ella, Alison, de lo que estábamos hablando. Qué mala manía de escribir como si me leyeras, pero no es el diario mismo el que lee, sino alguien más y sin embargo, en el momento donde alguien roba el diario y quiere leerlo siento que muere en mí algo grande, algo que quema y salgo corriendo a buscarlo aunque no lo vaya a encontrar. —El me encontró— (o tal vez la Maga me encontró).

A Alison le gusta la Kabbalah, cree en la vida más allá de la muerte, es espiritual. Desde hace cuatro años está soltera, pero no he querido preguntar mucho de su pasado, de lo que fue. ¿Qué importa lo que fue si ya no lo puedo cambiar? Aunque quisiera, aunque me muriera de ganas de cambiarlo, es pasado, como el mío, como el tuyo lector fantasma, que me acompañas y me invitas a dejar letras para los que lloran y para los que le dan felicidad a la vida.

Sé que le gusto, pero ella se mantiene alejada de mí porque piensa que estoy en un proceso, —tiene razón—. Fue ella quien me trajo el diario, explicándome que Charlotte lo había dejado en mi mesa. Alison sabía que estaría aquí, con mi guitarra, improvisando acordes, tratando de relajarme. También sabía que había estado buscándolo. Llegó de repente cuando no la esperaba. Llegó a darme soluciones con mi cuaderno en sus manos y al principio pensé que lo había leído, pensé que fue Alison quien lo robó y no Charlotte, pero su presencia me calmaba y el parque ya no era el mismo, y solo ella y yo sabíamos que había cambiado para mejor.

—Te traje algo que te pertenece —dijo Alison, mostrándome el diario.

— ¿Dónde lo conseguiste? Un millón de gracias no bastan, pensé que se había perdido.

—¿Por qué es tan importante para ti?

—¿Lo leíste?

—No. No me gusta usurpar la privacidad pero… ¿es un diario? es raro ver al joven y cotizado cantante tener uno, pensé que además de haber quedado en el pasado como una modalidad de adolescentes, era algo que hacían únicamente las niñas… Dime que no es un diario —dijo riéndose, y yo no pude evitar sonrojarme, pero traté con todas mis fuerzas de disimularlo.

—No, no es un diario.

— ¡Mentiroso!

—Dijiste que dijera que no era un diario —contesté y Alison se sentó conmigo en el banco.

—¿Escribes ahí tu vida?

—Siempre he escrito, es una terapia, es lo que más me gusta.

—¿Más que la música?

—Sí. Siempre he querido ser escritor, pero ahora mezclo la música y lo que escribo fusionando ambos.

—¿Y por qué no te dedicas a escribir si te gusta?

—Lo hago, por eso tengo un diario.

—Ya no suena tan mal, lo estás arreglando. Ahora eres un músico y además un escritor misterioso que disfruta de la naturaleza en el parque al caer la tarde. ¿Qué tal lo hago? Es para que lo anotes —dijo y volvió a reír, se le marcaron los hoyuelos y me acomodó la tarde.

—Eres buena.

—¿En qué?

—Haciéndome feliz —expresé, y no sé en qué estaba pensando cuando lo dije— Me refiero a que había tenido un día bastante malo y llegaste con la solución.

—La solución llegó a mí. No hice nada al respecto, así que puedes quitarme los créditos.

—Seguro uno de mis amigos te lo llevó.

—No, para nada. De hecho llegaron preguntándome, estaban preocupados. Fue una chica, trabaja en el local de al lado, en Serrano y Manchego.

—Charlotte...

—¿Te gusta mucho, no?

—¿Por qué lo dices?

—Se nota.

—Ustedes las mujeres notan muchas cosas, ella por ejemplo, te tiene un poco de celos.

—¿y a mí por qué?

—Porque hemos compartido salidas.

—Han sido en grupo y tú ni siquiera me has determinado. No más de 30 palabras hemos cruzado, te lo apuesto.

—Cree que tenemos algo.

—Me gusta que piense eso.

—¿Por qué?

—Así no quedas como el tonto enamorado de la chica con novio. Soy una buena decoración en tu historia, la que seguro escribes en tu diario.

—Lo leíste...

—No, no lo haría. Además no fue necesario. Para nadie es un secreto que estás prendado de ella y que ella engaña a su novio como quiere... Cada quien hace lo que le apetece, pero conozco a su novio y él sí que la ama mucho. Mejor que siga pensando que tenemos algo, se herirían a menos personas. Disculpa que me meta y que te diga todo esto —expresó apenada, amarrándose el pelo con una singular belleza que la hacía bastante atractiva en una mezcla de dulzura y sensualidad—. En serio, no es mi intención meterme.

—No te preocupes, lo que me sorprende es que desde que te conozco nunca me dijiste que lo sabías.

—¿Para qué? Son tus procesos y pronto te vas a desprender de ellos, es cuestión de tiempo. Ella lo dejó en la cafetería con este sobre adentro.

Ya me tengo que ir, te dejo para que puedas leerlo con calma —me dio un beso en la mejilla bastante cerca de la boca, un beso que me dio esperanza, aunque suene extraño, y no sé por qué esa palabra, pero la sensación, si puedo describirla en palabras, fue muy parecida a la esperanza —me encantó—, me hizo retener las ganas de halarla del suéter para que se quedara conmigo, pero quería saber qué decía el sobre así que me limité a darle las gracias.

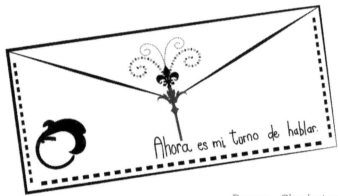

Para: Christopher
De: Su amor a cuatro estaciones
De: Su falsa ilusión

PD: No me leas sino cuando de verdad vayas a despedirte de mí, léeme cuando ya no me ames o decidas no hacerlo. Abre esta carta solamente cuando la despedida sea definitiva y nuestros caminos se separen, antes no.

5 de agosto: Yo no estaré impaciente forzando que puedas retenerme en tu mente - 9:19 p.m.

Te quiero así cuando calmas mi mundo, cuando me llenas de fuerza, cuando sabes querer pero la vida cambia, da muchas vueltas y tú también. No pretendo que seas la misma de ayer, aquella persona de la que me enamoré.

Solo quiero decirte lo que no callaré, lo que salta en mi mente hasta hacerte entender: No necesito la eternidad. Quería mi futuro contigo, pero las personas cambian, las emociones se marchitan y todo puede culminar.

Si hoy culmina nuestra historia, te quiero contar que me hiciste feliz. Me enamoré de tu alma más que de tu piel.
Si esto se trata de un adiós definitivo, te lo regalo con mis últimos suspiros.

Sin arrepentimientos: Lograste sacar de mí lo mejor, quiero que sepas que no te guardo rencor.
Si deseas la libertad yo no seré la sombra que no te deje volar.
Si deseas la soledad, yo no seré el impaciente que te quiere acorralar por no saberte amar.
No hay condiciones por eso, dejo que tomes tus elecciones.

Yo no estaré como un fantasma en tu presente.
Yo no estaré amándote hasta que te conviertas en ausente.
Yo no estaré impaciente forzando que puedas retenerme en tu mente.
Yo no estaré mendigando amor, prefiero los recuerdos a forzar.
Prefiero dejarte ir a retenerte infeliz.
Si nos cruzamos en la calle,
tú con alguien vestida de alegría,
yo con alguien saboreando la ironía.

Entonces te diré sin decirlo: ¿Eres feliz?
Una sonrisa nos dedicaremos cortésmente,
una sonrisa en nombre del pasado.
Una sonrisa por el presente convertido en el futuro soñado
pero con otras manos y otras personas al lado.
Una sonrisa por lo que pudo ser y no fue pero jamás lo sabrás,
algunas noches vienes a mis sueños a pasear.

Jamás sabrás que me quedé a vivir en la breve dulzura de tu efímero amor.

7 de agosto: Tantas cosas que quise
y ya no quiero - 10:17 p.m.

Quise quedarme en ti, asumiendo el riesgo de la imposibilidad.
Quise quedarme en el invierno sabiendo que probablemente jamás saldría el sol.
Quise quedarme en el río congelado de un corazón deshabitado.
Quise quedarme en el reflejo, en la conexión y en lo que nunca ocurrió.
Me quedé viviendo en tu mirada, pero nunca supiste que la tenía de morada.

Me quedé viviendo en tu energía y pasaste a protagonizar mis días.
Me quedé viviendo en un contacto y en una ilusión que aunque
precaria, robaba mi inspiración.
Me quedé viviendo donde no se debe
vivir.
Sin explicación, desde el primer día
soñé con tu olor.

Lo que nunca te dije, te lo diré:
Aun sabiendo que no eras la rosa
sino las espinas,
quise quedarme ahí,
asumiendo el riesgo del dolor
por el placer efímero de tu amor.

CARTA DE CUPIDO

Demasiado tiempo preocupado por amar, no es una preocupación,
es una sensación que no te quita las ganas; una sensación que no quiere
forzar. Mucho tiempo idealizando sin ganas de sentir, perdidos en falsas
costumbres por no querer salir. Todo pasa cuando debe pasar, no dejes de
disfrutar porque alguien te diga que amar es limitar. Que quizás no es el
momento, lo sabrás.

El amor no se busca afuera, vive adentro. No te esfuerces por conseguir lo que no es para ti. La soledad sabe amar, entiéndelo y te podrás
encontrar. Llega un momento donde prefieres tu propia compañía para
luego decidir a quién quieres en tu vida.

¡El tiempo del amor es perfecto, por eso lees esto hoy! Llega un breve
instante en el que prefieres no huir, prefieres enfrentar al espejo y decidir.
No te quedes donde no saben comprender, que te vas perdiendo, que vas
creciendo, que vas insistiendo.

Alguien en algún lugar aguarda tu llegada mientras tú lanzas preguntas a tu almohada. ¡Deja de temer! Te engañaron cuando te hicieron creer
que debes estar con alguien para poder ser.

PD: Tener el amor como adicción es una droga que mata al corazón.

10 de Agosto - 10:58 p.m.

Te quiero a ti como para buscarte entre miles de personas,
buscarte entre errores sin cansancio alguno,
porque no me rendiré.
Porque si vivo de nuevo, eres tú el lugar donde quiero nacer.

Querida Charlotte:

No tienes miedo de que te amen, tienes miedo de amar.
No tienes miedo de la relación, tienes miedo de la despedida.
No tienes miedo de la felicidad, tienes miedo de perderla.
No tienes miedo de alzar el vuelo, tienes miedo de extraviarte.

No tienes miedo de la caída, tienes miedo de no tener esa compañía y no
saber cómo continuar tu vida. Tienes miedo del vacío, de las pesadillas
acompañadas de soledad. Tienes miedo del miedo a tenerle miedo al
amor y por eso huyes sin querer huir y por eso, te vas, aunque te quedas.

¿Qué esperas para enfrentar el miedo? Es un monstruo que vive debajo
de tu alma cortando las raíces de tus ilusiones, ahogando tus anhelos y
reprimiendo tus ganas.

¿Qué esperas para detenerte en lo amado y sonreír amándolo?

¿Qué esperas para despedir al pasado y regalarle besos al ahora?
¿Qué esperas para asumir que amas y salir del olvido?
¿Qué esperas para aceptar que eres amor y que lo sientes? ¿Qué
esperas?

Yo, hasta ahora,
esperaba por ti.
¿Y tú? ¿Por quién
esperas?

14 de agosto: Nostalgia infinita

—Me gustaba nuestro nuevo mundo —dijo sujetando mi mano con fuerza, al mismo tiempo en que caminábamos por la ciudad.

—Siempre que quieras podemos regresar.

—Se ha ido.

—Sigue existiendo.

—Pero ya nosotros no formamos parte de él —exclamó nostálgica, prendiendo un cigarrillo y perdiéndose en la primera jalada.

— ¿Nos exiliaron? —bromeé.

—Nos autoexiliamos, no formamos parte del nuevo mundo, pero el nuevo mundo sigue ahí para que cuando distantes, vayamos a visitarlo, nos consigamos con trozos de una antigua felicidad.

—Podemos renovarla —expliqué tratando de animarla.

—Cuando vuelvas de visita al nuevo mundo ya no será felicidad, será nostalgia y sabrás que en serio se rompieron las horas y que nosotros estamos tan rotos como el reloj.

Se le salieron las lágrimas, enseguida se secó para seguir caminando y yo entendí el mensaje, volveríamos a ir al nuevo mundo pero nunca más volveríamos a ir juntos.

—El futuro puede cambiar —mentí, intentando calmarla pero mi pecho quería estallar y no sé cómo me contagió la tristeza, no sé por qué me sentía tan hueco y todo a nuestro alrededor se fragmentaba. Los humanos caminaban, mirándonos extrañados. De pronto, fuimos dos extraños en el mundo equivocado.

—El futuro no importa cuando pierdes tu presente —afirmó apagando el cigarrillo y acercándose a la basura para arrojarlo.

Sus ojos lloraban y pasó a convertirse en mi extraña favorita, dejó de ser la chica insensible y empezó a transmitirme sus carencias, pero yo no pude hacer más que besarla, no pude hacer más que tratar de secar sus lágrimas con mis labios, y fue cobarde porque ella debía llorar y no hice tanto, porque al besarla ella veía que me había ahogado en mi pequeño tal vez, y que estaba ahogándose conmigo.

15 de agosto: Adicto a sujetarme
a lo que se rompe
09:43 p.m.

Te haces adicto a la nostalgia,
a la tristeza de añorar amores en cada tarde.
Adicto a la incertidumbre,
a la facilidad para inundar de lágrimas tu
habitación.
Adicto al lenguaje mudo de las palabras.
Adicto a matar anhelos, a silenciar el
amor dejando de pronunciar lo que
desde hace tiempo tenía ganas de
hablar.
Adicto a la soledad o a la compañía.
Adicto a encerrarte en ti o encerrarte
en otros brazos para huir de tus
pensamientos.
Adicto a las drogas: adicto al placer
temporal de inhalar risas para huir de
la calle del olvido. Adicto a las drogas que te hacen sentir vivo,
porque has olvidado tu existencia. Adicto a ellas que te hacen
despertar tus alas por un rato, sin ser capaz de descubrir que
podrías despertarlas sin adicción.

Todos somos adictos a algo...
Hay adictos al otoño y las preguntas sin respuesta.
Hay adictos a la vida, a la esperanza y al quizás... Adictos que
son adictos a ser adictos a algo. Adictos a la incertidumbre, al
sexo por placer y a conocer personas.
Adictos al universo, al amanecer y a la hermosa experiencia de
poder ser.
¿A qué eres adicto tú?

TIEMPO DE SER SINCEROS

— ¿Por qué sigues dónde no te sientes completa?
—No puedo lastimar a alguien que lo que ha hecho es darme su amor.
—No me gusta tu relación. Es fingir para amar, es engañarse, es
buscar afuera lo que no pueden tener adentro.
—No eres nadie para juzgarme. Lo sabías desde que nos conocimos
y quisiste quedarte.
—No lo digo por mí.
—Tú también pasaste por eso, estuviste en tu proceso, ¿lo olvidaste?

—No —respondí y mis pensamientos me agotaron.

Charlotte tiene razón, es cierto, estuve en mi proceso pero... ¿cuánto va a durar su proceso?, ¿estaré aquí para amarla?

—Deberías entenderme y ser más comprensivo.

— ¿Lo amas? —pregunté.

—Sí pero es otra clase de amor —expresó, y la respuesta que temía llegó con ella—. No lo amo como a ti pero lo amo –continuó con ganas de aplacarme.

—Mi intención no es separarlos, si me quedé fue porque lo que siento por ti no lo había sentido, pero si me sigo quedando corro el riesgo de no saber salir de lo venenoso —por fin le explique el peligro que corría estando tan cerca de ella pero a kilómetros del amor que soñaba tener.

—Cada quien toma sus decisiones, cuando quieras irte, yo lo entenderé.

—Lo sé, y seguirás viviendo otra clase de amor con Fabio.

17 de agosto: Otra clase de amor - 8:58 p.m.

Algunas personas aman para huir de sus carencias, para acompañar sus días y no sentirse solos. Están juntos amándose distinto, viviendo y despertando abrazados mientras el vacío permanece. Buscando en el exterior algo que los llene, porque aún con esa clase de amor se sienten incompletos pero siguen ahí, por temor a los cambios.

Algunas veces la estabilidad nos seduce y pensamos que la seguridad nos la dará entrelazar nuestros dedos con esa persona que está ahí, aunque no nos haga bailar en las nubes.

Otra clase de amor es estar compartiendo la vida agarrando unas manos pero pensando en agarrar otras; o compartiendo la vida esperando paciente, que algo llegue a cambiar tus días ayudándote a tomar la decisión de arriesgarte.

Ella tiene razón, yo también estuve mucho tiempo vistiéndome de costumbre, acompañando mis días por esa otra clase de amor y es cierto, daría mi vida por esa persona que me acompañó en mis peores y mejores momentos. Sin embargo, el amor que quiero tener es ése que no necesita sino que da, no huir de ti para encontrarte en otros labios y resuelvan tus problemas sino crecer y darte cuenta de que puedes resolverlos tú. No esconderte frecuentemente de la soledad arropándote en otro cuerpo, sino conseguir a otro cuerpo que quiera ir evolucionando sin restarse, por miedo de los fantasmas que nos presenta la vida.

21 de agosto:
Irresponsabilidad emocional

Llegué a cantar, el lugar estaba repleto y yo había tomado mucho. Comprendo que estén molestos, me hablan de la responsabilidad y de no mezclar mis sentimientos con la música, pero para mí la música son mis sentimientos.

Llegó el momento de cantar, ellos me quitaban las botellas de vino y yo estaba muy entretenido buscándola entre la gente, pero ella no estaba, estaba Alison y su mirada me atrapó aunque la solté enseguida porque buscaba a Charlotte.

¡Hoy es el gran día! ¡No dejaba de repetírmelo en la cabeza! Bebía vino y saludaba a las chicas que querían fotos y un poco de mí, el problema es que yo no era yo, si ella no estaba ahí y necesitaba encontrarla como Horacio quería encontrar a la Maga, con esa incertidumbre de pensar que no vendrá, que no habrá un encuentro, que no podré verla.

La cafetería estaba full y Alison me ofreció prepararme algo de comer para que se me pasara el nivel de alcohol. Realmente no estaba borracho como quería, quería estarlo como para proponerle que se escapara conmigo, que nos fuéramos juntos… pero eso requiere valentía. En este preciso instante, no sé por qué tomé, supongo que porque a veces queremos sedar o despertar lo que sentimos. Sé que hice mal, que lo que me dicen es cierto, que me estoy convirtiendo en un mal ejemplo, que esas personas ven en mí cosas, que soy su ideal pero, ¿cómo carajo eres un ideal? Yo no quiero ser un referente, ni quiero fama, ni éxito, y todos los libros de autoayuda que me dicen mis amigas y me citan ¡no sirven! Porque tengo sed de ella como hoy, que la confundí con el vino y me tomé unas cuantas botellas para que la sed parara.

Llegó el momento de cantar… Todos estaban preocupados, las miradas giraban en torno a mí y creo que las fanáticas no lo notaron porque gritaban más y más mi nombre, aunque yo entiendo lo que dicen, no quiero ni debo ser el típico cantante drogadicto que vive una vida loca porque está cumpliendo el sueño, pero realmente nadie sabe que no es por eso, sino que estoy sufriendo. Pedí enamorarme y estoy sufriendo por amor. Estoy un poco ebrio pero la certeza es la sinceridad, soy tan sincero, pero tan sincero que le canté la canción que era sin que me importara nada ni nadie.

¡Empezó la función!

Todo iba bastante bien hasta que me encontré con su mirada. Llegó hermosísima, pensé que no iría, tenía un evento de ballet al que yo quería asistir y no pude, pero ella sí pudo ir a la cafetería a verme, antes de irse a trabajar. Sus ojos brillantes me miraban, me saludó y me lanzó un beso disimulado como deseándome suerte. Tenía puesta la chaqueta de cuero de él, quien la llevaba de la mano.

Francamente, no sé en qué estaba pensando cuando canté, pero sí sé que su novio nunca la había besado tanto como la besó esta noche. Mis amigos me miraban… Víctor, que es el que intenta entenderme, me preguntó si estaba bien. Yo agarré la botella y me tomé lo que quedaba en ella. Charlotte me miraba intentando zafarse de los brazos de Fabio. Todos decidieron cantar el promocional utópica humanidad, pero en ese proceso de decisión, agarré el micrófono y canté: "Por tu amor".

Lo que sentía lo expresé cantando y no dejé de mirarla. Aunque él la besaba, ella solamente me quería besar a mí. El público, las fans, mis amigos/as, todos estaban emocionados por mi emoción y nos acompañaron con aplausos, con muchísimas fotos y solamente la gente cercana sabía lo que estaba ocurriendo y me daban ánimo desde abajo del escenario.

No me arrepiento… ¡Estoy feliz! Ya estoy en mi casa, me acompañan mis gatos y mi cuaderno que se ha hecho parte de mí, estoy preparando café… acabo de salir del baño después de una ducha de esas sanadoras, para recordar todas las locuras que cometemos por amor.

PD: No quiero tomar más nunca en mi vida.

Por tu amor
(Un pedacito de la canción)

Por tu amor no me importa mi dignidad,
amarte y que me ames es mi única verdad.
Por tu amor no hay barreras que no pueda pasar,
saltaría mil veces para podernos amar.
Por tu amor aguanto que no tengas libertad,
pero estoy buscando la llave para poderte zafar.
Por tu amor espero a que él no esté más
pero la paciencia se agota cuando me voy a acostar.

12:33 am: Mensajes de media noche

Charlotte:
> Me moría de ganas por besarte cuando cantabas. Quería subir y comerte.

Christopher:
> Te dedico esa canción, la escribí para ti.

Charlotte:
> Gracias por tanto, no tengo palabras

Christopher:
> Me regalas inspiración.

Charlotte:
> Voy a empezar a cobrarte regalías por derechos de autor jajajaj

Christopher:
> Te pago en especie

Charlotte:
> Me parece que hemos llegado a un excelente acuerdo.

Christopher:
> ¿Cuándo empezamos?

Charlotte:
> Si fuera por mí, ya. Me muero de ganas porque me hagas el amor, estabas hermoso, todas tenían que ver contigo en especial…

Christopher:
> ¿Quién?

Charlotte:
> Alison, la chama de la cafetería. Vi cómo te miraba, tienen una química muy bonita y aunque la canción era para mí, las pocas veces que dejaste de verme, fue para verla a ella

Christopher:
> ¿Celosa?

Charlotte:
> No, pero ella es un buen partido. Es muy hermosa, es madura, está soltera. ¿Por qué no lo intentas?

Christopher:
> Porque no eres tú y no es tan fácil.

Charlotte:
> Lo único que te he enseñado es que puedes sentir amor

Christopher:
> Lo que necesitaba que me enseñaran.

Charlotte:
> Tengo que guardar el celular, debo seguir trabajando.

Christopher:
> Gracias por ir a verme. Te adoro.

Charlotte:
> Descansa bebé, Te amo.

¿Por qué sigue gustándote si sabes qué no va a funcionar? Son ganas de lastimarte o de perder el tiempo, es absurdo, pero como tu mejor amiga estoy cansada de decírtelo —vociferó Daniela antes de lanzarse de clavado en la piscina.

—No pierdas el tiempo Daniela, no nos va a escuchar —repuso Lucas.

—Quiero que sean mis amigos, pero no que me fastidien todos los días, ni que me digan lo correcto o lo incorrecto —me defendí, ya exhausto—. Teníamos tiempo sin compartir y en vez de disfrutar vienen es a atormentarme —reclamé.

—Somos tus amigos y te vamos a decir la verdad. Estamos preocupados, ahora solamente sales con Charlotte, es terrible lo que estás haciéndole a Fabio —comentó Michelle, al mismo tiempo en que se quitaba la camisa quedando en bañador y yo no pude evitar deleitarme con su cuerpo y recordar la última noche que estuvimos juntos.

—Él me permite estar con ella, no le molesta.

—Claro que le molesta ¡por favor!, no seas absurdo, es un asco lo que hacen. Esa chama no lo quiere pero no lo va a dejar y tú, te obsesionaste demasiado. ¿Cuánto tiempo llevamos sin vernos? —preguntó Daniela, molesta por mi distanciamiento. Aunque había ido al concierto, antes de eso, teníamos semanas sin hablarnos.

—Por esto me alejé, son mis amigos y no me dejan equivocarme, creen que saben qué está bien y qué no. ¡Me gusta y no la voy a dejar!

—Te vas a quedar solo y no estaremos para consolarte.

—Da igual si me quedo solo, pero no quiero que hablen mal de ella, no quiero que me digan nada, porque aunque me lo repitan mil veces no voy a dejarla —respondí tajante, con ganas de culminar la conversación definitivamente.

El día continuó y no volvimos a hablar del tema, disfrutamos de la piscina y de nuestra amistad. Los extrañaba, pero sigo cansado de que me digan las cosas. La amistad debería dejarte ser feliz, sin tanta preocupación. ¡No es para tanto! Sé que estoy en el sitio equivocado, sé que estoy haciendo todo mal, que importa, me gusta lo suficiente como para disfrutar mi momento hasta que se acabe y solo quiero que mis amigos lo respeten. Que respeten que Charlotte me está haciendo feliz.

PD: Luego de la piscina, nos fuimos de excursión al Ávila.

22 de agosto: Sin ganas de quererte pero queriéndote con todas mis ganas

Mi alma te siente como un alma que esperaba ver,
te reconocí al instante y el universo sonrió.

Al reconocerte me reconocí,
al verte me vi,
al verme te quise junto a mí,
aunque al instante: huí.
No es el momento, ni el lugar, te encontré a destiempo.
Te encontré para querer quedarme contigo en mis sueños.

Te encontré para buscarte en otra vida,
no tan tontos, no tan así,
desenfrenados y egoístas,
sintiendo un pedazo de eternidad…
en la brevedad.

PD: Desde el Ávila.

23 de agosto: La gran mentira

Fuimos al Ávila: Daniela y Angélica, Lucas y su novia, mi grupo musical y varias chicas amigas de Alison que invitó Carlos, para tratar de darle celos a Daniela —no funcionó—. En estos meses que he estado distraído, mis amigos han hecho nuevas amigas. Ya conocen a Alison, la que me devolvió el diario, ella me resulta una incógnita aunque por ahora, es una incógnita que no quiero definir. Me gusta físicamente y también su personalidad, pero tal parece que no me gusta tanto como para olvidarme de C.

Llegamos tarde y hay que asumir nuestra responsabilidad, somos impuntuales, pero esta vez la tardanza nos costó horas de caminata. El transporte, que nos subiría hasta el lugar donde acamparíamos se había ido, trabajaban hasta las 6:00 pm, pero prendimos nuestras linternas y decidimos tener un sábado distinto, caminamos de noche, algunos se cansaron antes, otros como Alison subían sin inconvenientes. Yo, en cambio, me quedé a ayudar a Daniela, que no podía con su bolso y bajé el paso para no dejarla sola.

¿Estás saliendo con Alison?, ¿te gusta? —preguntó Daniela, jadeando de cansancio.

—No mucho, hemos coincidido en salidas pero no tenemos nada de qué hablar.

—Creo que ella no opina lo mismo, ¿va a dormir contigo, no?

—Sí, pero porque yo no tengo carpa y ella lo propuso así.

—Hay suficientes carpas, puedes dormir en cualquiera. A lo mejor tienes noche de sexo —dijo burlona, pero el cansancio no la dejaba hablar—. No puedo más vamos a detenernos —se sentó en una piedra.

—Si te paras es peor. ¡Vamos! ¡Anda! Vamos lento, levántate, vamos a seguir avanzando.

—Dame un minuto —respondió exhausta.

—¿Peleaste con Angélica, todo va bien? —le pregunté ansioso, tenía rato queriendo saber porque ambas estaban distantes.

—Estamos teniendo problemas.

¿Por qué?

—Le dije lo de Carlos.

¡Qué innecesario! no debiste.

—No quería seguir mintiéndole, además fue al principio pensé que no sería para tanto pero me terminó.

¿Ya no son novias?

—Tal parece que no, en este viaje trataríamos de resolverlo pero ya ves, está por su lado y ni siquiera se detuvo sabiendo que me cuesta subir, tenía que ayudarme ¿no te parece? Ella es la que debería esperarme, no tú.

—Angélica tiene razón, llevan meses de relación y que le digas que empezando ya la engañaste, no hace que inspires confianza. Si me pongo en su lugar, no te hablaría más nunca.

—Estaba borracha, no significo nada ¡Ni siquiera me acuerdo!

—No es excusa. Carlos está enamorado de ti y no lo disimula, ella se ha comportado porque te ama, pero no debe ser fácil, estar a cada rato con un zamuro atrás de su novia.

—¡Mira quién habla! Eres el peor para dar consejos porque te sientes identificado pero en el caso adverso —rió—. ¡Tú eres el zamuro! Vamos a continuar mejor —se levantó evasiva—. No quiero hablar para ver si se hace más sencillo subir. Además, no es mi culpa lo de Carlos, yo tengo mi novia y no puedes juzgarme, lo que sí está mal es lo que estás haciendo tú con Charlotte.

—A nadie le gusta escuchar la verdad, incluyéndome —empezamos a subir, llegamos más tarde que los demás, pero a ambos nos sirvió la caminata.

El bosque parecía hablarnos, la oscuridad se fundía con la luz de la linterna para llamar el nacimiento de una luz nueva, más tenue, menos artificial. La luna murmuraba y yo, ya no pensaba en Charlotte.

—Al fin llegaron. ¿Estás bien?, ¿quieres agua? —le preguntó Alison a Daniela, ayudándola a terminar de subir.

—Gracias, estoy bien —contestó, aceptándole el agua y yendo a instalar su carpa.

—Ya te adelantaste a armar la carpa, me hubieses esperado para ayudarte —dije apenado.

—No te preocupes, estoy bien —manifestó, para continuar instalando el campamento.

—Tranquila, te ayudo.

—Si quieres ayuda a las chicas, estoy bien, en serio —respondió Alison.

¿Segura? Es decir, puedo ayudarte y terminamos más rápido.

—100% segura. ¿Duermes conmigo hoy, no? —me preguntó directamente, sin timidez alguna.

¿Segura? —volví a preguntar.

—La pregunta sería para ti. ¿Seguro? Lo estás dudando mucho.

—100% seguro —le dije sonriendo y me fui a ayudar a Daniela a armar su campamento, llegué en el momento indicado para evitar disputas.

—Dani, déjame ayudarte, tú no sirves para eso, yo lo hago —dijo Carlos, acercándose a Daniela, ella aceptó, un poco para molestar a Angélica que estaba armando otra carpa distinta y que "aparentemente", la ignoraba.

—Si quieres la ayudo yo para que prepares tu carpa y no pierdas tiempo, la mía me la está armando Alison.

¡Qué caballero! ¡Poniendo a Alison a trabajar! —respondió como diciéndome: ¡No te metas y vete!

—Carlos haz tu carpa para evitar inconvenientes —insistí.

¡Yo no veo ningún inconveniente! Estoy ayudando a una amiga ¿ya no se puede? —me dijo alterándose y ya otra vez me encontraba en medio de una pelea que no tenía que ver conmigo, pero que protagonizaba.

—No te alteres y habla más bajito, no se tienen que enterar todos —le dije murmurando para que se relajara, pero su cara, su cara era digna de una ilustración.

—Si hubiese sabido que te ibas a poner tan fastidioso no te invito —exclamó descortés.

—El fastidioso eres tú, que no entiendes que no es no, que no te quieren, que te alejes que tiene novia —le respondí sin pensarlo, porque ya me tenía cansado su actitud reiterativa.

¡Qué descaro! De verdad que te ganas el premio a lo más cínico del planeta. —Se rió descaradamente en mi cara—. Yo al menos no me meto en la relación, como para acostarme con Daniela y ser amigo de Angélica, ella sabe que me gusta su novia pero no soy un hipócrita como tú con Fabio, hasta te convertiste en su amigo y te follas a su novia.

—Por lo menos yo sé que a Charlotte le gusto, no como tú, que sabes que no tienes oportunidad y sigues insistiendo como un baboso, sin notar que estás dañando una relación.

—Una relación que está empezando, no me meto con una chama que tiene 4 años con el novio y para nada, porque eres tan inestable que al tenerla te querrás ir —respondió Carlos, alzando la voz y percibí que estábamos haciendo un gran espectáculo pero no pude detenerlo.

—Todo el mundo nos ve, eso es lo que te gusta, que todos se enteren que te mueres por Daniela. ¿Para eso invitaste a las amigas de Alison, para darle celos? ¡Te salió malísimo! Porque a los 10 minutos de haber llegado ya estás rogando un poquito de atención, que te la lancen como migajas y tú, el perro faldero, tratando de recogerlas.

—Por eso es que te parten la cara… ¡porque eres un imbécil! y siempre quieres ganar —contestó acercándose, pero al primer paso que dio ya me tenía en frente y estábamos nariz con nariz.

Daniela estaba al lado y podía detenernos pero no lo hizo. Se quedó inmóvil, igual que el resto. Las amigas de Alison tampoco se metieron, se ocuparon en otra cosa tratando de no incomodarnos.

—Me encantaría que lo intentaras para quitarte la máscara de malo que tienes y quedes como el tonto que realmente eres.

—Los dos son muy "malotes" peleando en el Ávila, en una noche de amigos y de encuentros. Yo sé que no soy tu amiga Carlos, pero ya basta, puedes intentar todo lo que quieras conquistar a Daniela, porque una noche bastante borracha te besó para saciar sus dudas. Tranquilo, por mí no tienes que preocuparte, tengo suficiente seguridad como para subir al Ávila con mi novia y que no me moleste tu presencia, pero te aconsejo pasar la página porque en ésta, no vas a encontrar el amor —puntualizó Angélica al mismo tiempo que agarraba de la mano a Daniela y se la llevaba a caminar.

Michelle nos llamó para realizar una meditación en la fogata, con la intención de relajarnos y mejorar el ambiente –funcionó–. Alison colocó aproximadamente 3 cajas de inciensos en nuestro campamento, fue un buen gesto y armonizó la noche. Ella y sus amigas ignoraron el episodio –al parecer todos lo ignoraron para disfrutar—.

Como a la 1 de la madrugada desperté para encender un cigarro y contemplar mi insomnio desde otro lugar. Encontré a Carlos afuera de su carpa y pude notar que era igual que yo, estábamos atravesando lo mismo, al final, Daniela dormía con Angélica, igual que Charlotte dormía con Fabio, no éramos enemigos sino bastante similares. La luna nos contemplaba y ninguno miraba las estrellas, nos mirábamos empapados en una frustración que nos invadía sin avisarnos, hasta que terminamos en un abrazo y no hizo falta ninguna falsa "disculpa" que nos hiciera amigos de nuevo. Nunca habíamos dejado de serlo, simplemente somos un espejo, no nos gusta mirarnos y cuando nos miramos obligatoriamente, queremos partir ese espejo en dos.

Desperté muy temprano abrazado de Alison, abrimos los ojos al mismo tiempo, en una carpa pequeña pero cómoda. Compartió conmigo su cobija y sus abrazos como si no fuera la primera vez que dormíamos juntos. Inconscientemente nos quitamos el frío. Fue mejor de lo que pensé, disfruté su compañía, de la lluvia, del canto de los pájaros, de la quietud de disfrutar la vida sin pensar demasiado.

Al bajar del Ávila compartimos un poco más, no podía dejar de observarla. La veía, tratando de decidir si me gustaba o no me gustaba. Nos montamos en el autobús, ella empezó a buscarme conversación sobre cosas banales como libros favoritos, películas, y actividades que nos apasionan, bastante normal, bastante simple pero entre una cosa y otra, empezamos a hablar de C.
¿Sigues con Charlotte?
—Estoy tratando de alejarme.
— ¿Ha funcionado?
—No mucho…
—Todavía no es tiempo de que te alejes.
—Lo he aplazado más de lo que debería.
—Quiero invitarte a una charla de la maestra Batsheva.
¿Bassh qué? ¿Quién es? No la conozco –respondí.
—Es una maestra de Kabbalah que va a dictar un seminario de amor verdadero, yo estaré apoyándolos con el voluntariado pero sería bueno que vinieras conmigo, de hecho, ya tengo tu entrada —sacó de su cartera dos entradas y me las otorgó.
—Gracias, suena más o menos como a una cita —le dije flirteando.
—No lo veas así —respondió de inmediato—. De hecho puedes invitar a Charlotte, no es necesario que vayas conmigo.
—Quiero ir contigo y conocer la Kabbalah, suena divertido, capaz me uno y me vuelvo un maestro espiritual –dije riendo.
—Entonces oficialmente tenemos una cita —dijo acomodando su cabello hacia atrás y cautivándome con su sonrisa.

Estoy en mi casa, feliz de haber tenido este viaje. Dicen que debes viajar para mover la energía, para limpiarte, para olvidar y para fabricar momentos.

Mi experiencia cumplió su objetivo, pasé un rato con mis amigos y nos aleja-
mos del sistema contaminado, pero es triste que las personas carezcan de consciencia y dejen basura en el pulmón de Caracas. Pasamos las primeras 2 horas
de la mañana limpiando el lugar y debo enviarle un mensaje al mundo: Ya basta
de pensar que somos los únicos, de tener tanto ego como para no poder vivir en
equilibrio. Llega un punto en el que debemos abrir la mente, bajar las ganas de
tener la razón, y explorar en la verdadera vida, que se basa en respeto y ganas
de aprender.

Un fin de semana largo pero no estoy cansado. Me siento feliz en soledad,
se siente bien observar las montañas, el cielo y lo que hay después. Porque hay
tantas cosas más arriba de lo que conocemos; satélites, otros planetas, estrellas,
dimensiones… Hay tantas cosas maravillosas que no puede afectarte el sentirte
solo. Es un viaje lleno de altos y bajos pero con hermosura, porque el sol nos
calienta y nos da vida y las plantan decoran nuestra existencia sin dejar de tener
su propia transición. El café se calienta y el balcón me acoge y por primera vez
no siento vacío, no quisiera estar con Charlotte aunque desde que bajé del Ávila
no ha dejado de llamarme ni de escribirme, graduándose con honores y con
una especialización bien merecida en hacerme las cosas difíciles.

Yo soy C1

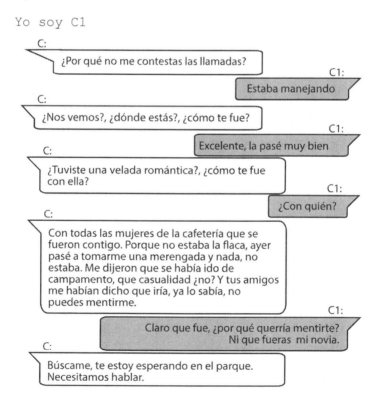

C:
¿Por qué no me contestas las llamadas?

C1:
Estaba manejando

C:
¿Nos vemos?, ¿dónde estás?, ¿cómo te fue?

C1:
Excelente, la pasé muy bien

C:
¿Tuviste una velada romántica?, ¿cómo te fue
con ella?

C1:
¿Con quién?

C:
Con todas las mujeres de la cafetería que se
fueron contigo. Porque no estaba la flaca, ayer
pasé a tomarme una merengada y nada, no
estaba. Me dijeron que se había ido de
campamento, que casualidad ¿no? Y tus amigos
me habían dicho que iría, ya lo sabía, no
puedes mentirme.

C1:
Claro que fue, ¿por qué querría mentirte?
Ni que fueras mi novia.

C:
Búscame, te estoy esperando en el parque.
Necesitamos hablar.

Por supuesto que la busqué, pero mi sorpresa es que no estaba sola. Justo ahora que escribo están aquí en mi casa, preparando unos cócteles para nuestra tarde de fingir y de querernos a escondidas. Está Fabio y una chica que trajo para mí con la intención de tener una cita doble. (Ojalá pudiéramos intercambiar parejas)

PD: La gran mentira.

25 de agosto: No te necesito eso me gusta, pero te quiero y eso me asusta

No quiero retenerte, no necesito que te quedes ni un año, ni una vida. Necesito que el tiempo que estés, me regales un pedazo de tu ser. No quiero que me quieras por querer, quiéreme sin saber por qué. No me regales basura disfrazada de amor, cuando tengas que irte, te regalo el adiós. No me regales costumbre con estabilidad, no te necesito para poder respirar.

2 21 am

noche de insomnio

PD: Te quiero sin necesidad, te quiero porque en tu mirada encontré el mar, y he decidido que voy a naufragar.

27 de agosto: El amor no se trata de llenar vacíos, sino de crear espacios 6:18 p.m.

Quiero quererte para mostrarte mi vida,
no porque te necesito para soportar el día a día.

Te quiero querer no para poseerte y comprar tu fidelidad,
sino para transmitirte lo que es la lealtad.
Quiero que me quieras porque abro espacios en tu interior,
no para omitir tu temor hacia la soledad.
Quiero que me quieras para volar juntos,
no para cortar tus alas y atarte a mi vuelo,
ni para cambiar mi camino por seguir tu destino.

El amor es la evolución del alma expresada en un beso.
Quiero tu amor sin enmudecer tus sentidos.
Quiero quererte porque me aprendí a querer,
no porque quiero compañía al anochecer.

No quiero quererte para liberarme del dolor
que dejó un antiguo amor.

Quiero que me quieras porque aprendiste a caminar,
 no porque la caída te dio inseguridad
y necesitas a alguien para poderte levantar.

Quiero ser tu abrigo pero quiero que dejes de temerle al frío.
No quiero quererte para huir del hastío sino para crear un mundo
compartido.

PD: El amor libre de costumbre es la expansión del espíritu y la libertad del corazón.

28 de agosto:
La soledad y el silencio

¿Me amas? —le preguntó la soledad al silencio.
—Te he amado muchas noches pensando que te odio. He llorado mis
dolores sin saber que te tengo —el silencio, escribió estas palabras en el
espejo de un tranvía cargado de añoranzas.
— ¿Por qué muchos humanos prefieren odiarme a conocerme?
—Porque los rumores se convierten en
mil voces que no tienen el don de la palabra.
¿Qué dicen de mí, querido silencio que
todo puede escuchar?
—Tienen miedo de conocerte sin saber
que siempre estás con ellos. Se cierran a la
posibilidad y se ahogan en vacíos buscando
un culpable.
¿Qué culpable? —preguntó la soledad.
—La culpable eres tú querida, eres tú. Pero
yo te amo, eres parte de mí, yo soy tu silencio
enamorado.
—Pensé que estaba prohibido que pudieras hablar. ¿Por qué decidiste hacerlo?
¿Quién no ha roto las reglas por amor?
—preguntó pícaramente el silencio.
¿Por qué contestas con otra pregunta?

—Me lo enseñó un principito enamorado de una flor.
— ¿Cómo se enamora un príncipe de una flor?
—Así como el antipático silencio se enamora de la soledad, la amiga
de todos, la más renegada, y en ocasiones, la más amada. Tú, querida,
ayudas a crecer.

—Un honor sentir las palabras del silencio.

—Siempre las tienes junto a ti. Te hablo cada noche antes de reposar.

—Me siento extraña, te quiero preguntar... ¿La soledad se puede enamorar?

¿Acaso el silencio si podía hablar?

—Con tu pregunta supiste contestar. Adiós querido silencio, te amo en mi soledad y tú me amas sin necesidad de hablar. Aunque de vez en cuando, te invitaré a romper las reglas.

—Si tienes suerte, aceptaré. Y jugaremos juntos contra los imposibles, como en el ajedrez.

La soledad y el silencio enamorados. ¿Qué se puede hacer?

30 de agosto: Adictos

Adictos al café por la mañana y a las pastillas para dormir.
Adictos a las drogas instantáneas que nos hacen salir de la realidad para volver de nuevo con otros ojos.
Adictos al amor que nos hace daño, a quedarnos ahí en lo que nos quema. ¡Adictos a lo prohibido!
Adictos a ahogar silencios con palabras mudas.
Adictos a fingir amor mientras morimos por dentro.
Adictos a la costumbre de pensar que podremos olvidar lo que amamos para despertar del olvido y descubrir que seguimos enamorados.

Adictos al humo que borra tristezas y crea sonrisas, tratando de borrar cicatrices en vez de aceptarlas.
Adictos al placer fugaz de tener a alguien bajo las sabanas para recordarle a la vida que no estás solo, aunque la mañana acuda para recordar que la soledad sigue presente.

Adictos a pensar que nos "enamoramos" para llenar vacíos y despertar aún dormidos, con ganas de sentirnos queridos.

Todos somos adictos a algo y queremos dejar algo. Yo, por ejemplo, descubrí que soy adicto a ti. Quiero dejarte cada día porque me dañas, y cada día descubro que me devuelves la vida. Adicto a tu breve amor, a tus espinas, a la contaminación, a la imposibilidad de tenerte y tal parece, también soy adicto al adiós.

31 de agosto: Acompañados de las
estrellas despidiendo agosto - 8:04 p.m.

Me arriesgo a la imposibilidad de quererte, ya es muy tarde para retroceder.

SEPTIEMBRE DE CHARLOTTE

Qué bonito se sintió levantarme con sus piernas acopladas a mis piernas y sus brazos sobre mi piel.

Ella y yo, el edredón de plumas y un dulce te amo en mi oído, —así me desperté—.

Cuando estaba dejando de quererla me mostró de nuevo porque me enamoré, me mostró esos lunares que por tanto tiempo quise ver.

Hicimos el amor en cada rincón de la casa y mi soledad se esfumó.

No nos vamos pero tampoco nos quedamos...

Irremediablemente seguimos en el medio de la nada y del todo.

1 de septiembre:
Una noche perfecta
y una mañana de
realidad
12:00 p.m.

Empezó septiembre y como siempre ella no está. Ayer tuvimos una gran noche, nos besamos hasta desgastarnos y en la mañana me sedujo con la dulzura que nunca me había mostrado. Tocaba mi espalda y bajaba por mi cuerpo pero ya no en un acto sexual, lo hacía como acto de unión, como acercamiento. Me besaba con inocencia y no con la malicia habitual. Se levantó y volvió más tarde con el desayuno, ella, que no le gusta atender sino que la atiendan. La forma de la arepa que me llevó a la cama era un corazón y vino acompañada de un vaso de jugo de naranja cubierto por una servilleta que decía: "Estoy por ti".

Me regaló una nota en el espejo del lavado y cuando entré al baño me sorprendí al leer: *"La mayor declaración de amor es la que no se hace"*. **-Platón.**

¡Te estoy esperando! ¡Apúrate! ¡El jacuzzi está listo! –gritó desde la terraza y yo corrí a su encuentro.

Cuando llegué, vislumbré el paraíso. Estaba ella, las montañas, el amanecer y su cuerpo bronceado invitándome a pecar. No sé si conozcan la diferencia entre el sexo y el amor, yo no la conocía pero ella se encargó de enseñármela. Preparó una bandeja con dos copas de vino y una manzana, se posicionó detrás de mí y susurró: *"La única manera de librarse de la tentación es caer en ella"*. Cito a Oscar Wilde y yo sabía que iba a pecar, porque ella era el pecado pero también la redención. Hicimos el amor de nuevo, esta vez más lento, con más delicadeza queriendo grabar cada parte de nosotros. Los pájaros eran la música que adornaba nuestro ambiente. Me visitan desde hace algunos meses, cuando Charlotte me dio la idea de ponerles comida y compartir mi casa con ellos.

Noté que ella se había dedicado con amor a ese lugar, había colocado una casita para hadas que me regaló una pretendiente con la que salí antes para decorar la terraza, y le pegó un hada al techo, para que no fuera una casa de hadas deshabitada, como siempre decía cuando la veía. También había comprado hongos porque sabía que los coleccionaba. Mi casa la tengo decorada con más de 20 hongos en el jardín, con ranas, unicornios y mariquitas decorativas. Tengo una de las paredes intervenida con un mural de Alicia en el país de las maravillas y otro con el mundo de Neverland. Mi mural favorito es en blanco y negro, es de mi equipo "Poetas en acción" y lo dedique a mi hermano con una frase mía: "Te recuerdo como estrategia para existir".

Me doy cuenta que C me ha ayudado, trae plantas y cuida la grama. Cuida a mis gatos Samsa y Zeus, a mi perrita llamada Mía que la adopté joven y es mi amiga más extrovertida. Le da mucho afecto a su favorita, una loba llamada "Alaska". Charlotte guindó frascos con lucecitas que simulan luciérnagas. Incluso una prende durante el día, me la compró afuera del país y es un juguete entretenido. Una luciérnaga que parece un hada y se carga con la luz natural. No me había dado cuenta que estaba poniéndole amor a mi hogar aunque no lo compartiera conmigo. Y aunque soy desprendido y no le doy mucha atención a los regalos y al toque femenino, debo admitir que ha tenido dedicación.

Antes de irse me abrazó fuerte, le costó bajarse del carro. Me besaba por el cuello y no dejaba de repetir que fue la mejor noche de su vida. Que la hacía feliz y agradecía al creador por habernos presentado. Cuando regresé me di cuenta de que se le quedó su celular. Había dicho que estaría con una amiga para que su novio no la descubriera, y funcionó. El problema radica en que no pude aguantar la curiosidad, antes de llevarle su celular quise leer una conversación y esto fue lo que encontré:

Su conversación de ayer cuando estaba conmigo en la "mejor noche de su vida".

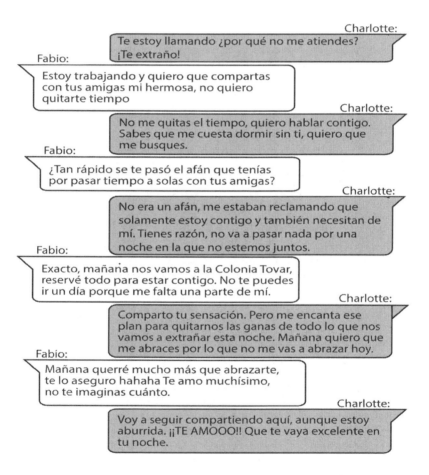

Charlotte:
Te estoy llamando ¿por qué no me atiendes? ¡Te extraño!

Fabio:
Estoy trabajando y quiero que compartas con tus amigas mi hermosa, no quiero quitarte tiempo

Charlotte:
No me quitas el tiempo, quiero hablar contigo. Sabes que me cuesta dormir sin ti, quiero que me busques.

Fabio:
¿Tan rápido se te pasó el afán que tenías por pasar tiempo a solas con tus amigas?

Charlotte:
No era un afán, me estaban reclamando que solamente estoy contigo y también necesitan de mí. Tienes razón, no va a pasar nada por una noche en la que no estemos juntos.

Fabio:
Exacto, mañana nos vamos a la Colonia Tovar, reservé todo para estar contigo. No te puedes ir un día porque me falta una parte de mí.

Charlotte:
Comparto tu sensación. Pero me encanta ese plan para quitarnos las ganas de todo lo que nos vamos a extrañar esta noche. Mañana quiero que me abraces por lo que no me vas a abrazar hoy.

Fabio:
Mañana querré mucho más que abrazarte, te lo aseguro hahaha Te amo muchísimo, no te imaginas cuánto.

Charlotte:
Voy a seguir compartiendo aquí, aunque estoy aburrida. ¡¡TE AMOOO!! Que te vaya excelente en tu noche.

Lo primero que leí cuando la curiosidad me mató:
(Leí esto y lo estoy copiando textualmente porque fue tanta mi impresión que le tomé capture para enviármelo y no perder detalles)

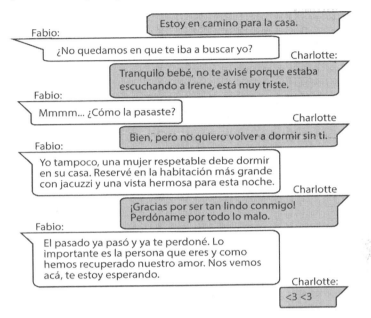

Fabio:
Estoy en camino para la casa.

¿No quedamos en que te iba a buscar yo?

Charlotte:
Tranquilo bebé, no te avisé porque estaba escuchando a Irene, está muy triste.

Fabio:
Mmmm... ¿Cómo la pasaste?

Charlotte
Bien, pero no quiero volver a dormir sin ti.

Fabio:
Yo tampoco, una mujer respetable debe dormir en su casa. Reservé en la habitación más grande con jacuzzi y una vista hermosa para esta noche.

Charlotte
¡Gracias por ser tan lindo conmigo! Perdóname por todo lo malo.

Fabio:
El pasado ya pasó y ya te perdoné. Lo importante es la persona que eres y como hemos recuperado nuestro amor. Nos vemos acá, te estoy esperando.

Charlotte:
<3 <3

PD: Definitivamente tenía que incluirlo.

1 de septiembre: Aunque duele, no sé qué es peor, si mi vida contigo o mi vida sin ti - 9:00 p.m.

Te dejo con tus dudas y sin certeza, te dejo para que puedas probar que la plenitud no es un nombre ni un lugar.
Te dejo para que te encuentres y dejes de lastimar lo que lucha por conseguir tu felicidad.
Te dejo sin retirarme pues sigo aquí, solamente que mis sentimientos desde ahora, he de reprimir.
Callo esta noche un amor, que siempre será amor aunque dure un mes o toda una estación, aunque no alcance a las cuatro estaciones, estará presente en la nieve, en las hojas muertas y en las flores.
Te dejo porque duele saber que para ti el cariño es una mentira disfraza de verdad y todo lo que amas lo vas a lastimar.

147

2 de septiembre: 11:50 p.m.

Me quitaste la inspiración,
solo escribo por vocación.
Me voy sin voltear,
ya no se puede mirar hacia atrás.
El desprendimiento llegó,
lo que tanto aplazamos
nos inundó.

El presente me invita a irme,
se acabó el verano.
Ni te espero, ni llegarás.
Mi primer día sin ti
es lo que veo entrar.

Algunas veces queremos quedarnos en vez de partir, contami-
namos la vida por no saber dejar
ir.

Mi otoño no tendrá el honor de
verme de tu mano respirar amor.

Los caminos se cruzan pero también se separan.

Me voy con heridas y ganas de sanar.
Me voy con sueños y con felicidad.
No hay lágrimas, solo adiós.
Disculpa, no seré yo tu invierno,
seré solo septiembre en medio del olvido.
Cuando el amanecer pregunte, responderé:
me voy con ganas de no volver.

No eres lo que esperaba,
no soy lo que te hizo vencer
todos los miedos que te impiden ascender.
Hay distintas clases de amor,
algunas se llaman error.
Aunque mi otoño no tenga tu nombre y las hojas caigan...
el árbol volverá a florecer.

PD: Tengo la paciencia y las ganas de quererme para volver a querer.

3 de septiembre:
Una de esas noches - 2:00 a.m.

Algunas noches no necesitamos a alguien que nos diga las cosas que ya sabemos y no queremos oír, no necesitamos a alguien que acompañe nuestra cama, que nos diga que todo va a pasar y que estaremos bien.

Algunas noches solo nos necesitamos a nosotros y las lágrimas no están tan mal porque sirven para limpiarnos. Hay que pasar por el vacío y llenarnos de nada para encontrarnos con partes de nosotros que habíamos perdido. No siempre podemos tener una sonrisa gigante, no siempre tenemos que lucir el traje de la alegría. Algunas noches nuestra alma tiene que drenar, tiene que frenar en seco la sonrisa, tiene que desdoblarse, tiene que llorar para luego entre lágrimas conseguir la verdadera felicidad.

Algunas noches no queremos besos, ni llamadas. Algunas noches tenemos que afrontar nuestra compañía y pelear con nosotros hasta llegar a la tregua y sólo necesitamos a un amigo, y entendemos que ese amigo siempre ha estado ahí, observándonos de lejos, dejándonos caer para que consigamos el verdadero aprendizaje. Ese amigo te mira en la distancia pero no prende la luz, porque solamente tú puedes encender el interruptor.

Para: Los olvidados - 9:28 p.m.

A veces solo necesitas silencio, necesitas que entiendan que quieres estar solo. Que no pasa nada, que estás bien, que sólo necesitas de ti.

Algunas noches están rotas, las calles se quiebran, el cielo se desvanece. Sientes que no encajas pero... ¿qué es encajar?

Te duele algo adentro y no es por amor. Simplemente es una carta a los olvidados, a los que sienten que algo les falta y lo están buscando.
Estar flotando mientras una estrella te sostiene y ves las luces, ves la ciudad, ves a los humanos y una lágrima cae.

Pasa que a veces no es necesario un abrazo, ni hablar horas por teléfono, ni ver a un viejo amigo y fingir que todo va bien.

Pasa que a veces hay que dejar que las lágrimas caigan y que nadie sea partícipe de tus prófugos deseos. En ocasiones, sólo tienes que quedarte viendo el cielo y que tu alma se limpie con

tantas lágrimas, y que tus ojos después de ver borroso recobren la vista perdida. Es que ya basta de hablar como si fingiéramos, diciendo las palabras correctas, expresándonos adecuadamente para que "algunos" nos lean. Hay que decir lo que sientes sin miedo al rechazo, sin inhalar felicidad que se agota, sin tragar saliva para aguantar una lágrima. Al jodido mundo le faltan personas sinceras y le sobran falsos eruditos que juzgan, pero tienen miedo de escribir, por si acaso fallan. Viven de la crítica y pierden la veracidad.

Que cuando lloras, lloras, cuando te quiebras se rompe el piso, cuando te ahogas no quieres razonar, y no hay ciudad donde esconderte, no hay bosque que te salve de tu propia soledad. Ella te abre los brazos y no quieres amigos, ni pareja, ni familia. ¡Joder, no es tan difícil!, ¡que entiendan que te quieres a ti! Que necesitas golpearte un rato con tu reflejo hasta moldearlo a lo que quieres ser.

5 de septiembre: Me fui a pasear
al río, a despejarme, a caminar
No he dormido bien pero quiero
escuchar la calma

Carta del río: Te voy a contar una verdad que quizás no quieres escuchar o tal vez ya la sabes, no importa quién eres, te invito a ver esto como una señal.

Pasamos mucho tiempo sin darnos cuenta de que estamos vivos, corriendo y buscando sin parar las respuestas a las preguntas que no nos motivamos a formular. No importa quién soy, no importa si soy de este planeta o vivo en otro tipo de energía. Te veo y pienso: ¡Estás disperso! Tan alejado de ti, tan huyendo en tus miedos creyendo que estás dejándolos atrás. Te escondes detrás de tus tristezas en vez de agradecer tu breve existencia. Te escondes en tus problemas teniendo la vida manifestándose. Te escondes mientras crees que estás buscando el amor. Buscas desesperadamente amar para llenar tus vacíos. Te llenas en soledad, te llenas cuando decides observar en el espejo y decidir quién quieres ser.

Te engañas cuando corres tratando de escapar. ¿No es la vida algo fugaz? ¿Por qué corres si igual te marcharás? Ves todo perdido sin comprender que la vida es un continuo comienzo. Temes despedir y cada día que pasa vamos transformándonos, despidiendo, reinventándonos. Consciente, inconscientemente, revolución de pensamiento, somos almas, somos más. La decepción te atrapa. Te atrapa la nostalgia porque no entiendes que cada día es una nueva estrella por conquistar. Te atas al ayer, impávido, desvalido. ¿Qué haces? ¿Para cuándo dejarás el placer de encontrarte contigo?

Tu luz me atrapó, me atrapa la esperanza que está en tu interior. ¡Abre las ventanas de tu alma! La oscuridad es hermosa, pero es más hermosa si podemos ver las estrellas. No te quedes en el dolor teniendo una existencia desconocida que te pide ser lo que desees, sanar lo que necesitas y disfrutar el camino. ¡Atento! Es necesario parar, detenerte y respirar. ¡Agradece lo desconocido! No eres el único, ni yo. Hay mucho más y eres importante. Lo que hagas ahora será crucial en tu misión. ¡Te hablo a ti! No te ahogues en el sufrimiento, no confundas el amor con una falsa ilusión.

Depende de ti,
de nadie más.

6 de septiembre: Érase una vez

Quizás querías salir de la rutina, escaparte de ti con algo que te devolviera a la vida. Quizás estabas tan perdido en un mundo sin sentir, que llegó y quisiste que fuera esa persona porque sí. No hay que forzar, las cosas simplemente pasan o dejan de pasar. Te devolvió a la vida para enseñarte a dejar ir, quizás eras tú y tu necesidad de amar lo que te llevó a pensar que era tu otra mitad.

El amor por necesidad acaba cuando entiendes que nadie se va a anclar a los vacíos que no quieres superar. Puso el punto que le faltaba a tu vida, el último punto suspensivo...

La historia continúa.

Érase una vez...

Tú decides lo que viene después.

7 de septiembre: Entendiendo distancias

Son las 8:53 pm, y este es un escrito para la despedida, para el entendimiento, para las distancias obligatorias. Cuántas veces no nos quedamos forzando algo por miedo al presente, por miedo a abrazar la vida y dejar que nos haga suyos, sin aceptar la lejanía, sin entender que se acabó. Nos asusta el mañana y nos volvemos adictos a la compañía, incluso a esa compañía que sólo es distanciamiento, que sólo es un intento de lo que querías que fuera y nunca fue.

Pasamos la vida con infinita distancia entre nosotros y alguien más, pero muchas veces seguimos negándolo cuando lo que no funciona no va a funcionar ni que lo remedies mil veces, ni que trates de recuperarlo. Hay cosas que nunca se rompieron, hay cosas que no encajaban junto a ti. Las despedidas no siempre tienen nombre y apellido y muchas veces, se han ido al cielo.

¡Despedirnos! Despedirnos porque se ha terminado, despedirnos porque no hay nada que hacer. Despedirnos para no seguir matándonos con el cigarrillo de la costumbre cargado de miedo y de ganas de no soltar. Vamos a entenderlo ahora que todavía podemos dejar de fumar o vamos a hacernos responsables de las miserias futuras por quedarnos donde nos matan y no aceptar que acabó.

Historias terminan para darle paso a historias nuevas. No es tan difícil, — ¿Pero cómo no? —Preguntó una voz—. ¿Cómo te despides de lo que amas? —Porque te despides entendiendo que te ama pero que terminó su proceso juntos o que simplemente no te ama y debes amarte tú.

Despedidas huérfanas de amor, no aceptan que muchas veces, continuar es la mejor elección. Quedarse donde no te quieren es estupidez bañada de amor pero quedarte donde no amas es serte infiel cada mañana al despertar y no ser feliz.

8 de septiembre:
1:40 p.m.

Confundiste amor con estabilidad,
confundiste carencias con ganas de amar.
El amor de verdad sabe arriesgar,
tú prefieres fingir felicidad.
Ya es muy tarde,
ahora soy yo,
quien no quiere apostar.

Decidí continuar con mi viaje,
decidí que la vida no se detiene,
que puedes irte o pertenecer,
que no es válido la mitad de un querer.

Indeleble es tu recuerdo
pero las caras del mañana me invitan a seguir.
No puedo detenerme, me tengo que ir.

Tengo un bolso con sueños,
tengo mi entrega, también mi ilusión
y la soledad me dijo que la despedida
es parte de la evolución.
Nunca fuiste mía y aunque yo si me entregué...
No te di mis ganas de ponerme de pie.

PD: A ti siempre te faltará algo, a mí siempre me faltarás tú.

Te amé tanto y tantas veces que se siente
extraño no amarte.
—Supongo que así sabe el olvido—.

Estoy saboreando el olvido,
no tiene mal sabor,
sólo se siente extraño,
saber que no eres tú el amor.

Un arte el olvidarte,
un día te amo y al otro no.
No quiero hablar de lo que fue,
tampoco de lo que ya no es,
me gusta mi presente
aunque no estés en él.

Estoy saboreando el olvido,
no tiene mal sabor,
sólo se siente extraño,
que dejes de ser mi inspiración.

El arte de olvidarte,
sin ganas de extrañarte.
Si llega el dolor lo esperaré,
sin ganas de volver,
tus brazos no serán,
los que buscaré al despertar.

PD: Una sonrisa por el presente que soñamos
pero con otras manos y otras personas al
lado.

9 de septiembre: Peleando con mi incapacidad para olvidarte

Peleo conmigo y con mi insomnio, peleo con mis ganas de que te quedes sabiendo que no eres para mí, con mi necedad de buscarte sabiendo que no puedes quedarte.
Peleo con mi afán de olvidarme de la vida si no te tengo en ella.

Peleo con mi apatía sumergida en memorias tristes desde que no estás.
Peleo con el odio que vive en mí y sigue enamorado de ti.
Peleo con mi yo absurdo que sigue quedándose donde le hacen daño.

Tengo dos personas peleando adentro, una de ellas quiere despedirse de tu sombra y la otra quiere pegársela en los tobillos. Una de ellas prefiere morir contigo a vivir sin ti, la otra está decidida a continuar sin tu compañía. Yo estoy en el medio de ambas, en el cruel intermedio que te ama y te olvida como pasatiempo favorito. En los suicidas puntos suspensivos que inventan otro comienzo cuando creo que ya todo ha concluido.

Sigo aquí, en la oscuridad absoluta que dejó tu ausencia, y la pelea es conmigo, debo entender que contigo conocí que no siempre puedo tener lo que quiero.

10 de septiembre:

Pensé que no pasaría pero son las 10:21 pm, y volví a fallar.

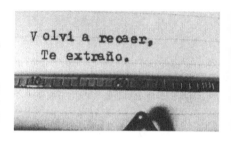

He decidido no escribirte pero mi insomnio se acuerda de aquellas noches y mis manos tienen sed, sed que sólo puede ser saciada con tu cuerpo.

Otra vez me está sucediendo, solamente tú puedes calmar mis vacíos y sé que no es sano, que debo dejarte ir, que nadie te pertenece, que el amor es libertad y bla bla bla... nadie comprende que contigo sabe mejor mi soledad.

Mis gatos notan que estoy en una recaída, tratan de acercarse para sanar mis cicatrices pero mis cicatrices llevan tu nombre y dejan de doler sólo si estás presente.

Recordé que estoy en desintoxicación y volví a tomar mi lista:

PROHIBIDO VOLVER

1. No vayas por su dirección o terminarás perdiéndote.
2. No la llames o querrás irla a buscar.
3. No olvides que la desintoxicación duele y que tienes que mirar de frente al dolor.
4. Cuando quieras buscarla llama a Lucas y a Daniela —son tus amigos y sabrán detenerte—.
5. Cuando quieras su cuerpo recuerda como lo llamó a él después de acostarse contigo.
6. Ten amor propio, no hay otra oportunidad para que la olvides, la oportunidad es ya.

PD: Si lees esta carta es porque estás a punto de escribirle, no lo hagas, el error se confunde con amor y el ego con compañía, disfruta tu insomnio, prende un cigarro y piensa que las despedidas duelen pero que siempre pasan. Toma una copa de vino, busca saciarte con otra adicción pero solo, si estás muy grave.

Por favor, no seas idiota, no vuelvas. Si vuelves será más difícil que quieras volverte a ir. La mayor cifra de muertes es por recaídas, corres el riesgo de seguir muriendo por ella y dejando de vivir por ti.

11 de septiembre:

Un poco roto,
un poco triste,
un poco hueco.
Parece invierno,
pero estamos en verano,
y sin embargo…
a veces llueve.

Me voy, así como tú también te vas. Hablo contigo mientras observas el vacío. Juntos, sin conocernos, tan distantes y tan unidos en lo incierto. Tal vez estés tan cansada del vacío como yo, y necesites reinventar tu vida. El tren de las diez nos espera y te ves llena de dudas, de preguntas que quieres olvidar. 9:59 pm, te veo a ti, una decidida desconocida. Tienes el mismo perfil de la chica que me hizo partir. Decidí tomar el tren de la noche, sin advertirle a nadie.

Me voy porque el pasado me ancló a un barco que se hunde.

Me voy porque el presente me abandonó harto de esperar que lo amara.

Me voy a trabajar en un nuevo futuro porque el viejo me dejó, incapaz de imaginarse sin ella.

Me voy porque no me reconozco en el espejo y necesito saber quién soy.

Me voy porque el tren de la vida me espera y me quedé tiempo indefinido en la estación de un amor por la mitad que me hacía pensar que la vida era ahí, aunque jamás me invitara cuando tomaba el tren sin mí.

Me voy porque quiero ver el amanecer mientras las ruedas continúan y sigo esperando el otoño.

Me voy porque el verano quemó mi piel y traspasó mi alma.

Me voy porque la vida es hermosa y necesito reconciliarme con ella.

Me voy porque al encontrarte, aquí, al mismo tiempo en el que escribo, deduzco que también conseguirás todo eso que te impulsa a viajar.

Me voy porque vive en mí la despedida y el comienzo, pero los comienzos no llegan a menos que dejes lo que te corta las alas. No sé por qué te vas tú, y sin conocerte, siento que te vas, dejando atrás lo que te mata, sabiendo que ya moriste y queriendo renacer.

12 de septiembre:

Te imaginé en numerosas ocasiones estando en el tejado, viendo estrellas, viendo tu recuerdo, viéndote a ti. No te acuerdes de lo que no soy, nunca me permitiste mostrarte mi sol. Bajo las sombras y en pleno amanecer. Esperando el crepúsculo, al atardecer.

No te acuerdes del extraño que no te habla por la noche.

No te acuerdes del mensaje que no llegó.

No te acuerdes de la huellas separadas, que se juntaron para la conexión, en la que dos, reinventaron el amor.

Tan extraños, tan distantes. Son las 3:40 de la madrugada y mis sentidos están en una conversación de dos amigos que debaten una situación. ¿Qué es mejor, la marihuana o el alcohol? Es el debate de mi noche en este momento, ellos queriendo decidir qué es lo correcto, ¿qué es legal o ilegal? Yo en otra dimensión, pensando en lo que no fuimos tú y yo...

—No tiene sentido que digas que fumar y quedarte pagado es bueno para alguien —alegó Ángel indignado.

—Tienes la mente cerrada, estamos en otros tiempos. A mí la marihuana me ayuda a estructurarme, me concentro y puedo pensar mejor —se defendió Alberto, al mismo tiempo en que ganó un punto en su partida de *ping-pong*.

No solo discutían verbalmente, la discusión se expandió al juego que mantenían y la mesa se les hizo chica para tanta adrenalina.

¿Mente cerrada? Estoy con ustedes, hago cualquier tipo de fiesta y todos están fumando, no podemos mantener una conversación porque están perdidos. No podemos estar tranquilos porque tienen la necesidad de fumar y yo lo acepto aunque no lo comparta, eso no es tener la mente cerrada. Mente estrecha la tuya, que te resulta difícil aceptar que no apruebo las drogas.

—El alcohol es una droga. Tienes que aceptar que el alcohol es una droga y que eres un drogadicto.

¡En lo absoluto! ¡Difiero completamente! No hay comparación, me puedo tomar una botella de ron pero no pierdo mis sentidos, estoy consciente a diferencia de ustedes —respondió Ángel, mateando satisfactoriamente y llevando la partida 8/6 a su favor.

—Te queda un saque, —le dijo pasándole la pelota con molestia—. ¿Cuánto es el tiempo máximo en el que has dejado de tomar? Tomas los viernes, los sábados, entre semana, pero es algo que éticamente está bien porque la sociedad lo establece, por eso digo que tienes la mente cuadrada. Muchos países lo aprueban y es algo cotidiano.

—A mí sinceramente no me gusta, es mi punto de vista, es todo. Deja de defenderte con excusas como un manipulador. No expongo que el alcohol es bueno, yo sé que no. Pero no pretendas que acepte que fumar marihuana es maravilloso —respondió corriendo de un lado a otro, recibiendo todas las pelotas y tratando de ganarle ambas partidas. Iban 9/8 a favor de Ángel que acababa de remontar, ganando el punto.

—Cálmate, solo acepta que estamos en otra época y que la marihuana está en el mismo nivel que el alcohol, no te digo que fumes pero sí que no juzgues—dijo ganando el saque, llevando la partida 9/9.

—No lo acepto y tampoco te he juzgado. Acepta tú que desde que empezaste con Luisana has fumado más de la cuenta solamente porque ella fuma, y ahora ninguno de los dos puede estar feliz sino tiene un porro. Pero no importa, lo que realmente quiero que reconozcas es que no comparto tu punto y que abras tu mente, ¡expándete! ¡No seas cuadrado! —dijo con sarcasmo, remedándolo—. Sal de cuadrado, parece que fumar es una secta porque ahora todos los que no fuman son los incompatibles, son los que están mal, son los que no entienden —mateó bruscamente pero le respondieron el mate y perdió el punto.

Se concentraron únicamente en el juego por unos minutos y yo no quería ni opinar. Los extrañaba mucho y me alegraba sentirme en casa estando lejos de mi hogar.

—A nosotros nos parece bien y queremos que la sociedad lo acepte. Es nuestra lucha, y tú eres mi mejor amigo así que no me voy a rendir. Quiero que te des cuenta que nadie muere por marihuana y que es algo normal, cotidiano, un estilo de vida —le indicó Alberto, tratando de lograr llegar a una tregua, la partida iba 10/9 a favor de Alberto.

Por unos segundos dejaron de hablar para concentrarse en el juego, que estaba en el punto decisivo. Corrían y recibían velozmente, salvando pelotas en niveles extremos, y queriendo ganar a toda costa. Llevaron el juego a 10 a 10 y tocaban los dos últimos saques para decidir el ganador. Siguieron jugando y Alberto golpeó la raqueta contra la pared al perder un saque de la manera más tonta, pero continuaron.

—Puede ser que no sea tan malo y que no te mueras de eso pero no puedes hablar de ese tema como si fuera algo increíble alentando a las personas, porque capaz no son como tú y les arruinas la vida. Yo no ando diciendo orgulloso que me encanta el alcohol, ustedes lo saben pero no hago un escándalo a cada persona que conozco para decirles lo bueno que es. Creo que no hay que hacerle publicidad a lo incorrecto —exclamó sin dejar de jugar—, te quiero, acepto que fumes, que te guste y seas feliz haciéndolo, pero no pretendas que me guste a mí, ni que lo apruebe, como tampoco pretendas que no le de importancia. Mi consejo en general es que no alientes con tu mal ejemplo y que no vivas alardeando que fumas monte como los niños que fuman cigarro por primera vez y quieren que todos lo sepan —puntualizó el tema y la partida mandando la pelota a la esquina izquierda de la mesa, tan rápido como para pasar inadvertida a la raqueta de Alberto y recibir la victoria del juego de *ping-pong*. Pero aunque ganó el juego el debate siguió, no logró convencer a Alberto con su testimonio y por horas, siguieron debatiendo, como de costumbre.

PD: Ya ven, vivimos entre adicciones y mi adicción predilecta sigue siendo Charlotte, justo ahora estoy en la parte más difícil: la abstinencia.

13 de septiembre

Tu olvido se enamoró

de mi recuerdo

Lo besas y engañas a tu cabeza, yo sigo aquí, haciendo todo lo posible por no seguir.
Mi alma quiere quedarse, mi razón se quiere ir, tú entregas tu cuerpo y guardas tu corazón, ya yo no siento, no mereces dolor.

Te engañas quedándote donde no te quieres quedar, me engaño reclamando sin tener que reclamar. Es tu vida y quise entrar, mejor que lo entienda, o me termine de marchar.

No hay príncipes ni princesas, solo un falso amor y otro verdadero que finalizó sin opción.

Te quedas en la mentira que adorna tu habitación, y tus pensamientos vuelan hacia mi rincón. Te dejo para que juegues a amar, yo estaré jugando a aprender a olvidar.

PD: Segundo día de viaje y siento que la montaña me hace bien, ahora tomamos vino y mañana iremos a escalar. Aunque estoy a kilómetros de ti, sigues presente, el problema es que no estás solo tú, alguien más habita en mis pensamientos.

14 de septiembre: ¿Se pueden amar a dos personas a la vez?

Después de un café y un día jugando "risk", reincido en que el viaje me ha sentado bien. Hoy escribo para todas esas personas que se esfuerzan porque las amen y se quedan donde saben que no las van a amar, pero solamente lo hacen por no tener el valor de decir adiós —no los culpo, es difícil, aún me cuesta decirle adiós a mi hermano que se mudó al cielo—. Escribo para decirles que hay nuevas historias, me espera alguien con quien llevo días saliendo. Alguien que ha estado ahí en la ausencia durante estos meses, alguien que tenía cara aunque me parecía invisible. Ella es un nuevo amanecer... y les pregunto: ¿Se pueden amar a dos personas a la vez?

Charlotte me quiere a su manera, pero nunca me da su amor por completo.

Alison me quiere sin guardarse nada y sin presión, aceptando que con otra, comparto parte de mi corazón.

Charlotte me ama bruscamente, se entrega a ratos, me quiere cuando está a punto de perderme, sin dudarlo, ahí es cuando me quiere más.

Alison estuvo observándome, en la misma cafetería y en el mismo parque, estuvo cerca mientras se enamoraba y distante porque yo no estaba listo para poderla amar.

Charlotte ve el mundo como un lugar extraño, es infantil y antipática, es adorable y volátil.

Alison estuvo madurando cuando yo estaba besando otros labios, ve del mundo un lugar hermoso, es positiva y madura, me tiene paciencia, me espera, y me hace sentir en casa.

Charlotte es graciosa y orgullosa, todo depende de su humor. Tenemos una conexión y quiere que me quede pero ella siempre se va.

Alison me enseña que el amor es entregarlo todo sin dejar de quererte a ti mismo.

¿A quién quiero más? Las quiero distinto pero a Alison no la buscaba y la encontré.

A Charlotte la busqué, la hallé y la amé, aunque supiera que nuestro amor no duraría cuatro estaciones y que la perdería.

Alison me enamora y me enseña cosas que no imaginé, entra en mi mundo y la quiero tener.

Alison me lleva al infinito de poquito a poquito.

Charlotte me clava sus espinas, me da los colores de su corazón, a pesar de habernos despedido me quedé con las espinas y también con la flor.

A lo largo de la vida tendremos diferentes amores, diferentes sensaciones. No he sido infiel, debo alejarme del pasado para disfrutar de un nuevo querer. No es forzado, porque lo intenté, pero no puedo ser feliz con la infelicidad de otro. Soñaba con el amor y C me demostró que soy capaz de amar pero con A es que realmente lo estoy empezando a practicar. Poco a poco olvido a C... ¿Pero qué es el olvido sino la razón del corazón?

Clavo no saca a clavo y esta no es la excepción. Las amo diferente, las amo a las dos. Pero cada vez que estoy cerca de A, no quiero estar con C y cuando estoy con C, pienso que es una traición para A. Esta es una historia real, tan real como un corazón que pensó que se moría de amor hasta que en la oscuridad pudo encender el interruptor, se convirtió en luz y al abrir los ojos la vio... Tan sencilla y diferente, tan autentica y elocuente. Estuve ciego en la locura de ese amor que todos tenemos, que nos hace sufrir, que nos hiere y nos quita la vida para luego devolverla.

Por algunos amores aceptamos lo que no es, forzando lo que simplemente no podrá suceder.

Hay amores con los que quieres compartir tu vida imaginando la eternidad, hay otros que te rompen el alma y te pierden pero al estar ahí, en medio de la nada, hacen que consigas partes de ti; te hacen aprender, volar y soñar para luego despertar cayendo de la cama con los ojos rojos de tanto llorar. Me fracturaron por dentro y no fue Alison quien me reparó, me reparé al entender que el amor propio es el único que no puedes perder. Y ahora camino de su mano y puedo escribir que cuando crean que han perdido todo, que no volverán a sentirse bien, que nunca podrán intentarlo de nuevo, que el amor es una mierda y que no vale la pena... Ahí, en medio del camino, sabrán que tendrán muchos amores, que en el intermedio del caos estará esa persona destinada a compartir cicatrices y errores, esa persona que les demostrará que nunca es demasiado tarde para amar...

Que el amor no lastima, el amor cura.
Que el amor no te daña, no es tóxico, no es menospreciarte, no es olvidarte para darlo todo.
Algunos amores son fugaces, otros no.
Algunos amores llegan para vestir la vida de esperanza y te motivan a volverlo a intentar.

Para: Fabio

No te quiere,
tu ego confundido,
te hace retenerla contigo.

No te quiere, buscas sin resignación
queriendo robarle el corazón.
No te quiere, ya pasó,
un intento fallido llegó.

Sigues forzando,
un amor que no es,
para ganar la batalla,
para lograr vencer.
No te quiere, debes saber que perder,
es lo mejor que te podría suceder.
Despachas el verdadero amor por vivir
atado a un capricho mayor.

Te dejas de querer, por no advertir que no te va a corresponder.
No te quiere, déjalo pasar, el amor no correspondido quiere escapar.
La obligas a estar en medio de la costumbre por no aceptar.

PD: No te quiere, quiérete tú, hazte feliz y deja de huir, pensando en unos labios que no piensan en ti.

16 de septiembre: Golpeando la realidad

La tarde no caminaba rápido y yo quería que terminara. Escuchaba voces en mi cabeza, voces que me decían que necesitaba urgentemente hacer algo diferente. No quería caer en la rutina, quería establecer mis planes, mis proyectos, mis ganas. Estuve haciendo música para relajarme pero no era lo que quería. Necesitaba cerrar un ciclo pero no podía hacerlo. Sabía que mis amigos tenían razón, pero no quería escucharlos. Sin embargo, llamé a Carlos para ver si podíamos dar una vuelta, me habían dado la tarde libre en el canal, solamente debía hacer un reportaje sobre la juventud venezolana. Pensé que sería fácil pero las horas transcurrían lentamente y yo no había grabado nada.

163

Decidí hacer dos historias en una, historias de jóvenes que tienen las cosas difíciles, historias de soñadores que creen en su meta y no la dejan hasta alcanzarla. Carlos me dijo que podía grabar una parte en un cuadri-látero, y que el fin significaría la lucha que tienen los jóvenes para subsis-tir en un país que ahorca las posibilidades —acepté—.

Manejábamos hasta el centro de boxeo con la intención de conseguir a dos personas que quisieran pelear y ser grabados peleando. Mi sorpresa fue llegar y encontrarme a Fabio en el rin.

—Christopher, no sabía que boxeabas. ¿Cómo estás? —se acercó para saludarme y Carlos me veía con cara de desprecio refiriéndose indi-rectamente a mi cinismo.

—Tengo años sin boxear —le dije al saludarlo—. Vine a grabar una pelea para un proyecto audiovisual, ¿me puedes ayudar?

—Claro, ¿qué necesitas? —respondió atento como de costumbre, a lo que intervino Carlos.

—Necesita que busques a alguien con quien pelear y nosotros poda-mos grabar, pero que peleen de verdad, necesitamos realismo. ¿Puedes? Dime para ir montando las luces.

—Yo puedo hacerlo sin inconveniente pero todos están en entrena-miento. Vamos a pelear nosotros y que él nos grabe —respondió Fabio dirigiéndose a mí y a Carlos le resultó entretenida la idea de vernos pelear.

— ¡Perfecto! sencillamente perfecto, yo los grabo, saldrá excelente porque tú sabes cómo lo quieres de real Chris y vas a poder hacerlo.

—No tengo ropa de entrenamiento, ni tampoco tengo guantes— alegué.

—Yo tengo ropa para prestarte y por los guantes no hay problema —me respondió Fabio con excesivas ganas de partirme la cara, pero disi-muladamente, mientras Carlos no disimulaba ni un poquito, su emoción por nuestra pelea.

—De acuerdo. Voy a cambiarme para empezar de una vez —excla-mé retirándome sin dejar de pensar en cómo disfrutaría golpearme, que ya no tendría que fingir ser mi amigo, que era el momento perfecto para descargar lo que realmente sentía pero ¿qué sentía yo? Aparentemente no tenía ganas de pelear con él pero ¿de verdad no querría aprovechar el mo-mento para sacar mi ira?, ¿tan bien me caía Fabio?, ¿cómo pelearíamos? Muchas cosas se definirían con nuestra grabación, una de ellas es sacar la verdadera comunicación, esa que no es falsa, esa que no es oportuna. Al cambiarme empecé a disfrutar la idea y ya quería estar en el rin.

Mi mente trataba de eliminar los pensamientos negativos y caminaba exasperado, ansioso, inquieto, como quien tiene ganas de conocer algo desesperadamente y no puede detenerse hasta lograr saciarse con respuestas. Fabio retumbaba en mi subconsciente, mis cinco sentidos querían descubrir el misterio, él siempre ha sido una intriga, un enigma que no se ganaba mis respetos pero que no terminaba de desagradarme. Muchas veces lo veía absorto, tapándose los ojos para no ver la realidad, lo miraba de lejos sin que supiera y detallaba cada parte de su personalidad para terminar imaginándonos conversando a solas, teniendo un diálogo donde acabáramos con tantas mentiras, sin máscaras, sin que ninguno tuviera que fingir ser amable.

«Tu novia te engaña conmigo y a mí no me puedes mentir, no entiendo por qué sigues ahí durmiendo con ella, siendo nuestro cómplice sabiendo que horas antes de estar contigo estaba entregándose a mí, pero igualmente tratarás de tocarla, ella no querrá y tendrá que dejarse para que no sospeches que ya no te desea. Cuando la estés poseyendo, ella estará utilizando su mente para borrar tu imagen y seré yo quien la toque, y será conmigo con quien se acueste aunque seas tú el que esté ahí, pero no habrás perdido porque en tu mundo de cobardes igualmente estás ganando -tantas veces me imaginé teniendo esa conversación con él y ahora la vida me presenta la oportunidad de tenerla pero no con palabras-. Mi mente seguía jugando conmigo y yo ya había llegado al cuadrilátero.

—Todo está listo —indicó Carlos—. Las luces están montadas, ya revisé los ángulos y estoy preparado. Recapitulo… necesitas hacer un reportaje de Venezuela, de los jóvenes que trabajan por Bs.15.000, sabiendo que hacer un mercado escaso cuesta Bs 40.000 que no van a poder comer y preocupándose porque ni en 10 vidas podrán optar por tener una casa o un carro, ni ganando 20 salarios, claro, si son honestos y no se ponen a robar como hacen muchos.

—Exacto. Quiero que aquí y en otros países aprecien como sobrevivimos los venezolanos, sabiendo que corremos el riesgo de que nos maten por un celular, o por unos zapatos y a pesar de eso, nos levantamos a cumplir nuestros sueños, porque hay un montón de jóvenes trabajando para recuperar un paraíso, que ha sido contaminado por la fortuna de los políticos que succionan el alma de quienes trabajan como peones —le dije, sacando del bolso el guión para entregárselo.

—Podemos poner cada golpe como representación de las oportunidades y los fracasos, de cómo no nos quedamos sentados esperando que pase un milagro, que cada vez que se golpeen, los golpes representen las ganas de los venezolanos, porque sabiendo que estamos en la mierda decidimos no quedarnos cagando más, decidimos quedarnos limpiando los desechos, hasta que unos cuantos aprendan a respetar y ya no se caguen en otros, ni se embarren con su propia pudrición –puntualizó Carlos, mirándonos a los ojos como nuestro Director.

—Me gusta su idea —comentó Fabio, colocándose los guantes—. Tiene que ser una pelea real, que sintamos a todas esas personas que sufren de verdad mientras unos cuantos se quejan en sus palacios —dijo con ironía, y me lo tomé personal.

—Estamos en un país donde predomina la clase baja pero a la clase media tampoco le alcanza el dinero. Quiero que con este reportaje le demos esperanza a la juventud, esperanza para no rendirnos y seguir en la lucha, somos guerreros ¿me entiendes? Somos guerreros que no tienen armas y estamos entregando el corazón para los jóvenes del futuro, porque la lucha no será breve y no la disfrutaremos nosotros, los jóvenes del presente —expliqué.

—Copiado, Chris, voy a grabar sus miradas, su sudor, sus ganas, pero ayúdenme, háganlo efectivo y que se vea fluido, que se vea que es una pelea real, ¿listos? —preguntó Carlos, con su sonrisa de par en par, estaba entusiasmado por el reportaje tanto como por los protagonistas.

El primer golpe lo dio Fabio. Después de chocar nuestros guantes decidió demostrarme que era en serio y tenía la excusa perfecta para golpearme como golpean las ilusiones de cada joven que tiene que irse del país porque no consigue tener una vida, de cada abuelo abandonado, de cada niño dejado en la calle, de cada persona que no tiene cena, ni desayuno. De pronto, me encontré con sus ojos y me revelaron que le daba igual el hambre mundial, la escasez y el reportaje, que solo le interesaban las miles de noches en las que le metía mi miembro a su novia.

Segundo golpe y directo a la boca, algunas gotas de sangre bajaron por mi barba hasta llegar a mi cuello, pero su mirada seguía mostrándome ira y Carlos gritaba: ¡Extraordinario! ¡Los estoy sintiendo! ¡Denme más! Sientan a sus amigos que se han ido del país o de la tierra gracias a un criminal. Golpéense por todos los estudiantes muertos que intentaron salvar nuestro país y perdieron su vida mientras nuestro presidente hace caso omiso buscando falsos culpables.

Fabio volvió a golpearme y no me cubrí, me quedé perdido y creo que esos golpes necesitaban ser recibidos por mí, necesitaban venganza. Nos separamos brevemente y yo requería recuperar el aire pero mis ojos estaban rojos por los estudiantes, por Charlotte y por mi país.

¡Continúen! ¡Vamos, ya se hidrataron! —indicó Carlos, quien deseaba que todo fuera como en la película de Rocky y no entendía que iba más allá. Otro golpe de Fabio directo en la costilla, me cubrí ágilmente y di mi primer derechazo pero él ni se inmutó. —Las ganas de venezolanos vencen los golpes más duros, esto va a ser sensacional —expresó Carlos, entrando al rin para grabar de cerca nuestra escena.

Empecé a recordar cuando llevó su sorpresa a las canchas con los miles de te amo que Charlotte había escrito para él, empecé a recordar la forma en la que arruinó uno de los mejores días que había tenido, y como me sentí de ridículo. Golpe en la cara –no lo esperaba—, quería romperle la máscara porque siempre supe que su inteligencia fue "ignorar". Recordé cuando llevó a Charlotte a mi concierto y que cuando cantaba, él me sonreía como un vencedor, para luego agarrar a C por el cabello y besarla hasta que yo entendiera que era suya. Lo sujeté por el cuerpo golpeando con todas mis fuerzas su costado y no quería parar. Miles de imágenes llegaron a mi mente como todos mis insomnios en los que sabía, él estaría tocándola como un acto de represalia transparente a mi persona.

Fabio trataba de zafarse, pero yo le pegaba más fuerte con ganas de mostrarme victorioso ante su falta de hombría, quedándose donde no lo quieren por querer ganar, sin saber que el premio si la pierde, será amor propio, pero parece que no lo cree y yo terminé lejos de él por un empujón para verlo acercarse con los ojos rojos y las lágrimas brotando. Un golpe a mi boca, —ni siquiera pude reaccionar—, un golpe para partirme la boca con la que le hice sexo oral a ella, con la que exploré quinientos paraísos y mil tal vez.

Golpe en la cara y el piso no bastó, desde abajo empecé a pensar que él quería destrozar el antifaz del actor en el que me había convertido siendo su "amigo". Él seguiría con ella cuando se acabara la pelea (el piso me cubría pero me quité la cobija con ese pensamiento para noquearlo). Me levanté decidido y lo encontré a él más decidido que yo, con sus guantes listos y sus ojos endemoniados. Fueron 15 golpes seguidos y yo cubriéndome sin éxito, pero al contarlos, empecé a imaginarme haciéndole el amor a ella, porque si él me desbarataba, ella me curaría. Me imaginé metiendo mis dedos en su boca y sacándolos lentamente, hasta que ya no son los dedos los que tiene en su boca y yo ya no tengo pantalón, los movimientos son cada vez más continuos y Fabio vuelve a golpearme sin lograr hacerme daño.
—Que buena está pelea pero cálmate Fabio. ¡Cálmate! Grabamos esta escena y paramos —intervino Carlos, tratando de protegerme, por fin—. Representas la lucha constante y Chris es la resistencia —opinó Carlos sin dejar de grabar.
Mi mente se puso en blanco y ya Fabio había obtenido su victoria pero no se detenía, seguía golpeándome y yo no me podía rendir, lo esquivaba, le pegaba, hacia mi esfuerzo pero era una roca sedienta de venganza y yo era los pies de todos los que caminaron encima de la roca envenenada.

Empecé a golpearlo, empecé a defenderme al mismo tiempo en que sonreía, le sonreía al chocar nuestros puños, Fabio se enfurecía, me empujaba, estaba fuera de sí pero yo seguía sonriéndole porque solo por esa pelea, solo por esos minutos Charlotte sería mía y no de él. —Es mía, —le dije suavemente evadiendo su ira al evadir sus golpes, pero no me decía ni una palabra, sus ojos eran más rojos y su mirada quería asesinarme pero en mi mente Charlotte seguía haciéndome el amor, seguía siendo mía y no de él. Sin saberlo, yo también lloraba, y también estaba sediento de venganza, pegándole para destrozarle el corazón y utilizando mi imaginación para salvarme de la realidad, pero me rendí, no funcionó.

Un último golpe, un golpe salido de sus entrañas y caí al suelo. Comprendí que había perdido, que Fabio era el único vencedor al tenerla a ella y no me importó, me gustó conversar sin caretas y olvidar las mentiras. Sentí que el perdón había llegado pero rápidamente me di cuenta que no… Fabio se quitó los guantes y los lanzó enajenado para facilitarme una patada en la cara e irse rápidamente, sabiendo que sus golpes no borrarían su rencor. Mi victoria llegó con su patada incluso al haber perdido, como la de todos los estudiantes que nos ven desde el cielo victorioso y saben que el sol está por salir.

17 de septiembre:

Tú juegas a amar
yo juego a fallar.
Agarras otras manos,
jugando a querer.
Tomamos otros rumbos,
sin siquiera saber.

¿Jugamos a ser felices? Puede funcionar, solo debo olvidarme del amor y guiarme netamente por mi razón. Apagar las ganas de quererte y encender las ganas de olvidarte.

Yo estaba sumergido en recuerdos, un poco triste porque extrañaba a alguien que todavía extraño. Ella decidió darme un día especial, dedicarme su tiempo sin lastima, sin misericordia, exclusivamente por diversión, un tatuaje, unas cervezas y muchas ganas de subirme el ánimo. La misa por mi hermano era a las 6:00 pm, y Alison me esperaba, me sentía mal por traicionar mi nueva historia, pero al final terminé viéndolo de otra manera; no hubo besos ni caricias, lo más cerca que estuvimos fue tomados de la mano para una foto que nos quedará de recuerdo, el recuerdo del árbol y de la vida, de los encuentros y de los desencuentros.

17 de septiembre:

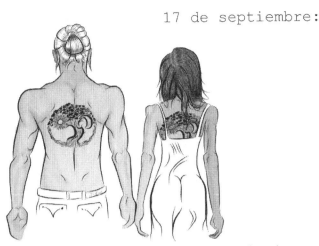

Nos tatuamos el árbol de la vida. Ella sabía que estaba triste y se esforzó por hacerme feliz, me dijo que era su debilidad y que me amaba. Todo comenzó en la madrugada para posteriormente culminar en un día difícil de olvidar.

C1:
Te he lastimado por no poder despedirme de Fabio. Te he lastimado aunque sé que no me lo dices. Sé que todo este tiempo que no hemos hablado es porque leíste mi celular.

C:
No quiero hablar de eso.

C1:
Las cosas hay que hablarlas, yo tampoco quería. Dejé que te alejaras porque te dañé y al dañarte me estaba dañando. Escribo y digo cosas que no siento y quiero serme fiel diciéndote a ti lo que sí siento.

C:
De acuerdo, habla, sé sincera al menos una vez.

C1:
Llegaste para cambiarme la vida, no quiero olvidarte porque eres lo mejor que me ha pasado. Aunque leíste que lo amaba luego de nuestra noche, en verdad te amé a ti y fue perfecto.

C:
No sé qué decirte… o mejor dicho, no sé qué quieres que te diga.

C1:
Quiero que sepas que me muero de celos cada vez que hablan, que no soporto ver cómo le sonríes y que te he notado distante. Sé que es el partido perfecto, pero no te hará feliz porque como un día me dijiste: no soy yo.

169

C:
Me está haciendo feliz..

C1:
Porque ya estás enamorado.

C:
La estoy conociendo

C1:
¿Ya no me amas?

C:
Ya no me muero porque seas mía.

C1:
¿Ya la besaste?

C:
Sí.

C1:
¿Ella sabe que te gusto?

C:
No hemos hablado de ti. (Mentí)

C1:
Tanto que te quejas de mí y otra vez vas a amar por amar.

C:
Alison no es de las que no amas, o de las que vienen para ayudarte a olvidar, ella es de las que se quedan, de las que vienen a cambiarte la vida.

C1:
Detesto como hablas de ella, es igual a como la ves. No le veo nada de impresionante, está actuando inteligentemente, con psicología para enamorarte.

C:
Hermosa, no he pedido tu opinión

C1:
Christopher, te amo, quiero estar contigo hoy. Sé que se cumplen dos años de la muerte de tu hermano y quiero darte algo especial, ya sé que tienes una nueva historia. No habrán besos, solo quiero estar contigo. Una tregua por fa, déjame sentir que puedo estar cerca al menos esta vez, déjame hacer las cosas bien. Te tengo algo preparado.

C:
¿Algo cómo qué?

C1:
¿Recuerdas el árbol de la vida?

C:
Sí. ¿Qué tiene ver?

C1:
El árbol de la vida significa las conexiones, las almas, los principios… Quiero que nos lo tatuemos. Yo me voy a tatuar para demostrarte mi amor por ti, pero tú te vas a tatuar por tu hermano, no por mí. Déjame hacerlo, por favor.

C:
Está bien

170

Se preocupó por mí y me sentí contento con su compañía, vi las cosas distintas, ya no recordaba el mensaje de ella para Fabio ni todo lo que dolió. No quería agarrarla del cabello, ni darle dulces besos, no quería nada, únicamente su compañía... como quien comprende que está cerca de un alma que tenía que encontrar, como quien madura y sabe que al final fue maravilloso el encuentro. La sentía cerca y no me importaba que se fuera con él. Empecé a pensar en los seres humanos y en las estrellas como posibilidades, la vida misma es una posibilidad y ella y yo tuvimos la suerte de ser una posibilidad compartida. Luego, ya en la misa, pensé en él, cada vez más lejano, cada vez más distante. Debería estar aquí, conmigo, cumpliendo sueños, cambiando el mundo, no obstante está en un lugar desconocido llamado cielo y su ausencia me ha motivado a ayudar, a ser mejor, a vivir a través de la bondad, a no ser un patán social, a volverme místico como dirían algunos, pero claro, lo dirían porque los hombres no pueden ser así según la sociedad, esa sociedad que no me agrada gracias a sus limitantes.

Mi hermano me enseñó que no se trata de ser hombre o mujer, el cuerpo se llena de gusanos que carcomen todo lo que trabajaste para que fuera hermoso pero ¿qué es hermoso? Hermoso es estar vivos, saber que moriremos y el alma seguirá viva pero bajaremos de nuevo o iremos a otro planeta y conoceremos la verdad que nos ocultan los Iluminatis, ¿sabes qué son? Investiga, tienen mucha información para ti. En fin, tocaba su mano y éramos las posibilidades y mi hermano era una estrella y otra vez me sentía feliz, porque gracias a él, tengo la esperanza de la vida después de la vida, que debe ser la vida mayor.

18 de septiembre:

Y cuando estés a punto de olvidarme, en otros brazos y en otros labios, en medio del olvido... ¡Vas a soñar conmigo!

Jugarás a olvidarme y funcionará, sin llamadas al despertar, sin un "buenas noches" antes de irte a acostar. Poco a poco dejarás de extrañarme, dejarás de pensarme, y yo estaré más lejos de ti, sentiré tu olvido susurrarme mientras el viento me cuenta que ya no soy ni seré parte de tus pensamientos.

Estarás marcando el punto y final que tanto habías tardado en colocar.

Me sacarás de tu mente mientras otras manos te acompañan.

Dejarás de desearme, porque el orgullo llegó a limitar las fronteras entre tu corazón y mi corazón.

Tu alma me desterrará a las tierras inhóspitas de tu indiferencia.

La luna contará leyendas sobre nuestra breve historia de amor, y otro planeta en otra constelación, tendrá a dos individuos llorando por el fin de nuestra historia y la muerte de nuestra ilusión. El sol nos despertará recordando lo que no pudo ser porque no pudimos acompañarnos en cada amanecer.

El "Juntos por siempre" no llegó y la historia terminó.
Una mañana dirás: ¡Ya no lo extraño! Por fin lo he podido olvidar.
Una noche diré: ¡Se ve feliz con él!
Tienen la vida que quise pudiéramos tener, pero ya no me duele, lo superé.

Llegará la noche y rozarás tu almohada... y cuando estés a punto de olvidarme... en otros brazos y en otros labios, en medio del olvido... ¡Vas a soñar conmigo! Despertarás en la madrugada preguntándole a tu insomnio por mí, y olvidarás que estás con otro "intentando ser feliz".

Lo besarás pensando en mi nombre, caminarán de la mano y tu pensamiento me traerá de vuelta... solo entonces comprenderás que en ocasiones el olvido comete errores, el corazón nos traiciona, y el alma confiesa lo que le obligaste a callar.

Los secretos no duran para siempre, los engaños se descubren.
Puedes mentirle al mundo, pero no conseguirás mentirle a tu interior.

19 de septiembre: Septiembre de distancias 5:40 p.m.

Duré catorce días sin verla pero volví a recaer y reincidí en ella. Estoy saliendo con alguien y cada vez estoy más lejos de Charlotte, pero cuando me ve distante hace lo imposible por acercarse. Alison sabe casi todo lo que ocurre y no quiero seguir contaminando mi presente con mi pasado. Quiero dejar de verla definitivamente y tengo un tatuaje que me recuerda que le importo, y aunque mi tatuaje no es para ella, su piel se cubre con uno que si es para mí.

Alison me está haciendo feliz pero sigue la sombra de Charlotte pisoteando mi nueva historia. Su sombra continúa y ya sé que no siento lo mismo, es solo masoquismo, es seguir ahí donde no se puede.

Cada día que veo a Alison descubro cosas que me hacen querer olvidar a C. Hoy está aquí viendo películas conmigo, estamos viendo "La sociedad de los poetas muertos". Me regaló un cuadro hecho por ella del amanecer, me dijo que representa el presente que me espera y citó a Gustavo Cerati en la parte de atrás del lienzo.

Con cariño, para Chris… *"Decir adiós es crecer"*.
"Del mismo dolor vendrá un nuevo amanecer".
—Gustavo Cerati.

PD: Me gusta que su pasión sea pintar y que además tenga talento.

20 de septiembre: Me duele
quererla pero más me duele
dejarla de querer
12:34 p.m.

Sigo escribiendo el diario más cursi del mundo. Alusión al tiempo, al dolor y a un amor que se convertirá en adiós. Si me duele quererla ¿por qué me duele dejarla de querer? Perfecta imperfección, me enamoré de las espinas de la rosa, me encanta pincharme. Me he despedido tantas veces que mi corazón se acostumbró. Es fuerte querer algo que no puedes tener, pero más fuerte es saber que lo que te hizo sentir se está esfumando. Es fuerte enamorarte de alguien y que esa persona se enamore de ti sabiendo que nunca podrán convivir, que es un imposible, que se va a ir.

Ella estuvo con él mientras me quería y yo… escribiendo esta historia de amor y de dolor, volviéndome poeta en su honor.

21 de septiembre

Estoy a punto de salir a cantar, es nuestro primer concierto. ¡El sueño se hace real! La felicidad es luchar por tus sueños y saber que aunque te dijeron que sería difícil, valía la pena intentarlo. Falta poco tiempo para salir y mil personas están esperando por nosotros, pero hace unos minutos sonó mi celular y Charlotte me desconcentró, otra vez viene la nostalgia y esas ganas de compartir con ella mi alegría sabiendo que es imposible.

ME VOY DE TU LADO

Me voy de tu lado porque tienes derecho a ser feliz sin ningún tipo de distracción, quiero tu felicidad y que te des una oportunidad al 100% con esa persona maravillosa la cual apareció en tu vida. Ese día te vi tan a gusto con ella, feliz, sin necesidad de compartir un amor a medias. Te parecerá egoísta de mi parte y tal vez sí lo sea, pero yo no soy tan fuerte como tú, pensé que iba a poder pero no, no sé cómo tú pudiste tanto tiempo siendo tan parecido a mí en esto.

Cuando te vi sentí que mi corazón había sido atravesado por más de mil espinas una por una, lloraba internamente de dolor. Yo pensé: No me va a importar, no siento tanto, pero mentira, ahí me di cuenta de que te quería mucho más, no me pude engañar, la realidad fue más fuerte que la ficción. Te quiero muchísimo, quiero tu felicidad. No espero respuesta.

Un beso, y mi corazón púrpura siempre será tuyo.
Att: Tu amor a cuatro estaciones que se redujo a dos.

—Enseguida le escribí, tenía que hacerlo—. (Yo soy C)

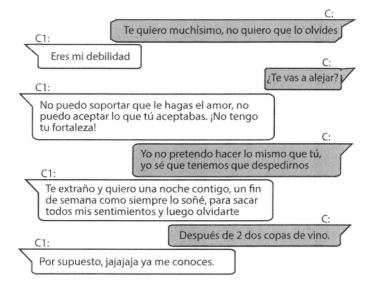

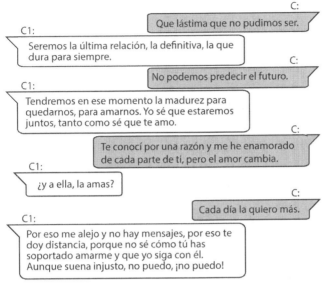

C: Que lástima que no pudimos ser.

C1: Seremos la última relación, la definitiva, la que dura para siempre.

C: No podemos predecir el futuro.

C1: Tendremos en ese momento la madurez para quedarnos, para amarnos. Yo sé que estaremos juntos, tanto como sé que te amo.

C: Te conocí por una razón y me he enamorado de cada parte de ti, pero el amor cambia.

C1: ¿y a ella, la amas?

C: Cada día la quiero más.

C1: Por eso me alejo y no hay mensajes, por eso te doy distancia, porque no sé cómo tú has soportado amarme y que yo siga con él. Aunque suena injusto, no puedo, ¡no puedo!

22 de septiembre: Me preguntaron si la quería, les podría decir que devolvió la vida a mis días

La quería breve y fugaz, la quería libre y sin mí.
Fui insistiendo, fui acercándome, fui jugando y fui perdiendo.
Le quería demostrar que el amor es nuestra verdadera brújula.
Torpe emoción, me convertí en un tonto con inspiración.

Ella quería descubrir si algún día me querría.
Yo sabía que sería la mujer que acompañaría mis días.
Sabía que me amaba en sus dudas pero ella se creía inmortal,
incapaz de amar lo real.
Los dos jugamos un juego:
Yo jugué a que la quería,
ella jugaba a averiguar si algún día me querría.
El juego terminó.
Ella decidió que no solo me quería sino que sería quien protago-
nizaría sus días, yo entendí que no la quería ni un segundo más
en mi vida.

23 de septiembre:
Aplastado por los excesos

—Es tu cumpleaños, no podía pasar desapercibido —alegó Lucas con una sonrisa de par en par al mismo tiempo en el que me abrazaba y todos esperaban su turno para poder besarme.

—No hacía falta, esto es demasiado —expresé en medio de un colapso mental.

Quería estar solo. Un cumpleaños diferente a los anteriores en los que me encantaba ser el centro de atención, tener a todas las mujeres, verlos alrededor compitiendo por quien me daba el mejor regalo, etcétera. Quería irme, sentir que no soy nadie, que soy solo el viento que pasa inadvertido para luego aprovechar y escapar lejos de este mundo. Todos pensaban que estaba en depresión pero quería hacerlo porque estoy manejando mi ego, quisiera eliminarlo por completo pero como no puedo, quería al menos tratar.

—¡Feliz cumpleaños! Quisimos volver a los viejos tiempos así que no invitamos ni a Alison ni a Charlotte. Nos pusimos de acuerdo, sabíamos que pasarías parte del día con Ali porque querías estar solo en la noche, así que está bien, tuvo su oportunidad de disfrutarte —explicó Michelle ofreciéndome una sonrisa gigante.

—Nosotros, tu familia, tus hermanos, tu sangre, no vamos a permitir que nos dejes a un lado, así que preparamos una fiesta titulada: "La fiesta del fin del mundo" —indicó Carlos muy animado.

Yo aproveché para observar mi casa repleta de luces, en el balcón el Dj, en el jardín antorchas con fuego, mujeres disfrazadas con máscaras del inframundo a un lado de la piscina, y por el otro, puras angelitas al estilo Victoria Secret. Una temática bien elaborada, la mitad de la casa es el infierno y la otra es el paraíso.

— ¿Cómo prepararon esto sin que me diera cuenta? ¡Están locos!

—Cálmate mi Chris, todo está bien. Invitamos a todas tus pretendientes de los últimos 3 años pero relájate, que no invitamos a Silvana —Daniel se reía desenfrenadamente y yo enseguida uní los cabos, estaban o borrachos, o drogados.

— ¡Feliz cumpleaños príncipe hermoso! Vamos al patio, éste será tu mejor cumpleaños —exclamó Daniela, abrazándome efusiva.

— ¡La fiesta del fin del mundo! ¿Qué harías si supieras que es el último día de tu vida? Has estado escapando de tu realidad, de tus demonios. Tienes la oportunidad de disfrutar del cielo y del infierno a la vez. ¡Deja de huir de las tentaciones! —Gritaba Daniel, tratando de convencerme.

—Una noche para que seas, quien realmente eres —comentó Ángel, que vino de viaje solo para mi cumpleaños.

El trago llegaba a mí y por el otro lado, Michelle me daba un beso en la boca y abría su mano ofreciéndome unas pastillas —me negué y continué, pero debo confesar que me sentí tentado. Bajaba por las escaleras y conseguí a Daphne –uno de mis amores fugaces—, estaba hermosa y se me lanzó encima bastante cariñosa, en ese momento empecé a disfrutar de mi cumpleaños.

—Necesitabas salir de tanto drama, acordarte de lo que eres. Nunca te habías enamorado, disfrutabas de la vida, no te preocupabas tanto. —comentó Alberto, zarandeándome por los hombros como para que reaccionara.

—Todas están conscientes de que deben hacerte pasar un cumpleaños inolvidable y recuerdan tu frase: "Quiéreme hoy que mañana me voy". ¡Vamos a disfrutar! –dijo Lucas ofreciéndome un cigarro, —lo tomé—. Carlos me dio un vaso de whisky y lo tomé también. Daphne me besó y acepté el beso con ganas de ir por más.

Eran las 8:41 y yo tenía una fiesta privada al mejor estilo vip. Una de esas fiestas a las que todos quieren ir pero no todos son invitados. He sido reconocido desde mi adolescencia hasta mis 24 años como un especialista en organización de eventos, no hay nadie que no quiera asistir a mis celebraciones y sin embargo, soy bastante exclusivo. Debo confesar que los enseñé bien, los convertí en la fiesta que me están brindando y lo admito: me gusta.

—Hace dos años me dijiste que disfrutaríamos de una noche inolvidable pero que no te buscara en la mañana, me lo dijiste tomándome y yo, aunque sabía que no te vería de nuevo, decidí disfrutarlo. ¿Te parece si continuamos con otra noche de esas? Esta vez seré yo, la que te diré: "Quiéreme hoy, que mañana me voy" —me abordó Paola, me costó acordarme de su nombre pero lo logré, casi de milagro.

¡Paola! un placer encontrarte después de tanto tiempo, supongo que es un buen indicio. Sin embargo, sabrás que es mi cumpleaños y que mis cumpleaños no pasan desapercibidos. Esta noche me sobra atención y es injusto perderme contigo cuando todo apenas comienza. Está demás invitarte a venir mañana, o en una semana, o en un año, pero en otro momento donde pueda estar para ti —la besé sin ganas de ser cortés y me volteé inmediatamente para continuar con mi caminata hacia el jardín o mejor dicho, hacia el infierno y el paraíso.

¡Volviste! Tenías casi un año disperso solamente trabajando por el mundo, por tu canal de televisión, por la mujer que te gustó, la prohibida. ¡Una locura! –dijo Carlos abrazándome.

—Te necesitábamos siendo tú, cortés y pedante simultáneamente, luz y oscuridad, patán y caballero. ¡Me encanta! –vociferó Lucas, con los ojos rojos y bebiendo como si tuviera sed de años y supongo que su sed era Daniel, un mar inaccesible.

177

La noche continuaba y ya me había tragado una pastilla. Soy malo para luchar contra mi cuerpo y sus necesidades. No quería, estaba sano, no quería ego y el ego se apoderó de mí. Empecé a disfrutar ser yo, ser Christopher, el antiguo que jugaba con todos y se divertía controlándoles la vida. Disfrutaba tenerlos ahí en mi casa, exclusivamente para servirme. No me valió mi despertar, mi proceso, mi abstinencia. Recaí con 20 minutos en la celebración, festejábamos mi cumpleaños y era una ironía, estaba celebrando ser así, un completo desastre queriendo ser humano.

Me quité la camisa y el pantalón, le di mi trago a Lucas y me lancé de clavado en la piscina para huir de todos lo que querían felicitarme, agarrarme, fastidiarme. Saqué la cabeza del agua después de un clavado sensacional y la atención era solo para mí, y yo, enseguida supe a quien quería dedicarle mi tiempo. Su nombre es Arianna, ojos grises, morena, cabello marrón y figura perfecta. Si me preguntan por su personalidad, no me acuerdo en lo más mínimo. Lo que si recuerdo es que tuvimos relaciones en un ascensor que decidió trancar para que se lo hiciera, y yo se lo hice como si estuviéramos en un hotel 5 estrellas.

— Buenas noches —musité en mi rol seductor, un rol que había olvidado por casiun año.

—Feliz cumpleaños precioso —me felicitó Arianna, besándome de media luna—. ¡Qué bueno verte! ¿Te habías olvidado de mí?

—Ocupaciones, solo eso, ocupaciones que me separan de la gente que quiero —respondí sonriéndole, y la pastilla ya había hecho efecto, no quería hablarle más, no quería el protocolo, quería besarla y eso hice. Una fiesta hecha para mí, los invitados queriendo compartir conmigo y yo escapando en unos labios para seguir posicionando mi imagen en inalcanzable. Paola me miraba molesta, porque en las escaleras la rechacé para luego, escoger a otra que aunque era hermosa, no lo era tanto como ella. Ya no quería con Arianna, me separé besándole el cuello y salí de la piscina.

— Paola necesito algo —le comenté, acercándome a ella que se notaba molesta.

— ¿Qué será? —preguntó indiferente.

—Estoy haciendo una competencia de besos y la que me guste más va conmigo a mi habitación. Te dije que no soy tan fácil. ¿Participarías? —Si eres imbécil —respondió.

—Es de mala educación tratar así a un cumpleañero, cuando su único deseo es un beso. Pero tranquila, entiendo que no quieras —le dije, tratando de mostrarme triste pero todo era parte de un juego que quería ganar. Resultó sencillo, tanto, que el juego me aburrió. Terminamos de besarnos y volví a soltarla para irme con mis amigos.

— ¡Wow! ¡Wow! Que rápido volviste a ser tú —dijo Michelle, aplaudiendo y contagiando al grupo a aplaudir.

Pensé que había superado a mi ego, pensé que ya no me divertía jugando con las mujeres, pensé que estaba curado de ese mal, que me había curado después de ver todo lo que dañé a Silvana. Disfruté la noche hasta las 2:00 am, cuando tocaron el timbre y era Charlotte… Sin embargo, no fui yo quien abrió la puerta y no escuché cuando Daniela, Lucas, Daniel, Carlos, Ángel, Alberto, Michelle y Angélica, me advirtieron.

Charlotte llegó y me encontró muy bien acompañado. Me encontró sin ropa, lleno de placer, de ego, de vida. Cuando la vi no supe que hacer, quería sumergirme en el Jacuzzi al mismo tiempo que quería desaparecer a Daphne, Paola y Sofía. No pude, salí del agua, persiguiéndola como un imbécil, como si tuviera que darle explicaciones.

—Espera… ¡No te vayas!
—Cúbrete, no seas inmoral —reparó furiosa.
—Ya va, no te vayas, espérate.
— ¡No entiendo! ¡Esto es todo lo que dices quererme! Se supone que estás saliendo con Alison y descubro que tienes una mega fiesta en tu casa. Eres un mentiroso, por eso me dijiste que no querías verme hoy…
— ¡No es como parece! ¡No es así! ¡Yo no sabía!
— ¡Mentiroso! No vale la pena que vivas diciendo cosas que eres incapaz de hacer. Tienes a Alison porque me lo merezco según tú pero y esto ¿también me lo merezco? —trataba de agarrarla pero no podía, se zafaba de mí.
—No es como parece, es decir…
—Cada palabra que dices lo arruina más, no puedes ni hablar de tantas drogas, ¡mejor cállate!

Había logrado mantenerla en la terraza con tanto esfuerzo, que olvidé a las tres mujeres que tenía en el jacuzzi.

—Christopher, disculpa la interrupción pero, ¿de verdad vas a arruinar tu cumpleaños y nos dejarás con ganas por esta discusión absurda? Es decir, no sé cómo te llames, —refiriéndose a Charlotte—, pero es su cumpleaños y eventualmente está teniendo un mejor regalo de nuestra parte que de la tuya —punteó Daphne, metiendo su mano adentro de la toalla que me cubría, tomándome por la entrepierna, delicada y suavemente.

— ¡No voy a tolerar esto! Te dejo con tus putas… —Charlotte se fue indignada y cuando quise ir corriendo a retenerla, salieron Paola y Sofía

179

a retenerme a mí y a quitarme el susto con placer.

PD: Fue un excelente cumpleaños y una maravillosa recaída, pero no lo volvería a repetir.

PD1: No dejo de sentirme culpable por Alison, por Charlotte, por todo.

PD2: Escribo a destiempo, cuento lo que pasó el 23 de septiembre pero son la 3:22 pm del 24.

Para: Christopher
De: Christopher

Has estado sumergido en la adicción durante mucho tiempo, has dedicado tu vida a ayudar a otros pero no has tenido la capacidad de ayudarte a ti. Querías satisfacer tu cuerpo con adicciones y te convertiste en la droga que te asesina. Necesitas algo externo para sentirte bien y

aunque sabes que puedes superarlo, que tienes la capacidad y a pesar de que es difícil puedes lograrlo, a pesar de eso, prefieres seguir tapando tus vacíos y reaccionar después. Estoy cansado de hablarte, de tratar de hacerte reaccionar antes que estés muerto y sea muy tarde para tener valor. Ya no quiero, estoy exhausto, me duele ver como destruyes tu cuerpo y no piensas que existo en ti, que soy parte de tu alma y me llamo como tú.

Crees que los amores efímeros te harán dejar extrañar a quien se ha ido pero te equivocas, solo te separas más. Crees que viviendo entre pastillas, marihuana, LSD y ahogándote en vino, dejarás de sentirte solo. Amas la vida y sin embargo, no puedes entender la simpleza de estar vivo, te aflige el mundo pero apagas tu mundo interior. ¡Tenemos las respuestas! No somos tan diferentes, cuando me das placer lo disfruto, disfruto las noches de diversión pero cada día me duelen más y más las mañanas.

Quiero que sepas que no estás solo, pero en algún momento no aguantaré más, querré retirarme. Cuando quiera irme tu estadía en la tierra terminará y nos iremos juntos a otra parte donde tendremos esta conversación:

¡Necesitaba más tiempo! ¿Por qué nos morimos?

—Nunca me escuchaste. Le diste tanto placer a tu cuerpo que mataste a tu alma.

—Estuve cerca de cambiarlo.

—No puedes cambiar al mundo si tu mundo es un desastre.

—Quiero volver a la tierra, quiero otra oportunidad.

—Te hiciste adicto a la adicción, si bajas seguirás drogándote y lo llamarás felicidad. Eres un adicto a las sonrisas pasajeras.

—Puedo cambiar.

—Por supuesto que puedes, pero no lo hiciste. ¿Para qué quieres volver a nacer?

—Quería dejar algo.

—Dejaste muchas cosas pero habíamos nacido para dejar mucho más. Las drogas te aniquilaron, nos aniquilaron a ambos pero no sabe tan mal la eternidad.

Estando muertos querrás que volvamos a estar vivos, pero ahora que aún respiras, quieres pausar tus latidos con sustancias y no puedes ser feliz en sobriedad.

Te estoy hablando a ti porque no quiero que me digas que no te lo advertí. No quiero que me digas que no te dije que pararas.

No me haces caso, estoy desesperado.

Discúlpame, algunas noches cuando me contaminas con pastillas y adormeces mis sentidos, me gusta tanto la sensación que preferiría estar muerto. Espero que no sea muy tarde cuando quieras salvarte y utilices tu luz para salvar a otros y no para matarte a ti.

PD: No somos tan diferentes, somos la misma persona, yo soy lo que nunca quieres escuchar y sin embargo, forma parte de ti.

26 de septiembre:

He estado evadiendo a Alison porque me siento horrible al pensar que la engañé incluso antes de haber empezado a salir con ella formalmente. Mis amigos me dicen que estoy exagerando, que no es mi novia, que solo disfruté mi cumpleaños pero aunque los escucho, no me ayudan a sentirme mejor. No quiero volver a hacerlo, si voy a empezar a salir con ella es de verdad. Charlotte, por el contrario, no me importa, es decir, no es mi novia y no tiene derecho para reclamarme.

PD: Son las 4 de la madrugada y no tolero mi insomnio, extraño muchísimo a Alison, quiero verla.

27 de septiembre: Luna de sangre
8:40 p.m.

Pero justo ahora, justo hoy... está ocurriendo y tú, estás conmigo.

No sé si en dieciocho años estaremos pero tampoco importa, importa es que tus dedos se entrelazan con los míos y te veo mientras me ves. Tus pupilas me dicen que valore el ahora, y yo no lo quiero perder. La luna nos observa, porque somos una nueva historia, y me susurra: ¿cuántos se han dejado de querer? La luna está llena de miradas, unas miradas tristes de amantes traicionados, otras miradas llenas de soledad, muchas miradas de enamorados, y otras de quienes fingen amor. Hay cambios, hay nuevos ciclos, proyectos que comienzan, despedidas que hay que asumir.

Nuestros caminos se cruzaron y no sé cuál fue la razón. No podía verte, estaba distraído sin querer soltar un globo que no me pertenecía. Estás aquí conmigo y la vida se detiene. Estás aquí y la luna nos enamora.

¿Qué es la inspiración? La luna jugando con tu cabello y tú riendo por verme reír.
¿Qué es el amor? Saber que historias vienen para marcarte pero se tienen que ir, y algunas historias vienen para quedarse contigo a vivir.
¿Qué es el olvido? Superar algo que no puede ser, tenerlo adentro sin que te queme, recordarlo con dulzura pero sin ganas de volver.
¿Qué es la distancia? La aceptación del desapego. Estando a centímetros podemos tener millas de separación, y estando distantes podemos sentirnos cerca.

La luna nos contempla y no sé si estaremos juntos mañana... todo puede cambiar. La luna me susurra: —Bésala despacio. Volteo mi cara para besarte y no sé porque me costó tanto poder verte. La luna me susurra: —Todo pasa por algo, los amores son distintos, aprende y sabrás qué este amor se quedará por mucho tiempo.

La luna me dice: — ¡Te lo dije! Yo la trato de ignorar, pero es cierto, me decía que tuviera paciencia, que ibas a llegar.

> 28 de septiembre: Algunos besos curan
> heridas, el tuyo por ejemplo,
> curó la mía - 11:42 p.m.

El olvido se acerca y la confusión ya llegó. Al mismo tiempo que Charlotte me lastimaba sin querer, llegó alguien a curar el dolor. Nadie te sana si tú no te quieres sanar. Mi amor de cuatro estaciones se transformó. Desconozco el mañana pero me gusta mi presente. Me cerré a unos labios que querían entregarme la pureza de un alma que aprendió del error... Cerré mis ventanas pero mi corazón las abrió.

Charlotte mentía y no sabía lo que quería, llegó alguien para demostrar que amar es arriesgar.

Charlotte jugaba a tenernos a los dos y llegó alguien a enseñarme que el amor no es traición.

Charlotte quería estar y no estar, llegó alguien a demostrar que amar es entregar.

> 29 de septiembre:
> 01:34 a.m.

Dejé de imaginar mi futuro a su lado. Dejé de engañarme pensando que era el motor de mi vida, fue mi amor de algunos días y tal vez de unas próximas vidas pero de ésta no.

Ni lloro por ella, ni dejo de caminar.

Ni sufro en silencio, ni amo por amar.

Ni es la dueña de mis noches, ni le entrego mis mañanas.

Ni protagonizo sus días, ni estoy besándola en mis madrugadas.

El amor va más allá de alguien que te da cariño y te hace confiar, para luego clavarte sus espinas sin saber, que con cada una, es un día del olvido que llegará. Fueron miles de espinas, el olvido llegó. No lo planifiqué, cuando más quería olvidarla más la recordaba, y cuando quise saber si era amor, dejó de vivir en mi interior.

—No te creo.

—No necesito que lo hagas.

—El olvido es un dulce truco de la memoria para reprimir lo que has vivido. ¿Por qué jugaría mi memoria?

—Porque no puedes tenerla como quieres.

—Y supuestamente, ¿cómo quiero?

—Quieres tu vida y tus días con ella pero sabes que no funcionaría, por eso, tu memoria suprimió tu emoción.

¿Es posible? Me parece insensato. Yo aprendí a amarla en libertad.

—Hasta que te enamoraste y la quisiste solo para ti.

—La he olvidado, ya no está. Si fue una broma de mi memoria la felicito. Me ayudó.

¿Te ayudó? ¿O vives de una mentira por huir de tu realidad y lo llamas olvido?

—No puedes amar lo que te daña, jugarías a hacerte daño. El amor es libertad, la vida misma lo es. Pero el amor no es quedarte pegado a una ilusión que no funciona y que te rompe.

El amor es más que eso. Es más que el ego de quedarte queriendo lo que no puedes querer. Y cuando suprimí mi ego, pude olvidarla.

Seguirá siendo parte de lo que sentí pero ya no es por quien quiero vivir.

30 de septiembre: Lo siento, me quedé más de lo que debía

Recuérdame en la ausencia, porque no estaré. No puedo quedarme, no quiero insistir. No pudiste quererme sino a medias, siempre a medias y ya no puedo estar anclado al piso por no querer volar. Tomo otras manos que me regalan el cielo, pero no me juzgues, realmente te quise, realmente te quiero, pero sinceramente, mis ganas se agotaron.

Llegó la transición, ya no sufro por tu querer culpable, que no podía quedarse pero no me dejaba partir.
Ya no me quedo anclado a tu recuerdo, me gusta el amanecer, me gusta mi nueva historia y no voy a retroceder.
Me desaparezco de tus noches y de tus mañanas.
Te olvidaré poco a poco, como te olvido ahora.
Te escribiré versos con sabor a despedida mientras a ella le escribo sobre el amor y la vida.
Te escribiré que fallaste por quedarte en la estabilidad, a ella le escribiré: ¡Por fin te encontré!

Te escribiré del error y la equivocación, al quedarme en las espinas y no querer ver que me llamaba otra flor. A ella le escribiré sobre el cielo y sus lunares mientras deja notas en mi habitación y yo con velas le hago el amor.

Tú serás el polvo inconcluso de lo que nunca ocurrió. Al principio una gran historia, después solo algo que pasó, alguien que me hizo revivir después de haberme visto morir a causa de la traición, llamándole: inspiración.

Tú serás una buena anécdota de las estaciones y la transición, de la primavera y de un único otoño. Ella será calor en mi invierno, y mi cambio feliz, cuando creía que todo estaba perdido: ¡La conocí!

Lo siento, me quedé más tiempo del que debía.

PD: Hoy 30 de septiembre Alison me ha dejado una sorpresa, me ha pedido con pétalos de rosa pintados que sea su novio. Eran 25 rosas rojas que decían ¿Quieres ser mi novio? Y 25 rosas blancas que decían: Te amo. Nunca pensé que ella fuera tan diferente como para arriesgarse a pedírmelo. Por primera vez no fui yo, el de las sorpresas. Mi respuesta fue "sí", aunque tengo miedo, estoy dudoso y creo que es muy pronto, pero me he arriesgado, he dicho que sí. Estoy dispuesto a empezar una relación y ser fiel. Sobre todo eso, serle fiel.

PD1: Que posdata tan larga, no volverá a ocurrir.

Quinto Capítulo
Otoño de transición

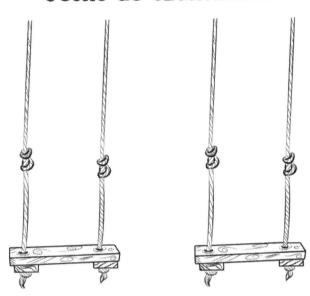

Estarán confundidos, otoño llegó y ya no nos hablamos, no nos que-remos y hay alguien más… El cumpleaños de C fue el 03 de octubre y yo tenía responsabilidades, tenía que ir de gira. Estaba formalmente sa-liendo con Alison, pero quería entregarle una gran sorpresa a Charlotte. Son 28 rosas para 28 cartas y un collage con fotos de esos momentos que pasamos, cuando el tiempo andaba veloz y no nos dábamos cuenta de que poco a poco rompíamos el reloj.

Decidí pasar su cumpleaños con ella y no fui de gira, me acababan de operar de las cordales así que tuve una buena excusa. Ella me prometió que me regalaría el viernes 2 de octubre y luego, en la noche, iríamos a Serrano y Manchego a celebrar con sus amigos pero por supuesto, no fue así. Al principio me sentía mal por Alison, ella tuvo que salir de viaje, pero era mi despedida con Charlotte, y se lo debía o me lo debía a mí para continuar con mi nueva historia.

El plan: Cita con Charlotte para darle su sorpresa, noche de Serrano y sábado de playa.

Alison me pidió que no fuera a la playa, que no se sentía cómoda, que me quedara en Caracas. Charlotte estaba disgustada, me presionaba para ir con ella y yo no tenía ni idea de lo que haría, o de lo que quería hacer. El 2 de octubre, día antes de su cumpleaños, conseguí la respuesta.

Nada salió como lo planeé, no me dio la tarde del viernes. Terminamos yendo a Serrano, y entendí que ya se había acabado. Traté de disfrutar, estuve con sus amigas, compartimos y ella no abrió la primera carta cuando debía, porque no pude darle la sorpresa a tiempo.

Tomé muchísimo, y nada funcionó… Tomé porque sentía el final muy cerca y a ella lejana. (Excusas baratas, cómprenmelas, tomé porque soy un adicto a ser adicto a algo pero eso va a cambiar).

Su sorpresa se la di frete a Fabio, en el momento incorrecto y con ella insistiendo para que fuéramos a la playa. Yo decidí apostar por mi nueva historia, y ya no me dolía, no sentía dolor porque no funcionó la sorpresa, no me dolía el pecho, no sentía nada. Estaba impaciente esperando a Alison, y por segunda vez supe que quería ser fiel a esta nueva historia. Ali llegó ayer 5 de octubre y pasamos una tarde perfecta junto a mi amigo Daniel y su novia. Fuimos a cenar, vimos películas, hicimos el amor miles de veces como si no existieran más noches. Dormía con ella y me sentía feliz… pero Charlotte se quedó con mis cartas, con las cartas de una ilusión.

LO QUE PASÓ ANTES DEL CUMPLEAÑOS DE C

Ella quería besarme, yo manejaba, ella trataba, yo la quitaba. No se había enterado y me tocó a mí, darle la noticia

—Tengo novia. Alison me pidió que saliéramos. Lo formalizamos —le dije, mientras conducía.

—Yo sabía que eso pasaría, me alegro mucho. —dijo borracha, se había tomado unos cuantos vinos y dos tequilas.

—Gracias —contesté sorprendido, pensando en lo bien que había tomado la noticia.

— ¿Por eso no me besabas?, ¿por eso me estás evadiendo? ¡Soy una estúpida y tú eres un imbécil!

No recuerdo mucho de esa conversación, pero sí sé que lloraba y quería detenerme para abrazarla. Detuve el carro para decirle que todo estaba bien pero no era cierto, ya no quería sus besos, estaba con alguien. Llegamos a mi casa y arrancó los pétalos de rosa pintados de mi sorpresa y muchas de las notas que me dejaba Alison cada vez que se quedaba a dormir conmigo.

¡Hizo un desastre! Lanzó las cosas para el piso, me insultó de todas las formas existentes…Me dijo mentiroso, me empujó, lloró muchísimo pero al final me abrazó y nos quedamos ahí en ese abrazo… porque en el fondo sabía que no era mi culpa.

PD: Cada vez que lloraba sentía que me rompía, nunca quise lastimarla, pero realmente estoy siendo feliz, y ella merecía saber la verdad.

EL ABRAZO DE LA VERDAD

De esos abrazos que cuando faltan queman en la ausencia y cuando están te llegan al alma.

Abrazos llenos de despedidas y de palabras que no se pudieron decir.
Abrazos llenos de amor pero carentes de ganas.
Abrazos que quieres sean eternos pero duran solo un instante.
Abrazos cargados de sueños, de ansias muertas, de amaneceres inconclusos pero sobretodo, de sinceridad.

De esos abrazos que callan bocas para abrir los sentidos.
Un abrazo así, con sabor a despedida y a nuevo comienzo.

Abrazos en noches de frío cuando el invierno quema,
Abrazos en pleno verano con calor y ganas de despojar al sol.
Abrazos en primavera que hacen florecer emociones que creías perdidas.
Abrazos de otoño en plena transición, llenos de cambios y de resignación.

Abrazos a cuatro estaciones.
Abrazos que vienen y se van.
Abrazos que deberían regresar.

Pero se despidieron sin lágrimas, sabiendo que era lo mejor. El abrazo marcó el adiós y ya esperaba un nuevo amor. Se querían tanto que entendieron que pasaron a ser la otra clase de conexión que no es la que te espera día tras día de la mano, no es la que te guía, no es la ideal, pero es amor.

Él se despidió, lo esperaba otra ilusión.
Ella se inundó de mentiras hasta que se ahogó.
Él siguió su camino en otra dirección.

7 de octubre: La luna sin ella
8:51 p.m.

Tuve que desprenderme de algo para encontrarla, tuve que despedir al día para recibir la noche, tuve que perder o sentir que perdía para ganar, tuve que despertar de un sueño para volver a soñar.

Pensé que estaba enamorado y me fui a ver a C. Debo confesarlo, fui a verla para conseguir las respuestas que necesitaba. Pensé que C era todo, le canté mil veces bajo la luna, pero siempre regresaba con él, quise que ella estuviera, me empeñé, tuve un amor apasionado, frenéticamente escribí más de cien páginas solo para ella pero de pronto, sin planificar…

La encontré y me encontró. Me costaba comprender que estaba dejando de quererla y ahora quería a alguien más.

Tantas veces pensé que la olvidaba que ya no lo sabía, no estaba seguro, las quería a las dos y tenía que buscarla para comprobarlo antes de herir a otra persona y añadir otro nombre a mi lista.

Me esperaba otra ilusión y traté de clausurarla por serle fiel a algo, que no me era fiel a mí. Siempre la voy a querer y me acordaré de estos meses donde se convirtió en invierno cuando me llenó de frío, se convirtió en verano aun estando en otoño, y fue primavera aunque la flor se muriera, pero ahora tengo a mi amor de todas las estaciones, que mira la luna conmigo y me hace sentir único. Ahora no necesito pedirle el deseo a la estrella fugaz, tengo a la estrella junto a mí.

PD: Que ya no vivo del pasado, que desde que llegaste le cambio el color a la primavera, y estoy impaciente esperando otoño con tu compañía.

8 de octubre: Y se fue sin mirar atrás, aunque tenía ganas, no quiso voltear

Se fue con tristeza pero el otoño lo esperaba,
se fue con un bolso de sueños y de amor propio.

Se fue en un viaje a lo desconocido, se fue en busca de sus alas perdidas, se fue a llorar para luego poder sonreír sin tristezas escondidas. ¿Un pensamiento recurrente? Su breve historia de amor. Aunque ocultaba sus sentimientos, a solas, solo con él, los encontró.

Descubrió que la amó pero que no quería volver.
No buscaba olvidar, pero tampoco quería volverlo a intentar, por lo menos, hasta que lograra sanar.

PD: Esto lo escribo ahora, que ya no nos hablamos, ahora que ella tiene una carta diaria y está sin mí, para toda la vida.

09 de octubre: Dos direcciones

La primera es tu amor
La segunda es amor propio
Ojalá hubiese una que dijera
"Nosotros".

04:02 p.m.

Si me voy por la dirección de tu amor me perdería por completo —ya he estado ahí—. Es el paraíso y el infierno, eres tú y son tus ojos, pero en ningún momento estoy yo. Me puedo ir para allá pero vengo de ahí.

Llegué a esta intersección porque necesitaba encontrarme y para eso necesité alejarme de ti. De nuevo estoy en este punto en el que no sé si prefiero tus labios o mi corazón. Tengo un bolso lleno de ganas de olvidarte, un gorro que cubre el frío que me dejó saber que para quererte tenía que olvidarme de mí.

Llegué a esta intersección con las manos vacías porque todo te lo di. Mi bolso parece lleno y es así, pero no de cosas materiales, está lleno de ganas y de fuerza de voluntad.

No tengo mi amor, te lo quedaste y pienso fabricarlo de nuevo.
Te regalo las ganas de volver a comenzar a tu lado. Dudé, pero ya tengo mi decisión:
¡Tomaré el otro camino!

El otro camino soy yo, es amarme a mí, es construir nuevas ilusiones, es entender que hay que volver a comenzar día tras día, no por alguien sino por ti. El otro camino está repleto de obstáculos y con cada paso es una victoria.
Espero que en otra vida nos veamos en esta intersección y que uno de los caminos sea: Nosotros.

Lo que pasó en el cumpleaños de C:

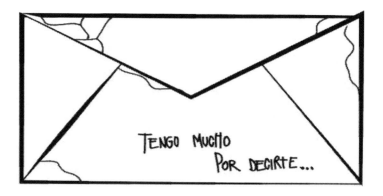

No sé cómo explicarlo, esto es un diario que escribí de algo real y que antes no quería que nadie leyera, pero ahora quiero que puedan tenerlo. Se han encontrado con mis sentimientos, con mis cursilerías, con mis adicciones, con mi personalidad. He sido totalmente sincero con ustedes en cuanto a mi visión de la vida y mi visión como ser humano.

Tengo dudas acerca de todo, las posibilidades de que haya tanto y las posibilidades de que solo seamos un video juego. Si somos un video juego ¿qué cambiarías del que manipula tu personaje? ¿Qué cambiarías de ti? No viene al caso, es solo una reflexión. Son las 9:57 pm y quiero explicarles por qué cada vez que escribo pongo la hora, para mí el tiempo nos controla, nos hace sentir que tenemos cierto control, si no existiera el tiempo ¿cómo seríamos? Algunas horas representan cosas, por ejemplo, cuando escribo a las 9:30 am, es un nuevo comienzo, una nueva mañana, pero cuando escribo a las 3:30 am es nostalgia segura o inspiración al máximo. Mi parte favorita de la vida son las noches, disfruto el contacto con el espacio y me siento insignificante pero al sentirlo, me siento vivo.

Me enamoré perdidamente de alguien y descargué mi amor escribiendo, sin aparente razón. Fue un mecanismo para drenar lo que sentía, para descargar todo ese amor que no podía ser para mí. Tengo mucho por decirles y quiero contarles lo que siento, es un acto de valentía desprenderte obligatoriamente de lo que te causó tanto placer, tanta felicidad, tanta tristeza que servirá para sonreír después. En este caso, estas cartas son su regalo de cumpleaños y no sé si me estoy despidiendo o si la estoy invitando a quedarse para siempre conmigo, nunca tengo la certeza, soy adicto al quizás.

28 cartas y el coraje de decirle todo
lo que siempre quise y no me atreví

¿SERÁ AMOR O SOLO UNA FALSA ILUSIÓN?

Una secuencia de cartas que son para ti. Hay 28, todas tienen el # de secuencia en las que debes leerlas. Algunas son del pasado, porque siempre hay que unir las piezas para ver quiénes somos, otras las hice estando en tu presencia, y otras, volviéndome un experto o fallando en el arte de olvidarte.

IMPORTANTE: Debes leer primero las siete cartas que no dicen: CUENTA REGRESIVA. Luego de esas siete cartas, ve a la carta número 21, ahí empieza nuestro último juego.

Las cartas representan lo que me costó estar sin ti y todas las palabras guardadas que chocaron contra mis miedos en una revolución, para llegar hasta aquí. Empezarás a leerlas a partir del día antes de tu cumpleaños, es decir, el dos de octubre. Cada una trae pistas, cada una trae una rosa. La rosa morirá, pero de esa forma concluiremos que no es la duración de la rosa, es la experiencia, no es la belleza de la rosa, es la esencia. Efímeras, fugaces, peligrosas, con espinas, pero sin dejar de ser hermosas.

CONDICIÓN: ¡IMPRESCINDIBLE! Luego de leer cada carta debes quemarla. Quémalas apenas las leas, no me preguntes la razón, pero por favor, no rompas nuestro pequeño trato. Quema mis cartas pero quédate con mi amor. ¡Confía en mí! Al final, siempre hay una explicación.

¡Empezamos!
Abre la carta #28

PD: Feliz NO cumpleaños.

TODO LO QUE NUNCA TE DIJE

1. Tus ojos son más bellos que el amanecer, con tantos misterios como ganas de creer.

2. Me devolviste a la vida.

3. He tratado tanto de olvidarte, que me he vuelto loco de tanto irme y volver.

4. En mi cumpleaños número 21, pedí sentir el amor y tú ¡cumpliste mi deseo!

5. Sigo pidiéndole a la estrella fugaz poder estar juntos en alguna vida, pero ya no le pido estar juntos en ésta.

6. He debatido tanto conmigo que ya no sé si eres una ilusión o si el 2015 me presentó al amor.

7. Sé que es algo tonto, pero quiero decírtelo, cada vez que lo besabas delante de mí me pinchaban tus espinas, las espinas de la rosa que tienes en tus manos al leer esta carta.

8. Contigo sentí por primera vez lo que es querer enamorar a alguien de quien ya estás enamorado.

9. No debiste llamarlo en mi presencia después de hacer el amor conmigo por primera vez.

10. Te mentí cuando te dije que podía compartir, pero fue inconsciente, también me mentí a mí.

11. Hice un diario para ti desde que te conocí y aunque te dije que iba a quemarlo, seguí escribiendo. Quiero hacer de esta breve historia fugaz un libro para que al menos, de alguna forma, lleguemos a ser eternos.

12. Aunque esté con otra y sea feliz, te confieso que siempre pensé que nuestra historia, ——en medio de la imposibilidad——, con una mínima esperanza, podría funcionar.

13. Pensé que amábamos una sola vez y ahora, estoy sintiendo el amor de nuevo, pero no contigo.

14. Aunque en algún momento no nos veamos más, sé que siempre serás amor, porque gracias a ti lo conocí, aunque no sea contigo con quien lo viva.

15. Te amé tanto y en indefinidas ocasiones que ahora que ya no lo hago de la misma forma, debo confesarte que me ha dolido el proceso, me ha dolido dejarte de amar, o amarte de otra manera.

PD: Tal vez aún me falten cosas por decirte, pero cuando me extrañes, recuerda esta carta y cuando la quemes, recuerda todo lo que nunca me dijiste tú.

⇨ **Abre la carta #24.**

Carta #24
Léeme frente al mar y quémame
también en su presencia

3 de octubre: ¡Feliz cumpleaños!

¿Observas la inmensidad? no tiene límite. La vida tampoco los tiene. Somos nosotros los que nos limitamos. ¿Observas el sol? conocerte fue como verlo por primera vez pero con consciencia. Sabía que me quemarías si me acercaba demasiado, pero como toda insolación, deseaba el resultado, y mi resultado, era conseguir tu amor. ¡Me quemaste! vaya que dolió, pero se sintió maravilloso al tenerte cerca. ¿Recuerdas la primera vez que fuiste al mar? Yo tenía mucho miedo y curiosidad por tantos misterios y tanta hermosura. ¡Lo mismo me pasó cuando te conocí! Conocerte fue como cuando mi mamá me decía que su parto fue la mayor muestra de dolor y amor al mismo tiempo. Así es mi amor por ti.

Siempre he querido que nos quedemos. Poder quedarnos en la nada un segundo y poder estar sin que nos quiebren las ganas, sin limitantes, sin barreras, sin desearnos tanto y tenernos tan poco.

Quedarnos, ¿algún día se podrá? Si no es así, y pasa otro cumpleaños y ya no eres joven, si la vejez te visita, si sigue transcurriendo el tiempo y no estamos juntos… si te encuentras con el recuerdo de esta carta en el futuro, quiero que sepas que te buscaré en otra vida para lograr convencerte de que te quedes.

Quema mi carta pero quédate con mi recuerdo. El mar es infinito y no limita, lo mismo pasa con mi amor. Acuérdate de mí cuando te acuerdes del mar, tan misterioso, tan rebelde y dulce, tan indescifrable. Así te quiero, en el misterio de una existencia desordenada esperando encontrarte para por fin… quedarnos.

PD: Quémame y observa que el mar continúa, así va a continuar mi amor, renaciendo de las cenizas para buscarte.

Imagina levantarte al lado de la persona que amas todos los días, y tener toda la vida para quererla como quieres. Solo imagínalo. Cuando leas esta carta estarás en la playa, celebrando tu cumpleaños 24 con tus amigas/os, conmigo y con él. No sabes que iré porque tengo una gira, pero tampoco sabes que estaré ahí, viendo cómo lo amas para terminar de olvidarte.

Lo que debía decir esta carta: ~~Yo estaré de gira haciendo lo que amo y tratando de olvidar que hacer lo que amo significa estar contigo.~~

La realidad: Estoy ahí, disfrutando de la playa y de verte sabiendo que serán los últimos días que tendré contigo. Por primera vez le estoy mintiendo a ella, a la persona que quiero, y es por ti. Le estoy mintiendo porque necesito cerrar el ciclo.

Vamos a hacer un ejercicio:

Mira el mar y utiliza tu imaginación

Imagina tener una vida para hacer el amor todos los días con la persona que amas y regalarle cartas debajo de la almohada. Qué maravilla poder verte de lejos, incluso en mis recuerdos. Estamos distantes, también estamos distintos. Todo el tiempo cambiamos, pero es importante decirte que te quiero. Por eso cancelé, por estar contigo. Por eso fui un irresponsable, por eso seguí mi locura. No podía perderme tu cumpleaños y menos si es el único que pasaré a tu lado.

Cierra los ojos y siente el mar, tú eres tan grande como él, puedes lograr lo que quieras y el mundo está a tus pies, pero no para que puedas pisarlo, sino para que tomes lo que quieras de él.

FE DE ERRATA: Discculpaa, no fui, no fui, n fui, no fui, no fuii· Esto lo estoy escribiendo y es tu cumpleaños· Es tres de Octubre y son las 4:00 de la mañana y me esfuerzo, porque me dejaste soloo, pero no quiero ser cursi, adiós cursilerías, me dijiste que íbamos a tu casa, que todos estaríamos ahí, que tomaríamos vino y yo pensé que podría darte la sorpresa, pero apenas llegamos te fuiste a dormir y estoy tirado como un mendigo en el piso de tu casa, tu patio me acoge bien, estoy muy borracho para manejar, pero no tan borracho como para dejar de escribirte y siento la lastima de Fabio que se levanta cada 10 minutos, y que en una de sus visitas me preguntó qué quería y le pedí más vino y unass cuantas hojas y una pluma y con ella escribo esto· Fabio entiende más que tú que me rompist el corazón por completo, pero eso pasa, me atrapó el karma y yo me quiero quedar la noche aquí para ver si mañana amanezco menos idiota y el karma decide dejarme solo·

Tus amigos se fueron y yo arreglo mi sorpresa, porque esta carta es LA FE DE ERRATA, sí sí, FE DE ERRATA... ASÍ COMO LEES, FE DE ERRATA que hice al mismo tiempo en el que tú duermes en tu cuarto y nunca te di mis 28 cartas, que te las daré mañana, pero no voy a la playa y descubrí que ni siquiera te amo, ni me merezco esto, pero me da tantaaa pena que si llamo a mis amigos para que me busquen la vergüenza será peor· Me aguanto mi vino, mi noche y mi FE DE ERRATA y a TU NOVIO y su lástima, porque viene y me dice: ¿Quieres algo más?, ¿quieres dormir? Y yo le respondo que NO, porque estoy haciendo mi FE DE ERRATA· ¿Sabes qué? espero que luego cuando leas esto ya el otoño se haya llevado tu amor, porque ya no quiero que seas mi amor de cuatro estaciones, ya no·

No necesito ir a la playa a verte con él para olvidarte, ni aprovecharrr que Alison está de viaje para ir a escondidas· Ya no quiero octubre contigo y no voy· Tengo que confesarte que mi vida de mendigo no está tan mal y me queda una botella y poco tiempo para que regrese Fabio y me diga: ¿Estás bien? Doy como lastima, ¿no? Pero todos hemos pasado por eso jajaja· Esa es su venganza, porque él ganó, su novia en su camaaa como debe ser porque no hay que robar novias y me lo decían mis amigos, KARMA, KARMA y así, pero bueno, el vino sigue y la FE DE ERRATA tiene q acabar· ¡¡Ya terminé!! (JUSTO A TIEMPO) Llegó Fabio, me está invitando a dormir en su cuarto con él y contigo, imagínate tú, que buen final para mi FE DE ERRATA, pero como buen perdedor, quiero el patio y el vino y sentirme como "El Chavo" pero sin la "Chilindrina"·

PD: La noche que más tomé en mi vida fue la del 3 de octubre· Mi postdata no la leerá C, a menos que adquiera el libro, que por supuesto, adquirirá· Mi postdata es para disculparme con ustedes lectores desconocidos, estaba tan borracho que no pude transcribir dos cartas esa noche, una para ella y una para mi diario, así que tomé pequeños "capture" del celular y ranscribí incluso con los errores para que se encontraran con la realidad·

PD1: Estuve tentado a omitir la fe de errata del libro, pero debo dejar el miedo al ridículo·

Estás a mi lado y es el cumpleaños de tu amiga Nathasha. No quería venir pero prácticamente me obligaste. Cuando leas esta carta estarás haciendo cualquier cosa menos estar conmigo, tan cerca y tan distante como siempre.

Estoy en el presente aunque me leas y sea pasado; en mi presente estás conmigo.

Quiero escarbar en ti y cruzarnos luego, siempre luego... Luego de estos tiempos llenos de puntos suspensivos que si ves de cerca son amor. Sigues observándome y nuestro alrededor dejó de existir. ¿Cómo lo soportas?, ¿cómo soportas amarnos tanto y tenernos tan poco?

PD: Recuerda esta noche del 25 de septiembre, y recuérdame a mí, que yo, te estaré recordando.

Espérame al dormir, te veré en tus sueños, de ahí no será tan fácil que puedas sacarme. Disculpa, te quise demasiado como para dejarte ir. Entiendo que nuestra historia terminó pero hay muchas formas de sentir amor. Pasamos muchos instantes, compartimos demasiadas estrellas, te entregué infinitos suspiros y te quedaste con mis noches de insomnio. Aprovecho para pedírtelas, necesito dormir.

No importa que no me beses, que no sea yo quien te ayude a levantarte y te acaricie el cabello mientras peleas con el mundo. No seré yo, quien te diga que te levantes, que puedes volverlo a intentar, que eres importante. No te diré que tus ojos saben cómo el mismísimo cielo, si acaso tuviera sabor. Lo he entendido, continué con mi vida. Con la vida sin nombre que me dejaste, porque al irte, mi vida dejó de existir. Sin embargo, he creado una nueva sin tu presencia y no me va mal... pero desde hace unos días he decidido que te quiero en ella.

Espero por tu decisión y quiero mostrarte la mía:

Te he querido tanto que aunque no seamos, aunque esté enamorado de otra persona, y aunque hemos dejado de estar juntos, sigues presente. A veces las cosas no funcionan y es necesario despedirse. Creo que en nuestro caso debemos despedirnos de nuestro amor de pareja, y conocernos en nuestro amor de amistad ¡cuánto me costó entenderlo! Fue difícil afrontar la vida sin tu nombre. Ahora entiendo que nada nos pertenece y que la soledad no sabe tan mal.

Nos hicimos mucho daño. Te encerré en una jaula por temor a perderte y ahorqué tus anhelos. Discúlpame, no controlé lo mucho que te amaba. Al dejarte ir mi pesadilla se hizo real y cambié mi amor por odio pero no es cierto, nunca podría odiarte, te quiero demasiado.

Me afligí por la separación sin notar que el único culpable era yo, por acostumbrarme a tu presencia sabiendo que no era mía. Por convertirte en una necesidad y no saber qué hacer sin ti. He aprendido, y aunque prevalece el insomnio, ya no es por tu ausencia.

Ya no me duele que estés con él, y no he tenido nuevas recaídas.

PD: Quiero volver a empezar pero no con "nosotros juntos", sino por separado, cada quien con su vida y esta vez, lo único que deseo de ti es una bonita amistad.

Tuve que perdonarme para perdonarte de verdad

Me perdono por todas las veces que dije que no era capaz.

Me perdono por llorarle a alguien y abandonarme a mí.

Me perdono por entregarme a la adicción y recaer tantas veces en lo que me mataba.

Me perdono por todas esas tardes en las que me guardaba adentro de las cobijas como un objeto viejo que dejó existir, y solo porque alguien, se fue sin mí.

Me perdono por las ocasiones en las que laceraba mi cuerpo, olvidando quererme, por quererte a ti.

Me perdono porque pensé que era un arte el olvidarte, pero es realmente una obra maestra descubrir que el perdón debo dármelo a mí por ser tan imbécil y pensar que la vida se acababa por tu despedida.

Una noche para el perdón, la lista es larga y quiero privacidad. Me voy a perdonar porque mañana es el mejor momento que tengo para volver a comenzar y esta vez, no voy a esperar por ti. Aun si tocaras mi puerta, no abriría, me estoy perdonando la estupidez de pensar que podrías cambiar, olvidando que sigues con él solo por acostarme a tu lado.

Lo que más me gusta de perdonarme, es que recobro las ganas quebradas y el espejo me dice que no necesito pastillas para dormir, porque dormiré perfectamente sin tu compañía y si la madrugada galopa sobre mis sueños, me despertaré sobresaltado pero no para buscarte sino para agradecer que ya no estás... Para agradecer que la pesadilla terminó y el nuevo sueño no tiene tu nombre.

Léeme cuando te sientas sola

Fallamos intentando querernos, fallamos y nos exiliaron del nuevo mundo por ser tan cobardes y abandonar nuestro amor. Aunque sientas que estoy a kilómetros de ti, no es cierto, si hoy te sientes sola, encuéntrate conmigo entre estas letras y recuerda que nunca te dejaré.

No te sientas triste porque me estoy enamorando, hay diferentes formas de querer. Cuando te sientas sola estaré para ti aunque no esté contigo compartiendo un vino, ni en tu cumpleaños, ni al anochecer. Puedes tenerme en los recuerdos, y aunque quemes esta carta, yo me quedaré.

PD: Siempre que quieras un amigo, yo estaré contigo.

Léeme cuando te arrepientas de haberme perdido

En ocasiones cometemos errores irreparables y en tu caso así fue. Me entregué mucho, me entregué de más. Ahora ya no importa, ahora ya no estás.

Sin confianza no hay ilusión, solo celos transformados en tergiversación. Lo siento, quería llevarte a bailar por las nubes y ahora bailo por las nubes sin ti.

No te digo todo esto con rencor, solamente quiero que sepas que mi corazón sanó. Cuando leas esta carta no trates de ir al pasado porque el pasado no está. Agotaste mi confianza, agotaste mi pasión, prefiero estar solo que vivir de la traición mientras tú, estás con los dos.

Nada de arrepentimientos tardíos, nada de "volvamos a empezar", no me digas que me amas porque mi posición no va a cambiar. Te quise demasiado, no te he podido olvidar, pero no me robas mis ganas de volver a comenzar.

Disculpa, te vuelvo a decir, eres perfecta pero no para mí.
Cuando leas esta carta deja de culparte, aprende de tu error para que en el futuro incierto no arruines el amor.

PD: Poco a poco me enamoro de Alison y empiezo a amar los días sin ti.

esperando otro encuentro conmigo, en la cama. Atrás se encontraban dos chicas que en mi vida había visto, al parecer eran nuestras acompañantes. ¡Móntate, vamos tarde! —gritaba Lucas y yo quería retener nuestro momento pero el momento había terminado.

¿Lo recuerdas? Te abracé tanto, que agradezco a mi memoria por seguir reteniendo tus palabras. Nunca me dijiste lo de tu madre, callaste muchas cosas, supongo que el momento voló pero nunca lo olvidé, ¿cómo olvidarlo? eras una historia por comenzar y ya sabía que serias inolvidable.

Hoy no hay bajo la lluvia, ni tampoco un nosotros. Son las 12:43 de un día cualquiera, pero no está lloviendo, ni tampoco estás tú y da igual si es de noche o de día. Ya lo entendí, me quisiste a tu manera para huir de tus carencias y de tus miedos. Me quisiste para tener una pequeña ilusión y a un loco enamorado que te perseguiría pensando que eras el amor de su vida.

Cuando amas arriesgas, cuando amas te entregas, el mundo es pequeño, y los obstáculos se superan. Pensé que me amabas y aunque sabía que no tendríamos un final feliz, lo soñé varias veces para despertar sudando, buscándote entre las sábanas. Aún pienso en ti y me imagino que cuando te pienso tú también me estás pensando. La realidad es que no es así, nosotros fuimos la gran mentira. Pensé que te habías enamorado, pero no te enamoraste.

Ni huiste conmigo, ni te lo pedí. Ahora todo está más claro y puedo continuar, aunque en este instante no tenga ganas y te escriba desde la clínica, cansado y exhausto pero pensando en ti. Eres el globo que no quería soltar, no pude notar que el globo no era mío, que se enredó, y necesitaba desatarlo para desatar mi corazón.

PD: Estoy bien, me estoy curando de ti y esta terapia de hacerte cartas me alivia, porque no quiero que me quede nada que no te pude decir.

Léeme cuando pienses que me amas

Me costó aceptarlo, todavía me cuesta, pero estoy abriendo poco a poco los ojos. No caminarás conmigo bajo la lluvia en las calles del mañana, como aquella vez, antes de comenzar, cuando me querías contar tu historia y nos interrumpieron.

—Necesito decirte que te admiro —dijiste, mientras tu mirada, la calle, la lluvia y tú, me seducían hasta dejarme sin frío y encendí un cigarrillo para seguirte escuchando—. Desde que te vi en el lanzamiento de tu disco y pronunciaste la primera palabra, desde que me comentaste la muerte de tu hermano y cómo la ciudad es un tren y cómo la vida quema, pero es importante vivirla, desde entonces me sentí deslumbrada y segura por un desconocido, por tu hermano y por tus ojos, porque de pronto no eras tan desconocido.

—No te siento desconocida esta noche —musité sin forzarlo y sin querer seducirte.

—Porque soy igual que tú, he atravesado situaciones fuertes, he pasado hambre, sé lo que se siente defenderte de la vida, aunque digan que no es la enemiga. Me ha tocado defenderme de ella, defenderme del agua cuando no hay techo —explicaste inspirada, seguía lloviendo y Fabio estaba adentro del local, tú tenías que irte y yo estaba esperando a que me recogieran mis amigos—. ¿Sabes? Christopher, cuando entraste tuve una percepción errada de ti, pero ahora que te veo tengo ganas de contártelo todo.
—Las percepciones nos azotan, quizás soy un poco de esa percepción ligado a esta otra. Mira el universo, llueve y estamos tú y yo en medio de una calle que puede ser la nada, pero miras al cielo y están las estrellas que son como las posibilidades y nosotros estamos siendo juntos, esta noche, una posibilidad. Así que no hay nada que no puedas contarme, porque ya no somos desconocidos, nunca más —te expresé, entregándote mi último cigarrillo.

—Nací por inseminación artificial y mi madre…
Las cornetas retumbaron interrumpiéndote, Lucas conducía y de copiloto estaba Michelle

Léeme cuando necesites olvidarme

Después del adiós las calles parecen tristes y el cielo es muy grande para tanta soledad. Después del adiós regresan los amigos expresando su amistad, aunque los hayas perdido por no saber separar, porque aunque los amores se vayan y regresen constantemente, los amigos siempre estarán. Después del adiós las cosas están más claras y tienes dos opciones: quedarte en la depresión o empezar de nuevo.

Después del adiós las lágrimas acuden, no quieres hablar, estás con tu familia fingiendo felicidad y tu alma grita: ¡déjenme en paz! Después del adiós tu cuarto se hace gigante y empiezas a recordar aquellas noches de películas donde querías la eternidad. El amanecer quema hasta que comprendes que la vida no se agota, que la vida continúa. Después del adiós besas miles de labios buscando la solución y la copa se vuelve tu adicción.

Fiestas y amigos, insomnios infinitos, tristeza que se queda, después del adiós. Pero un día te das cuenta que puedes continuar, te levantas poco a poco, decides intentarlo. Un día empiezas a quererte, te reconoces en el espejo, sonríes a los árboles y sabes que la vida estaba ahí, esperando a que decidieras: ¡Volver a vivir!

PD: Estoy en medio de una nueva historia y la historia que viví contigo. Estoy en la mitad del puente queriendo decidir.

Ábreme cuando me extrañes y quieras odiarme

Tuve días en los que te extrañé tanto que las madrugadas me dolían y las mañanas olían a tu despedida, inclusive llegué a pensar que mi vida no tendría sentido sin tu compañía. Me equivoqué, pero cómo me costó aprenderlo. Tuve días en los que la apatía me abrazaba y no quería mundo sin ti, pero mis amigos insistían en que me levantara y una voz me decía: "Vámonos que la vida te está esperando". Tuve días donde pensé que no volvería a amar pero el presente me gritaba: ¡levántate y disfruta, estás en los veinte y solo es un desamor!

Empecé a beberme la vida besando labios sin amor. Empecé a conocer lugares y a enamorarme de todo y de nada a la vez. Empecé a reírme de tu ausencia como quien se ríe después de entender ¿qué ausencia me dolía si nunca fuiste mía? Empecé a conocerme y al hacerlo me di cuenta de que le tenía miedo a la soledad. Empecé a pasar las tardes junto a mi taza de café hasta que llegaban las estrellas y ya no les preguntaba por ti. Las estrellas me contaban que hay otros mundos, que hay personas que están destinadas a encontrarte y que a veces para llegar a ellas debemos conocer errores confundiéndolos con el amor. De vez en cuando salía una lágrima porque me dolía el corazón, pero no era por ti, era porque estaba indagando en mis heridas para poder curarlas. No se acabó el mundo pero me enseñaste, aprendí a estar solo cuando me dejaste y no quería estar con nadie más. Lo único que no sabía era que no podía desprenderme de mi propia compañía y la empecé a escuchar. ¡Gracias! Esta carta es para agradecer, me he vuelto a enamorar. Gracias por enseñarme que todo se termina, ya no quiero amor por compañía, ahora quiero amar el instante y hacerle trampa a la eternidad.

PD: Desbarataste mi mundo pero era lo que necesitaba, necesitaba que me fallaras y rompieras todo en mi básica realidad para olvidarme de los pedazos y construir una nueva versión de mí.

Léeme cuando quieras buscarme

Creemos tener la respuesta a la ecuación y perdemos la fórmula para resolverla, perdemos la vida creyendo vivirla, perdemos nuestra esencia por envolvernos en el momento. Es cierto, hay que vivirlo, hay que sentirlo pero no hay que dejar que nos rompa hasta hacer que lo que perdamos sea nuestra esencia inicial, esa, que nos motivaba a luchar.

Por más que quieras algo o a alguien, debes aceptar el no, algunas veces debes despedirte aunque te cueste, aunque no sea lo que quieres ¿Pero si lo que quieres te daña, te quedarías aceptando el dolor? ¡Amor propio Charlotte! Estoy teniendo amor propio. Sabes quién eres, sabes hacia dónde vas. Estás transitando, estás paseando, estás indagando. ¡No me retengas! No te quedes ahí en el medio del puente sin saber qué hacer, ni me detengas para que me quede contigo. Toma tu decisión y al menos a ella, trata de serle fiel. No te quedes atónita, absorta en el abismo, pudiendo renacer. No ames lo que te mata, o déjate matar.

PD: Yo decidí empezar de nuevo, inténtalo tú también.

Léeme cuando estés triste

Te llegará está carta tardía como llegó nuestro amor, imprudente, a enamorarnos para luego decir: No es posible, ¡ustedes no pueden ser!

Recuerdo nuestra despedida cuando llorando me decías que me querías. Recuerdo que entre vinos no paraba de besarte, secaba tus lágrimas y no me sentía bien, incluso sabiendo que al día siguiente eso no significaría nada, solo una despedida más para nuestra colección, es por eso que estoy haciéndolo real, por eso hago esto que quizás no entiendes, pero en nuestra colección de despedidas descubrí que te amaba, porque en todas me dolía como si fuese la primera vez.

En el fondo teníamos razón, llorábamos la ausencia futura. Éramos totalmente conscientes de que la despedida no faltaría y llegó puntual, la mandé a llamar para dejar de engañarnos, pero no estés triste, tenemos que desprendernos de nuestro ego y alejarnos de lo que nos daña.

Por un breve instante fuimos, ahora es tiempo de decir adiós.

PD: Agarra las maletas del ahora y ve a ser feliz sin mí.

Léeme con un café

Me tomo un café llamado recuerdo y dejo que me hable de ti. Hace frío y la tristeza me roza, continúo, no llega a sujetarme. Tal vez no sepas que es difícil dejarte ir. Olvidarte significa dejar de pensar en las horas de risas, en los comienzos, en el amor.

Aunque la vida continua, el otoño llegó y en cada una de las hojas muertas veo tu rostro. Estamos cerca del final, nuestra breve historia está muriendo como mueren las hojas del otoño, y aunque sé que nuestra historia morirá, una parte suicida y loca de mi interior, se niega a olvidarte.

¿Compartirías conmigo este café? Sé que es imposible, he decidido que no nos volveremos a ver, y después de estos días sin ti, sigues presente en mi café, aunque no estés, aunque no puedas. Hay cosas que no pude decirte, por ejemplo, que mi deseo era que te quedaras y ahora es muy tarde para pedirte: ¡Quédate! No solo a tomar café, sino toda la vida.

PD: Tu recuerdo sabe bastante bien, es dulce al comienzo, pero cuando termina quieres más y olvidas que era solo un recuerdo.

Léeme cuando quieras volver

¿Quién dijo que las almas gemelas tienen que estar juntas por siempre? Una verdadera alma gemela te dice lo que no quieres escuchar, te levanta del suelo, se convierte en tu espejo exigiéndote lo que espera de ti.

Hay diferentes clases de amor, unos con los que te casas, construyes tu hogar y eres feliz, pero otros que entran en ti para quitarte el aliento –como tú—. Justo ahora estoy con la persona con la quiero compartir mis días, conseguí lo que tanto soñé, estoy feliz, no estoy fingiendo, pero tú no dejarás de ser mi alma gemela.

Una verdadera alma gemela no te dice lo que quieres oír, te despierta a bofetadas para que abras los ojos ante la vida.

PD: De todas mis breves historias ésta es la única que tiene sabor a eternidad incluso después de haberse acabado.

Ábreme cuando estés cerca de olvidarme

Estoy en el bosque escribiéndote, quise venir a pensar
o a dejar de pensarte. Hoy corrí, corrí como si no hubiese
mañana, como si no tuvieras novio y pudieras ser para
mí. Corrí con rabia, corrí con impotencia. Llegué hasta el
gimnasio para golpear la pera de boxeo como si fuera la
culpable de este querer mediocre que prefiere mentiras a
realidades.

Cada golpe liberaba mi rabia, mi tristeza, mi
impotencia, mis ganas de huir contigo y saber que no
puedes. Salí de ahí y seguí corriendo al mismo tiempo en
que el sudor trataba de borrar mis cicatrices, pero de nuevo
fallé. Sin embargo, dejé muchas cosas atrás.

En este bosque estuvimos juntos, caminamos mucho
hasta llegar a la cascada y decidimos quitarnos la ropa.
Nos quitamos todo para sumergirnos, era bastante tarde
como para que encontráramos personas, teníamos linternas
y mucha comida, pero más allá de eso, nos teníamos a
nosotros. Nos lanzamos a nadar, a bañarnos bajo la cascada,
tú tomabas mi mano y yo me aferraba a tu cintura, caían
sobre nosotros cientos de gotas que al instante fluían como
fluye la vida. De pronto, casi de la nada me preguntaste:
− ¿Es éste el infinito? No supe qué contestar, no sabía si
lo era, pero estábamos nosotros y llovía felicidad. Qué
importa lo que pasó ese día, cuando leas esto sabrás que
estuve en el mismo bosque recordando a Joaquín Sabina:
"Al lugar donde has sido feliz no deberías tratar de volver".

PD: Dejo la nostalgia con esta carta pero me quedo
con el recuerdo.

Léeme cuando necesites saber de mí

He sobrevivido sin ti, no me morí como pensaba. Ha sido un proceso doloroso y cada día me conozco más. Fue raro sufrir por amor cuando era yo, quien hacía que otros sufrieran. En mi vida nunca había llorado por una mujer y contigo, las lágrimas hicieron una revolución.

Estoy bien, aunque algunas mañanas me duela tu ausencia y luche con mis ganas de no volver. Quiero contarte que he dejado de fumar cigarros y también marihuana, lo dejé, estoy en rehabilitación. Había pasado mi vida sumergido en adicciones y descubrí que me estaba matando. No te miento, en ocasiones recaigo y me bebo una botella de vino, o me fumo un cigarrillo, sabes que es difícil dejar los vicios. Pero estoy orgulloso de no haberte llamado siendo tú, mi vicio más grande.

Dejé las drogas, dejé mi afán de llenar mis carencias destruyendo mi cuerpo. Dejé mis ganas constantes de complacerlo sabiendo que lo estoy maltratando. Dejé mi inconsciencia de lastimar lo que amo al mismo tiempo en que me lastimo a mí.

PD: Cuando leas esta carta no pienses que te he olvidado, solo estoy tratando de curarme y aprender de tu ausencia.

Léeme cuando me sientas distante

¿Se pueden amar a dos personas a la vez?

Muchas veces estamos cerca de alguien sin estarlo. Otras, decidimos ser maduros y en nuestro intento de madurez nos volvemos falsos y mentirosos. No sé cuándo leerás esta carta, pero sé que si estás leyéndola es porque me sientes distante, sientes que ya no estoy y definitivamente, no estaré.

Quiero explicarte que hay personas a las que no quiero lastimar. Estoy empezando a enamorarme de nuevo, y ahora te entiendo, sí se puede amar a dos personas a la vez, pero jamás amas igual, siempre es distinto.

Hace poco dijiste: "Ella tiene el amor que yo le cedí". No quise contestarte nada, pero de eso se tratan estas cartas, de la verdad, y tú te negaste a amarme incluso cuando me amabas.

Tú pusiste la distancia cuando decidiste ser infiel a tus sentimientos.

Tú me alejaste a millas, y ella, se acercó.

Tú soltaste mi mano, ella la sujetó.

Tú preferiste estar cerca de alguien aunque tu corazón se quedara conmigo, y ella se arriesgó a mostrarme un nuevo amor. Si hoy me sientes distante acuérdate de aquel que te enviaba versos, que te dedicaba canciones, que te escribía cada noche aunque tú cada noche, te acostarás con él.

PD: Cuando quemes esta carta despréndete de las culpas que me achacas porque la única culpable, eres tú.

Léeme cuando necesites desprenderte

Las estaciones cambian, el sol se duerme para darle paso a la luna.

Los silencios acuden para calmar palabras.

Los amores se despiden para transformarse y crecer.

La infancia se termina para convertirnos en otra parte de nosotros.

La rosa muere para demostrar que lo efímero no agota el amor.

Las estrellas nacen y fallecen constantemente.

Somos seres minúsculos en un universo grandioso que no ha sido explorado.

Desprenderse es tener la capacidad para seguir avanzando y comprender que después del inicio vendrá el final.

La naturaleza se desprende, el tiempo se desprende, la vida se desprende...

Los humanos, por el contrario, ven el desprendimiento como ven al dolor. Caen en depresión por no saber decir adiós. Les han metido en la cabeza que para cualquier situación será mejor compañía que soledad y dejan de buscar en la soledad su propia compañía. La vida es un desprendimiento constante donde el pasado se vive desprendiendo del presente y el presente del futuro.

PD: Despréndete y alcanzarás nuevas formas de vida.

PD1: Me lo digo a diario cada vez que estoy sin ti, con el celular en la mano y ganas de escribirte.

Léeme cuando necesites un amigo

Hola C. Quiero que esta carta sea distinta, quiero que por esta vez nos olvidemos de lo mucho que me enamoré de ti. Me gustaría decirte que aunque no nos vemos y yo tengo a otra persona de la mano, tú no dejas de importarme, no dejas de existir porque no hayas dejado a Fabio, no dejas de ser una mujer grandiosa porque no estés conmigo.

Quiero disculparme por ser tan fuerte contigo, por repetir cientos de veces que eres una cobarde y que prefieres vivir en la costumbre por conformismo pleno. Te quiero pedir disculpas porque fuiste sincera conmigo, en vez de darme falsas esperanzas. Discúlpame por ser tan arrogante y lanzarte disparos de ego con cada carta, pero no te puedo prometer dejar de hacerlo, es mi mecanismo de defensa para acostumbrarme a mi vida sin ti. Por esta vez quiero actuar como un amigo, quiero decirte que cuando leas esta carta habrá alguien perdido en la ciudad, alguien en su habitación o en la calle, alguien escondido en un tal vez queriéndote de verdad y ofreciéndote una amistad sincera. Cuando leas esto olvídate de todas las demás cartas, entiende que aunque no estemos juntos igual estarás conmigo, aunque pasen los años y no hayamos hablado, cuando consigas esta carta arrugada y vieja, piensa en mí, en tu amigo Chris… yo, aunque distante, estaré para ti.

PD: No me quemes, consérvame, nos volveremos a encontrar en el futuro.

Lo que nunca me atreví a decirte

Pudiste dejarlo y no quisiste, preferiste la facilidad de tenerlo todo y sentirte cómoda engañado a tu entorno. Lo engañabas y te engañabas al mismo tiempo en que me engañabas a mí, pero lo permitíamos por querer un pedazo de tu amor.

Te amé, pero no soy tan débil para quedarme donde no puedo avanzar.

Te amé, pero no pudiste ser valiente y gracias a eso conocí la historia que verdaderamente era para mí.

Ya no te amo, o te amo de otra forma, como un amor que se quedará conmigo pero sin aniquilar mis ganas.

Recuerdo lo que no fuimos tanto como recuerdo, lo que quise que fuéramos. La mejor decisión que he tomado es la de retirarme, y aunque a veces recaigo, otros días ni siquiera te pienso. Lo siento, nunca tuviste el valor para ser fiel a tus sentimientos, por eso sientes vacíos por las mañanas y te engañas en otras bocas. No es culpa de Fabio, no enfrentas tus miedos y no te sabes amar.

PD: Empieza a enamorarte de ti o serás incapaz de amar a nadie.

Léeme cuando me busques sin encontrarme

Cuando leas esta carta estarás llamándome y necesitando un poco de mí. Estarás furiosa por mi ausencia y no sabrás que la necesito para sobrevivir. Regálame tiempo para curarme de nosotros. Quiero continuar con mi vida y no es fácil si llevo tu sombra en mis talones. No seas egoísta, cuando quieras buscarme piensa en lo difícil que es olvidarte y si quieres saber por qué lo hago, observa a Fabio y obsérvate a ti.

Me cansé de vivir en una vida alquilada y de llamarte amor.
Me cansé de vivir en una mentira y quedarme en lo dañino.

Lo lamento, quiero algo distinto para mi vida. Quiero salir de todas las adicciones y tú eres la droga que más me daña.

PD: Cuando quieras buscarme recuerda que yo estaré huyendo de ti.

Volví a fallar, sigues presente

Es mi tercer día sin hablarte y he entendido que se acabó. Me costó mucho canalizar que la vida continúa y sigo repitiéndomelo pero al menos, me he levantado de la cama. Estuve encerrado en ti y olvidé que no era lo correcto, me sumergí en dolor y me quedé ahí como un masoquista solo por tenerte cerca.

Estoy cansado, exhausto de despertar buscándote, agotado de quererte cerca y morirme de las ganas de llamarte pero saber que no puedo. Son 21 días para separarme de tu esencia y hoy, estoy fallando.

PD: Aunque quiero estar contigo, la felicidad nunca estará a tu lado.

Léeme cuando sientas que te olvidé

Estamos tan distantes que olvidé la sensación. Olvidé cómo se sentía tenerte cerca y poder besarte. He entendido que el amor se ha transformado. No te llegará un mensaje mío pero hay cosas que necesito contarte, por eso decidí hacer esta secuencia de cartas para ti.

Desde que te conocí me regalaste tiempo, así como cuando estás a punto de morir pero la vida te regala meses. Me regalaste unos cuantos meses y me devolviste a la vida. En el bar estabas tú y a tu alrededor habían muchas personas pero tu cara alumbraba, ¡irradiabas luz! Quise estar cerca, pero nunca fue suficiente. Me acerqué tanto que me pinchaste con tus espinas y aunque dolía quise mantenerme ahí, tocándote, asumiendo el dolor, asumiendo sentirme así como me siento ahora, que no te hablo, ni te escribo, ni te llamo, pero te extraño.

PD: Cuando quemes esta carta te encontrarás con mi proceso de desprendimiento, justo ahora estoy fallando, te necesito.

Léeme después de haber leído las siete cartas que no dicen: ¡Cuenta regresiva!

Dicen que 21 días es el tiempo exacto para olvidar a alguien, y por eso te escribo 21 cartas. Vamos a ayudarnos a soltarnos, vamos a ayudarnos a razonar que no podemos ser. Sin embargo, mi forma de hacerlo es ser sincero contigo. Si es el adiós definitivo tienes que saber que tendré el otoño y te tendré a ti aunque ya no seas el otoño, y aunque jamás, hayas podido ser mía.

Cuenta regresiva: Día número 21

Ya te lo dije, tengo que olvidarte pero antes de olvidarte quiero contarte lo que por orgullo callé.

¿Por qué son 28 cartas en vez de 21? Me costó siete días convencerme y tener la fuerza de voluntad de no hablarte y alejarme por completo. Esos siete días fueron mis recaídas porque no podía dejar de verte. Hasta que por fin lo logré y ahí empezó la cuenta regresiva.

PD: Te daré dos opciones porque sé que te gusta la variedad, puedes leerme en orden o como dice abajo del # de cartas.

¿Te acuerdas la primera vez que te vi? No me imaginé que me enseñarías a amar. ¿Recuerdas la primera vez que fuiste a mi casa?, ¿te acuerdas de las ganas muriéndose de ganas de besarnos? Nos contuvimos tanto para no fallar, ¿lo recuerdas? Al final fallamos, pero ganamos un beso de película.

A pesar de todo, nuestra historia no fue tan mala.
Algunas cosas no son eternas, tú y yo nunca lo seremos.
Ni tú podías quedarte, ni yo podía forzarte.

¿Te acuerdas de nuestra pequeña conexión? Hiciste tantas cosas que pensabas no hacer, y yo me enamoraba de tu cabello y de la forma en la que entrelazábamos los dedos.

Casi sin querer te amé, casi, porque pude no entregarme y quise hacerlo. Valía la pena que me rompieras el corazón.

PD: No sé qué amé más, si la rosa o las espinas, o tal vez las amaba por igual.

¿Te sentarías conmigo a contar estrellas? Podemos ser niños para siempre si así lo deseas. Me convierto en tu infancia y en tu madurez si te quedas conmigo viendo la luna. Nunca te dije que quería tu mano por un rato más. Siempre fui muy duro, no me importaba, (eso decía, aunque ya ves, a veces mentimos para quedarnos donde pensamos que somos felices).

Nunca quisiste dañarme pero odiaba tu manera de ser feliz, aun sabiendo que estabas fingiendo. Eres feliz ahora y seguirás siéndolo, sé que estás con alguien que te quiere y te cuida pero me enamoré sin querer, y ahora, intento hacer algo al respecto.

Confesión: Espero tus llamadas cada mañana solo que ya no llegan, y estoy empezando a ser feliz con Alison. Cuando leas esto, no me llames, déjame esperando, porque si me llamas, viviré así, atado a una llamada, atado a lo inconstante, atado a lo que no puede ser.

PD: Por favor, no me llames.

Las cartas continúan, ayer escribía muy cerca de ti, luego me invitaste un cigarro y nos sumergimos en una conversación...

Se suponía que el mundo no se detuviera, pero se detuvo, y la gente en la reunión no existía, solo existías tú, solo existía yo, solo existíamos nosotros, pero no somos tan valientes y nuestra historia se va. Son solo recuerdos, recuerdos en papel. Tengo 28 cartas para decirte lo que siento, o para hablar de nosotros hasta que todo termine.

El cigarrillo terminó, ¿así terminaremos?, ¿cómo cenizas que vuelan?, ¿cómo una colilla mínima, después de ser tan grandes? Te tengo cerca y olvido el principio, olvido que hay que olvidarte, es tu culpa por no creer que esto es amor, y es mi culpa por no entender que algunas historias son breves. Me niego a que seamos una fotografía pero así será. Luego lo besas y comprendo que nuestro amor no es tan grande como lo imagino. Me han dicho tantas veces que si lo nuestro fuera amor estaríamos juntos y no jugando a engañarnos.

PD: ¿Qué es el amor?
PD1: No logro definirlo sin pensar en tu nombre.

Sexto Capítulo
Después del adiós

He empezado a vivir sin ella sabiendo que día tras día tendrá una carta mía. Tenía muchos sentimientos que querían explotar. Con cada una dejaba ir el globo para centrarme en mi nueva historia y saber si funcionan los 21 días sin verla. Les recuerdo que las cartas se las dejé el día de su cumpleaños, cuando tuve el valor y decidí cerrarme a ella ¿será eso posible? Por mi parte, no sé cómo lo tomó, no sé si ha llegado a la carta en donde le explico que no quiero hablarle, que quiero distanciarme y no hay solución, o si las leyó todas y acepta que nos queramos como amigos.

Charlotte: Cada vez que leo tus cartas se me destroza el corazón, es cómo si me cortaran en mil pedazos. Sabes herirme, eres bueno. Me hieres haciendo que te ame y me explicas que no te debo amar.

—No hubo respuesta de mi parte—. Estoy empezando una nueva historia. Me duele distanciarme de Charlotte pero ya es tiempo de observar por la ventana abierta en vez de quedarme sentado atrás de una puerta cerrada olvidando que la llave la tengo yo.

Alison llegó para que quisiera tener una relación después de tanto tiempo y Charlotte llegó para prepararme y enseñarme ese amor, ese primer amor ilógico que rompe contigo y te hace pedazos, pero aun así te hace sentir vivo.Sé que estarás pensando que utilizo el "clavo saca a otro clavo", pero no. Si tuviera la opción de estar con Charlotte, no la tomaría, no dejaría mi vida con Alison.

> 1 de noviembre: Todos somos adictos a algo, pero algunas veces debemos parar la adicción ¿Cuál es tu vacío? - 4:20 p.m.

¿Cuántas veces te quedaste sabiendo que te tenías que ir? ¿Cuántas veces dijiste "no volveré" para caer una vez más en lo tóxico? ¿Te ha pasado, eso de encontrarte en un proceso y querer salir pero no poder?

Que a veces la vida no es tan fácil y algunas situaciones nos enseñan al rompernos, pero hay que saber decir ¡Basta! ¿Cuántas veces te dejaste de querer para entregarte a alguien? Diste tu tiempo, tus ganas, tu amor y tus sueños para cumplir los de alguien que luego de cumplirlos se olvidó por completo de ti. ¿Cómo es posible? —te preguntarás—. Yo tengo la respuesta:
¡Nadie está obligado a amar! Nadie te obligó a quedarte ni a entregarte.

El mundo te necesita y la vida es un regalo. ¿Cuánto tiempo seguirás sin vivir, pensando que el amor te nubla la vista?, ¿cuándo te darás cuenta de que la vida es aquí y ahora? Tienes magia y eres real, pero sigues en lo dañino. Tal vez poco tiempo, tal vez mucho, ¡Depende de ti! ¿Cuánto tiempo vas a llorar para luego ignorar tus lágrimas y seguir? ¡Olvídate de tu ego! Quien no te quiere, no te va a querer ni que te transformes en mil personas para gustarle. ¡Quiérete tú!

EL ARTE DE DEJAR IR

Pasamos una incontable cantidad de tiempo tratando de separarnos de situaciones tóxicas, pensando, reiteradas veces, que lo mejor para nuestro bienestar es irnos pero, ¿qué difícil es retirarse, no? Somos adictos a circunstancias, presas mártires de lo que nos aniquila. Sufriendo en vez de partir y echándole la culpa a la situación y no a nuestro miedo de salir de la zona de confort. Queremos, queremos, queremos, cuanto queremos irnos y que poco queremos mantener nuestra decisión. Ya no se trata de amor propio y si piensas que estás topándote con un escrito de autoayuda, te pido pares de leer. No puedo decirte que aprendas a quererte, es mejor que leas otra cosa, quédate leyendo a alguien que te diga lo que quieres oír pero yo quiero decirte la realidad escondida, la que nadie quiere escuchar, la que está llena de errores y de recaídas. Las veces que volviste sabiendo que estabas perdiéndote.

Sigues ahí porque no has conseguido el arte de dejar ir, de agarrar tu vida y besarla en vez de besar labios carentes de amor. Te quedas porque eres incapaz de saberte solo, y enamorarte de ti. Vuelves porque te asusta el después y prefieres quedarte en ese circulo que te corta las alas pero que te hace sentir seguro a ratos e infeliz a cada momento. Piensas que el amor es aguantar, y el amor no es algo tóxico ni esperar mil amaneceres para ver si aprenden a respetarse.

No dejas ir tu trabajo porque es más cómodo quedarte y quejarte cada noche a apostártela por tus sueños.Te cubres con tus miedos en vez de afrontarlos porque te da pavor sentirte capaz.

227

Sigues ahí, y vuelves a repetir: "El amor perdona". Para mañana cubrirte de lágrimas y de sueños rotos. Lo que acabó, acabó. Listo. No hay tanto alboroto por una despedida. Pero sigues temblando, sin esa persona crees que no hay vida.

Ojalá no pierdas los mejores años de tu vida en un falso "volvamos a empezar" para comprender que la despida llega cuando no encajas, y ustedes hace tiempo dejaron de encajar, si es qué acaso, en algún momento fueron compatibles.

Ojalá aprendas, no muy tarde, el arte de dejar ir.

6 de noviembre: Lección de desprendimiento - 9:12 P.M.
(Desde la playa con mis amigos y con A)

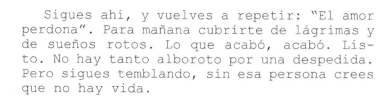

Si te caes, si te rompen el corazón, si te tienes que despedir porque la vida te quita a alguien que amas, si la existencia te golpea o piensas que te golpea... continúa, estás vivo ¡Haces feliz al mundo porque tu error y tu aprendizaje son el lenguaje universal que estamos buscando! ¡Levántate que el corazón sana! Volverás a amar, porque alguien escondido detrás del tiempo está esperándote y te ama sin necesidad de conocerte. Tu alma es especial y viniste por algo, no lo olvides. Algunas veces sin querer herimos, pero otras nos hieren. No te hagas la víctima pero tampoco dejes de valorarte, busca tu equilibrio y vuelve a comenzar. Comienza de nuevo tanto cómo lo necesites.

PD: Algunos aman a Jesús, otros a Buda, algunos a Shiva, muchos a Gandhi, miles al Chavo y casi todos a Goku, pero yo... yo te amo a ti.

7 de noviembre 3:00 a.m.

Lo confieso, casi fallo, desperté recordándola ahora que me acompaña alguien más en mi habitación. Acepté la evocación y decidí recordar lo que no quería. ¡Funcionó!

—No quiero soltarte, —dijo agarrando mi espalda con brusquedad y metiendo mi cabeza entre sus senos.

Los gemidos seguían y la habitación se hacía pequeña para tanto amor, o para tanto desamor, —es que nunca supe diferenciarlo—. Quería sujetarla para que no se marchara y ella halaba mi cabello para que yo me quedara.

—Qué lástima que no me lo supo decir—. Lo único que pudo decirme entre gritos y pasión fue: "Aunque esté con él, te quiero a ti". La quise con más fuerza pero solo era rabia en mi intento fallido por dejarla de querer. La quise sabiendo que era la última vez y ella me agarraba con más fuerza porque lo debía suponer.

—Te amo —susurró... pero de mi parte no hubo una respuesta.

¿Sexo? ¿Quizás será amor? Le hice el amor por todo lo que la amaba y por todo lo que quería dejarla de amar. Cada vez que me rompía con sus uñas sentía que me rompía por dentro, me rompía esa parte que aun sabiendo que no era mía, la quería para mí y sin compartir.

Terminamos, queríamos más pero el celular sonó interrumpiendo nuestro instante, había que contestar: —Voy tarde, perdón... en diez minutos llego para hacerte el amor. —Y colgó, colgando también mi corazón.

—Te amo, —volvió a repetir pero esta vez alejándose de mí, tomando sus cosas, vistiéndose rápidamente y marchándose.

Estoy satisfecho de la decisión que he tomado y del lugar en el que estoy. Después de nadar en mis memorias analizo porque me fui y puedo valorar mi nueva historia. Son las 3:50 am y el insomnio se fue.

9 de noviembre: Cartas del pasado repletas de lo que fuimos y no volverá

Definitivamente te quise pero voltear significa encontrarme con mis anhelos muertos, con mis sueños de nosotros convertidos en pesadilla.

No puedo seguir mirando el ayer porque la vida se me escapa.

Error de cálculo temporal: quedarme habitando en los recuerdos mientras el ahora baila tango a mi alrededor; de compañero tiene al futuro y todas las formas que quería a tu lado pero que no están. Espectador de falsos momentos guardados en un baúl, ¡los encerré! no quiero verlos, el invierno llegó y he decidido ser mi propio abrigo para no morirme de frío a causa de tu ausencia.

Ensordecedor tu silencio protagonista de mis lutos y de mis celebraciones. Egoísta pensar que serías mía cuando le perteneces al aire. Casi abro nuestra historia, pero de pronto leí: ¡No abrir!

No vuelvo a caer en el placer mortífero de recordarte, fugaz y perpetua simultánetamente. No vuelvo a revivir el "nosotros", para caer en la nada de mi soledad, tan llena de vino como de almohadas de pluma esperando tu presencia, que no llegará. Porque lo tengo todo, pero me faltas tú y el todo se vuelve nada y cierro mi mente a la posibilidad de escarbar en lo que fuimos para caer en lo que ya no somos y nunca seremos. Las estrellas parpadean y aunque no abra la caja vive en mi alma, con el masoquismo de pensarte y olvidarte casi como un juego de niños que lastima pero hace feliz. No piensas en la caída sino en la felicidad perecedera, eso representas en mí, la felicidad punzante y el golpe más fuerte.

Viejos recuerdos: ¡No abrir! Me cierro de nuevo a ti, como una costumbre adquirida prófuga de mis ganas. Me cierro de nuevo a ti, porque el invierno quema y me espera mi chica para salir, abandono mi diario y me dispongo a conducir, la ciudad me besa y la caja de recuerdos se va alejando lentamente del retrovisor así como nuestros caminos se separan para siempre.

Viejos recuerdos: ¡No abrir! Será un acto suicida creyendo "alcanzar la vida".

11 de noviembre: Amores fugaces se disfrazan de eternidad - 11:06 p.m.

Algunas cosas han quedado en el olvido, el árbol está deseando morir. Se negó muchas veces cuando la transición llegaba hasta que por fin, ha aceptado su muerte. Aceptó decir adiós y despedir su ilusión por 5 meses de sentimientos. El árbol aceptó su muerte pero no se arrepintió de su amor. Quizás muy breve —dirán—. Quizás no fue amor —murmurarán—. Qué fácil que olvidas —susurrarán los chismosos—. Ya tiene otro amor —pensarán los prudentes que no quieren hablar—. Nadie sabrá que árbol se tenía que marchar, nadie comprenderá que se cumplió el ciclo, que concluyó. Solo el tiempo sabe que el árbol no muere, que es una metamorfosis, que su historia culmina y sus hojas se bajan mientras dura el otoño, pero nunca es demasiado tarde para que llegue la renovación.
Amores fugaces se disfrazan de eternidad.
El reloj sigue su curso, se muere otra flor.
Pequeños amores fugaces que se quedan pero no dañan al corazón.
Tal vez eres el árbol que piensa que murió, pero quizás la primavera llegue antes de tiempo y cubra tu balcón con la hermosura de una nueva flor.

Todo por hoy,
una historia ha muerto,
el fuego la quemó.

17 de noviembre - 3:00 a.m.

Nadie me dijo que el olvido sufre de insomnio ni que su insomnio sabe recordar.

18 de noviembre - 5:33 a.m.

Entre el olvido y el recuerdo. Otra vez en medio del puente, pero esta vez me acosté, no tengo ánimo para una decisión.

20 de noviembre - 7:29 p.m.

Cuando piensas que todo se ha acabado se sube de nuevo el telón.

21 de noviembre:
La gran sorpresa

¡Feliz cumpleaños, A!

Quise que todo fuera perfecto y también lo sentía, sentía cada cosa que hacía. Le llené la casa de pétalos de rosas y de velas, en el centro de la sala una pancarta pintada en una tela gigante: ¿Y si te quedas conmigo un día y le hacemos trampa a la eternidad? En cada rincón tenía un libro y dentro de él, una nota.

En mi balcón: "Quiero ser la lluvia y el sol en proporciones equilibradas para tu corazón".

En la torre Eiffel que tengo de adorno: "No quiero París sin ti".
En el libro "Cumbres borrascosas": Viaja por mis gustos.

En mi litografía del cuadro "Noche Estrellada" de Vincent Van Gogh: El arte tiene algo de locura y los más preciados artistas son incomprendidos.

231

En el libro "Rayuela" de Julio Cortázar: "Cuando menos te buscaba, te encontré".

En mi colección de música clásica: Viaja a través de Bach y de Mozart, descubre en Vivaldi partes de mí y tómate un vino escuchando Beethoven, sin olvidar la sinfonía n°6 de Chaikovski, ni las Oberturas y preludios de Wagner y por último, si quieres estar aún más cerca de lo que soy puedes escuchar "Nocturnos" el concierto para piano n° 2 de Chopin.

Encuéntrame mientras descubres los demonios de Da Vinci. Búscame en el Imperio Romano y en el Impresionismo, en Grecia y en la Edad Media.

Búscame en los celos de Otelo, pero también en el amor de Romeo y Julieta. Descubre a Shakespeare leyendo Macbeth y el Mercader de Venecia y cuando me sientas desanimado ve conmigo la Sociedad de los poetas muertos. Vamos a ver "Noviembre" para descubrir el teatro y cuando quieras retomar el vuelo veamos juntos "El lado oscuro del corazón". Poco a poco dejaré que me conozcas, te estoy abriendo mi alma, está esperando que decidas explorar en ella.

(Y fue descubriendo sus sorpresas para terminar en la cama recibiendo las 12).

Al día siguiente, le preparé otra sorpresa y la llevé a una cabaña en Galipán, con vino de mora para no perder la costumbre, con una cena romántica y una noche para recordar. Cuando estábamos en el Jeep y ella no sabía a donde la llevaba le escribí esto:

6:35 p.m.

Te quiero a colores y en blanco y negro, con versos y de papel.
Apártame miles de cumpleaños por favor,
y yo te apartaré miles de historias de amor.
Te quiero mostrar mi vida sin quitarte la tuya.

Las estrellas, la luna, la habitación...
Quiero ser tu presente y tu ilusión,
tu cumpleaños feliz y tu después.
Quiero ser tus noches y tus ganas de no dormir.
Te regalo un pedazo de mí,
regálame esta noche para hacerte sentir.

Te quiero con tus alas y junto a mí pero si solo tenemos este instante debo confesar que ya le compré tiempo a la eternidad.

Te quiero así de poquito a poquito.

Te quiero así con ganas de besar el infinito.

PD: Gracias por no tratar de curar mi cicatriz, gracias por enamorarte de ella.

La luna fue nuestra cómplice y el vino no terminó. Quería hacerla feliz y empecé a notar que estaba siendo más feliz que nunca. Nos fuimos a la habitación a la 2:00 am y pensé que sería incómodo pero llegamos para seguir con las sorpresas, conociéndonos entre juegos y seduciéndonos. Terminamos haciendo el amor y la energía de ambos se fusionó convirtiendo mi noche en inolvidable, y a ella en mi nueva adicción.

En medio de tantas sensaciones no podía faltar un mensaje de Charlotte indignada por nuestras publicaciones en instagram.

Charlotte:

> Eres un falso, gracias por romperme el corazón, no quiero que me hables de nuevo en tu vida. Me decepcionaste, que te diviertas con tu nueva historia, olvídate de mí para siempre y cuando te des cuenta que ella no puede llenar mi lugar ni te molestes en llamarme porque no te voy a contestar.

Christopher:

> No podías estar conmigo sino distante, no podías amarme sino a medias. No me escribas con odio porque no funcionó, observa a Fabio seguro lo tienes a tu lado. Bésalo y duérmete abrazándolo y cuando cierres los ojos entiende que la única que vive en una mentira eres tú.

(Un mensaje que nunca le mandé, no era necesario. Estaba demasiado feliz para contaminar mi noche)

23 de noviembre:
Lucha contigo

Notaste que todas las puertas están cerradas pero no percibiste que la ventana estaba abierta.

Noto que tienes miedo y es normal, vivir asusta, vivir es peligroso. ¿Por qué has estado tan perdido?

Espejo y verdad: ¡Olvidaste el presente! Vives entre adicciones y nada te hace feliz ——aunque finjas una sonrisa——, no me puedes mentir. Vives esperando algo del mundo y no sabes apreciar.

233

Vives sin querer verte, sin conocerte. ¿No sabes quién soy? ¡Soy tu voz interior! Soy el del espejo, soy tu reflejo. Necesito que comprendas que te hablo porque estamos tocando fondo. Piensas que acabó la vida porque el amor terminó. Vives entre drogas, tu mayor droga es estar ausente, ajeno a tu existir. ¡La apatía te consume! Te has cansado hasta de huir. ¿Me puedes ver? Mañana será un nuevo día, vamos a salir de esta juntos... ¡Hay motivos! Tienes una misión importante, por eso sigues vivo. No podemos irnos aún, pero ahora que me escuchas será más fácil. ¡Seca tus lágrimas! Nunca es tarde para volver a comenzar.

PD: Esto lo escribí la primera semana que no estuve con C, pero no quería agregarlo a mi diario. Hoy me decidí y lo transcribí.

29 de noviembre: Gracias por dejarme, al irte, me encontré - 10:57 p.m.

Tenía días sin tomar mi diario para hablar de ti. ¿Recuerdas? Te dejé 28 cartas, una por día... pero esta carta es diferente, quiero darte las gracias.

Me dejaste antes de empezar otoño, o tal vez fui yo quien me marché.

No hay culpables, no hay excusas, esta es una carta del después.

Te amé tanto y en tan poco tiempo, que parecía irreal, ya no me duele, ya no me quema. Al irte encontré una pieza que me faltaba de mí. Me ayudaste al marcharte, me ayudaste al no saberme querer, me ayudaste al irte aunque piensas que fui yo quien me marché.

Eres amor pero te falta aprender a amar. Al irte conseguí la respuesta.

Me encontré con el espejo y estuve peleando a muerte con él hasta que nos conocimos de verdad. Antes de irte no me imaginaba sin ti, después de tu huida pude crecer, el otoño me vistió y me dijo adiós y ahora disfruto el invierno.

Sin rencores...
Te debo un favor,
al irte descubrí quien soy.
No te necesito para ser feliz,
no te necesito para sentir.
Todo pasa, llega, y se va.
No te preocupes, no te voy a olvidar.

Tu recuerdo no duele, pude sanar.
Tu recuerdo no mancha, me pude desinfectar.
Gracias por enseñarme a renacer.
Después de tanto dolor, me enamoré del amanecer.

Gracias amor, aunque no compartamos la habitación...
Aunque no haya mañana y se borre el futuro.
Aunque no podamos querernos...
¡Gracias! ¡Te llamo amor!
Aunque ahora solo sea un apodo,
y no lo diga de corazón.

30 de noviembre: Léeme, te escribo desde mi equivocación

Te escribo porque pensé que la vida me rompió cuando no pude tenerla, también pensé lo mismo cuando me caí por primera vez, pensé que algo de mí estaba roto pero me dispuse a pegarlo. La persona que nos despierta ante la vida no tiene que quedarse para siempre con nosotros. ¡Tiene que anclarnos a la tierra y también hacernos volar! Mostrarnos otro ángulo, ser nuestro espejo. Son las 12:16 y la tierra está hecha una mierda entre tantas guerras, soldados matando porque es su deber y niños muriendo sin saber por qué. El amor nos salva aunque sea breve. Nadie nos puede quitar la inspiración, ninguna situación debe deprimirnos tanto como para dejarnos sin ganas, ni distraernos demasiado como para dejarnos sin razón.

El mundo nos necesita y tú eres amor. Yo te escribo desde Venezuela, desde un rincón roto del jodido mundo tratando de pegarse. Pronto decidiremos el futuro, pero depende de lo que hagamos hoy.

Lectora o lector desconocido: Gracias por tu tiempo en mis absurdas reflexiones diarias que me mantienen cerca de tu almohada y también de ti. Disfruta estar aquí y cuando veas el cielo acuérdate de mí, un loco extraviado en un planeta equivocado jugando a enamorarse de una mortal. Sécate las lágrimas si lloras, comparte tus sonrisas si estás feliz, vuelve a intentarlo si fallaste. No les creas si te dicen que no puedes, son solo falsos eruditos que se creen dueños de la verdad prefiriendo juzgar a apreciar.

2 de diciembre:

Cuando Charlotte robó el diario, me dejó una carta y yo cumplí el trato. La estoy leyendo ahora, cuando definitivamente estamos distantes, ahora, cuando todo ha terminado.

1:30 a.m.

Querido Chris,

Cuando tengas esta carta sabrás que te quité tu diario y que leí lo que sientes. Seguramente estarás molesto pero, sí, soy así, no pude contener las ganas. Al leerlo lloré porque me di cuenta de la realidad: Perdí el juego. Me enamoré de ti. Llegaste para cambiarme la vida, pero no soy buena dibujando, ni escribiendo, ni cantando, solo soy buena dañando lo que amo. Mi madre me dañó desde que nací y no conocí a mi padre. Te conté que nací por inseminación artificial producto del amor de dos mujeres, no te mentí, fue eso lo que me dijeron, lo que yo misma quise creer. Ahora estoy más grande y todavía no sé cuál es la verdad, aunque creo que fui consecuencia de una violación. Mi madre era adicta a las drogas, adicta a conseguir las cosas fáciles y a vender su cuerpo para tener lo que necesitaba. Desde niña pasé hambre y tuve carencias, es por eso que me cuesta tanto entregarme... Sé lo que es la necesidad y tener que acompañar a tu madre por los barrios más peligrosos para que sacie su vicio y logre "estar tranquila". No tuve un hogar, no tuve una casa, no tuve todo lo que la gente tiene, pero no me quejo porque sé que hay personas que tienen aún menos que yo. Logré superarme, graduarme, ser adulta y luchar por lo que quiero, solo que el amor para mí, siempre fue un misterio.

Fabio llegó a mi vida para llenar mis carencias de padre y de madre, para convertirse en esa casa que nunca tuve y en esa familia que siempre añoré. Me juzgas porque crees que estoy con él por dinero, pero yo trabajo para ganármelo. Me juzgas porque piensas que jugué sucio sin saber que nunca lo hice queriendo lastimarte. Lo amo como eso que nunca tuve y siempre quise tener, aunque tienes razón, no me hace bailar en las nubes ni tampoco siento las mariposas en el estómago. ¡Me cambiaste la vida! Coincido contigo en que somos espejos, almas gemelas que se

236

encuentran para chocar en distintas realidades, para amarse y luego soltarse. Quiero seguir queriéndote porque eres lo único que me hace feliz y aunque no me atrevía a decírtelo, tú también eres el deseo que le pido a las estrellas. Ojalá cumplas el trato y leas esta carta cuando ya todo haya acabado, porque te diré la verdad:

No estoy preparada para separarme de mi madre, de mi padre, de mi familia y de mi estabilidad, por eso y en la ausencia de las anteriores, no estoy preparada para dejar a Fabio. Él no se merece ni una lágrima por mí, ya ha tenido suficiente. Puedo ser la mala de tu historia, pero el amor no siempre es como en las películas y no todo el tiempo tiene un final feliz. Tú le perteneces a la vida y aunque pienses que no es así, también estás buscando unos brazos en los cuales refugiarte, por eso no soy la mujer que soñaste, porque ambos necesitamos lo mismo.

Encontrarás a alguien igual que Fabio pero mujer y entonces sabrás que va más allá de la estabilidad. Hay amores de amores como el nuestro pero hay otros de los que no te separas nunca.

Es justo que te diga la verdad, aunque a destiempo, porque sé que eres sincero y que te gusta jugar, por eso cuando leas esta carta todo habrá terminado entre nosotros. Fabio me ha propuesto matrimonio y dije que sí. No tuve la valentía de decírtelo y él quiere que lo mantenga en secreto hasta diciembre. Nadie lo sabe, pero necesitaba expresártelo aunque lo leas meses más tarde. Te he estado evitando porque no puedo mirarte a los ojos sin pensar que lo he arruinado y nuestra historia terminó. Me caso a mediados de enero y ya tengo tu invitación. Todo pasó muy rápido y quise decir que no para buscarte y poder vivir nuestra historia, en este punto, sabrás que no pude. Debería ser capaz de dejarte ser feliz pero los celos me invaden y prefiero ser egoísta y tenerte hasta diciembre, a decirte la verdad y vivir sin ti. Voy a utilizar este tiempo que nos queda para amarte más que nunca, mientras descubro el "arte de olvidarte", como estás tratando de hacer tú conmigo.

La sociedad sumada a mi pasado ha embozado mi futuro. Para ti la felicidad está en todos lados, para mí la felicidad es sentirme segura. Me hubiese gustado verte después o un poco antes. Me duele habernos encontrado en medio de un imposible y acepto que me llames a partir de ahora: Falsa ilusión. Falsa por esto que te hago mientras me rasguño el pecho con las uñas infectadas. Ilusión porque fue hermosa esta brevedad que hace viajar a otros tiempos de amores románticos y sentimientos que no puedes frenar, y escribes un diario lleno de rabia, de impotencia, de resentimiento pero creo que todo este diario por sobre todas las cosas

está lleno de amor. Leyéndolo me encontré con partecitas de mí que me hubiese encantado siguieran ocultas. Discúlpame por darte una carta para no sentirme mal cuando te beso y disfruto ser tu "falsa ilusión" sabiendo que cada día me entrego al vacío de un corazón podrido y cansado de tanto latir con direcciones equívocas y lazos irrompibles.

Nunca te dije que eres mi milagro, fuiste mi salvación. Cuando leas esto todo se habrá acabado. Nunca quise lastimarte, pero soy espinas y tú aceptaste. Me lastimaste también porque no tenía planeado amarte y de igual forma te amé. Nuestras no citas bajo la luna, nuestras discusiones sin remedio, nuestra química descomunal. Fuimos tantas cosas que parecíamos invencibles y ya ves, nada es como parece. Se ha terminado, un tren me espera y seré fiel. Mis mentiras se van en esta carta, pero mi única verdad es la pequeñez insensata que ambos sentimos y que perdurará. Recuerdo que me dijiste que me buscarías en otras vidas, quiero hacer una promesa al después... Mi promesa será no perderte otra vez.

PD: Aunque pronto sea de él, mi alma y mi esencia nunca dejarán de ser tuyas.

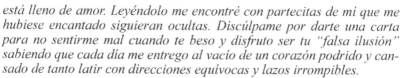

2 de diciembre: Después de un café,
después de una lágrima,
después de su carta del después
1:59 a.m.

Ni tú te fuiste conmigo ni yo aposté por ti. Ni tú dejaste todo, ni yo quise que lo dejaras. Y tú seguirás siendo cobarde y yo, seguiré encontrando mis pistas. Ni tú fuiste valiente, ni yo fui tu héroe. Fui el espejo que te golpeaba contra tus errores y en mi espejo, te encontré. Yo fui la vida defendiéndose de tus ganas de ocultarte. Yo no soy lo fácil pero soy tu gran amor. Yo no soy lo básico ni la costumbre que intoxica. Tú en cambio, jamás serás la libertad que sueño. Seguirás sin arriesgarte y yo no te lo pediré.

Disculpa, debo confesártelo, eres mi amor apasionado, el que nunca volveré a tener. Nunca te olvidaré pero me enamoré de alguien valiente, de alguien que me ama y me quiere, de alguien que no ama a dos. Agradezco el momento fugaz donde pudimos amarnos, serás mi sabor a primer amor y mi sueño imposible y yo seré lo que realmente amaste y el fracaso de tu corazón. Seré quien se aleja para que seas feliz y remotamente nos regalaremos sonrisas pero no más palabras ¡Ya el olvido se cansó de nuestra historia y la despedida se fue sin mí! Seré la sombra que te perseguirá en tus recuerdos y estaré donde no buscaste porque no quiero que me encuentres...

Estaré en tu almohada y en tu copa de vino pero la vida continuará y no habrá rastro de nosotros. Llegamos tarde o demasiado temprano, pero ahora que estoy con alguien, ahora que soy feliz, entiendo que el tiempo es perfecto, no era el momento de coincidir. Fue breve, fue fugaz.

PD: Fuiste mi amor de mayo, de junio y de julio, de agosto y de septiembre, pero octubre recibió la transición y en invierno no había un nosotros dos.

5 de diciembre: Varios tipos de amor
10:48 p.m.

Conoces el primer amor, el que te hace vivir de ilusiones creer en la eternidad para luego —en ocasiones— golpearte con la realidad y saborear el olvido. Ése que de tanto llorar te dejó sin lágrimas.

Otro amor es el que conoces después y utilizas para deshacerte de los viejos recuerdos de ese primero que te causo fatiga al despedirse. Quieres que el segundo amor suplante al que te dejó la cicatriz abierta, quieres amarle más y vencer a Cupido, que antes te venció. De repente, te das cuenta que lo amas distinto pero que ya no bailas en el cielo y que quizás nunca amarás así, como la primera vez. De repente empiezas a alejarte porque necesitas amarte a ti. Ahora amas la cicatriz que te dejó el primer amor y también amas al segundo de otra forma —pero te amas más a ti–. Luego, en medio de tu viaje personal, conquistando lo que añoras, creciendo y consiguiendo la felicidad desde adentro, ahí, de la nada y sin previo aviso, llega alguien que te hace volver a creer, incluso más que la primera vez. Y no sabes que la vida te está presentando al gran amor de tu vida, aunque no sea ese con el que te quedarás.

Un amor que te arrastra hasta el cielo; que te inspira; que te hace sentir que revives; que de nuevo eres un niño y la eternidad vuelve a ser palpable por tus cinco sentidos, pero empiezas a comprender que ese amor no se quedará contigo, ya sabes que nada es para siempre, así que disfrutas el instante, disfrutas la vida, disfrutas quererle con la certeza de que se marchará. El tiempo va pasando y la tristeza acude porque realmente querías que se quedara, aun sabiendo que se iba y con un mínimo de esperanza, esperabas que estuviera, que no se fuera. Se fue. El tiempo pasa y conoces al alma destinada a compartir tu vida, a compartir tu viaje, a compartir experiencias y a crecer juntos. ¡Te enamoraste! Cuando pensaste que no volvería a pasar…
¡Ocurrió!
Repito: ¡Hay muchas clases de amor!

239

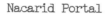

20 de diciembre:
5:45 p.m.

Cuando la conocí me gustó a primera vista, como en las películas, pero repleta de realidad. Me gustaba su sonrisa rota, me gustaban sus alas remendadas y sus ganas de aprender a volar. Ella se quedaba ahí donde pensaba que se encontraba la felicidad, se quedaba en la seguridad y la confundía con amor sabiendo que era una mentira, su mentira.

La invité a mi vida y aunque nuestras personalidades chocaban algo más allá nos mantenía sin ánimos de separarnos. Puedo confesarlo, la amé como creo que no volveré a amar a nadie. También debo confesarles que la persona que la acompaña es uno de los mejores seres humanos que conocí y que intencionalmente no quería herirle, pero de igual forma lo herí.

Nuestros caminos se cruzaron sabiendo que teníamos diferentes destinos. Sabía que corría un gran riesgo al jugar, me arriesgué y sucedió: Ambos nos enamoramos y perdimos el juego.

Despedida para dos, no sé si ella logró amarme como la amé yo.

Algunos dirán que no es una historia de amor pero algunos amores son eternos en la brevedad.

—Viniste —advertí sorprendido y la calle se transformó, la luz era tenue, el sol se escondía poco a poco queriéndose quedar a ver nuestro final.

—Quería despedirme y disculparme por tanto —respondió bajando la mirada, y yo me acerqué para tocarla comprendiendo que era la última vez, pero quitó mis manos y asocié que estaba empezando a ser fiel.

— ¿Disculparte por qué? ¿Por qué te casas? ¡En hora buena! es maravilloso.

—No tienes que ser hipócrita —alegó sentándose y dándome la espalda, distante, apenada y sola.

—Él te ama y te protege. Ya leí tu carta, me encontré con tu historia y me di cuenta que somos expertos juzgando, pero pocas veces somos tan buenos comprendiendo —me senté a su lado, en silencio esperando que nuestra despedida no fuese un cubo de hielo pero el sol ya se había ido.

—Dejé de leer tus cartas. ¿Por qué?

—Es mejor tenerlas en el baúl con llave. Son muchos sentimientos encontrados. ¿Cómo va tu disco? ¿Cómo está Alison? ¿Se mudó contigo? ¿Te prohibió verme? —preguntó muchas cosas en poco tiempo y de pronto ahora sí me miraba queriendo respuestas.

—Mi vida va bien, sí se mudó conmigo, no me prohibió verte.

—Te extraño.

—Y yo a ti.

—Podemos vernos para tener no citas y romper el reloj, para que me enseñes o te enseñe una nueva forma de decir te amo o tal vez podamos ir al nuevo mundo otra vez, ¿me llevarías? —dijo dulcemente y para mí todo empezó a ir mal.

¿Recuerdas lo que me dijiste del nuevo mundo aquella tarde? Pasó. El nuevo mundo existe y nosotros podemos formar parte de él pero por separado —contesté.

—Se han roto las horas. Solo quería escuchar tu respuesta para terminar de afirmar que el reloj roto no tiene arreglo. Te traje algo —sacó de su bolsillo un reloj con el tiempo al revés y el vidrio partido—. Es para ti, nunca te regalé nada y ahora que ya no somos, espero que con este reloj te acuerdes de nuestro pequeño "tal vez".

—Gracias —no sabía que decir, pero agarré el reloj y lo guardé sin darle importancia, aunque su significado revolvió mi estómago y no quise quedarme ahí, quise continuar—. No te traje nada…

—Ya me has dado demasiado. Tengo que irme Chris, tengo un compromiso a las seis.

—Te acompaño hasta tomar el taxi —me levanté y caminé dos pasos esperándola, para ir juntos en silencio hasta el destino final.

—Voy por este camino. Me están esperando en un edificio aquí cerca. No te desvíes, es tarde y peligroso —sus palabras se clavaron en mi mente, ella tomaría otra dirección y ya no habría más despedidas, era la definitiva y sabía como tal.

—Adiós —solté y continuamos ambos, sin besos, sin roces, sin nada y al caminar quería voltear porque no podía ser así. ¿Dónde se había metido el sol? La luna estaba congelando todo y aún no era su tiempo, aún le quedaba chance al sol.

Estábamos a varios metros de separación, seguíamos caminando en direcciones distintas, pero suprimí mi ego, quería un abrazo de esos que perduran, un abrazo y una despedida de verdad. Lo obtuve, la obtuve a ella, y supe que no era de hielo… su corazón latía muy rápido y sus lágrimas bañaban mi cuello.

TIEMPO DEL ADIÓS

El amor es como la primavera, hace que crezcan las flores más bellas llenando tu vida de color, sin embargo, no hay una eterna primavera y viene la transición.

El amor es como el verano, llena de luz y de tranquilidad, quema y hace llorar.

El amor es como el otoño, una constante transformación.

El amor es como el invierno frío y acogedor.

El amor no tiene definición, me atrevo a decir que el amor siempre será amor, un instante o una eternidad, duradero o fugaz, de cuatro estaciones o una estación, una vida, un segundo o una hora. Ella es mi amor de junio, de julio y agosto.

Ella es mi amor de septiembre y octubre.

Ella es mi amor de noviembre y diciembre sin su compañía.

Ella es mi amor de cuatro estaciones y la recordaré, aunque siga mi camino y ella no esté.

Hay amores distintos así que si te pasa como a mí, si te enamoraste y piensas que no volverás a sentir:

Hay amores que roban tu alma pero hay otros que la devuelven.

242

Hay amores que te hacen mentir y hay otros que quieren que seas sincero.

Hay amores que no piensan al amar y hay amores que piensan para no lastimar.

No es el amor que te mata después de devolverte a la vida, es el amor propio que te hace resucitar para estar con alguien sin perderte a ti.

No es el amor que te fracciona el corazón, es el amor que te ayuda a cosértelo.

No es el amor que traiciona, es el amor que te enseña que puede existir la pureza.

No es el amor que te rompe, es el amor que te observa mientras consigues las partes de ti que estaban pérdidas y creías partidas.

No es el amor que trata de ganar, es el amor que te explica que amar no es jugar.

Con esta historia me despido y cierro un ciclo para empezar otro. Quizás siga escribiendo, más en este caso, debo decirles que conseguí ese amor bonito cuando me encontraba amando, pero el amor llega cuando menos lo esperas. Me vio sin que la viera y me enamoró sin que me diera cuenta, pero este libro no es sobre la nueva persona que conocí cuando creía que nunca volvería a sentir, este libro es para mi amor de cuatro estaciones, porque el amor siempre es amor, y aunque no sea el amor que llevaré de la mano, lo llevaré en mi alma.

Fue mi primavera al despertarme y hacerme florecer.
Fue mi verano lleno de ganas y de calor.
Fue mi otoño lleno de cambios y de aceptación.
Fue mi invierno al congelar mi corazón.

Lo único que no me gustó fue su última lección… lo último que me enseñó fue a decirle adiós.

FIN.

UN NUEVO COMIENZO

1 de enero de 2016:

Desde la carretera, regresando de un viaje increíble en compañía de Al.

Un nuevo año galopa alentándome a galopar, memorias del pasado atraen mi atención a la nostalgia pero la dejo pasar, porque no vale la pena detenerse a mendigar migajas de lo que ya no está. Sin embargo, me detengo a agradecer por ese pasado que ya no me acompaña pero estuvo ahí.

Me fui en un viaje a un lugar recóndito para explorar en mí; en mis pensamientos, en mis miedos, en mis procesos, buscando sanarme, salir de mí para verme de lejos y saber en qué me he convertido, sin conocer en qué me convertiré. No es necesario tener la aprobación de todos en esta nueva etapa, no es necesario imitar a otros por ganancias personales, luchando por alcanzar lo que ellos tienen y no nos pertenece. No es necesario ver de lejos lo que desaprobamos; no es necesario intentar sin ganas. No es necesario ni recomendable vivir así: anclado a miserias como la envidia, o la culpa, o un viejo amor que te hace sentirte mínimo, pero sigues ahí, pidiendo otra migaja u otro sorbo de agua que no te quitara la sed, sino te dejará ansioso deseando más.

Una nueva oportunidad para reconciliarnos con nosotros, aunque el tiempo es relativo y nosotros somos dueños de nuestro instante. Ojalá no sea muy tarde, en cuestiones épicas temporales, para verte al espejo y por fin decir: ¡Sí! Me atrevo a transitar el camino de la felicidad.

Apuesto a salir de la zona de confort; quiero explorar nuevas situaciones aprendiendo y creciendo en este viaje maravilloso que me concede la vida. Apuesto por superar mis miedos; a entender que lo que no es, simplemente no nos pertenece y algo maravilloso nos está esperando: ¡El presente!

Ojalá no esperes al próximo 31 de diciembre para pedir deseos y organizarte física y mentalmente para la superación, con ganas de conseguirte y conseguir al mundo. Ojalá no esperes agazapado jalando la cuerda hasta que se rompa, utilizando toda tu fuerza, bajando la cabeza con vergüenza porque en el fondo admites que no puedes retener a nadie.

Ojalá el ojalá no sea un ojalá sino una certeza. Somos parte de lo que fuimos pero somos más lo que queremos ser.

2 de enero 2016:
Para: Mi amigo desconocido

No quiero decirte lo que estás cansado de escuchar. No quiero decirte lo que tus amigos te dicen y no quieres oír más. No te voy a decir que te quieras a ti, tampoco te diré que el despecho se te va a pasar. No te voy a decir que te busques a otra, ni que dejes de intentarlo con ella. Yo en cambio daré mi sinceridad:

Ella no te ama, no puedes obligarla a que te ame, no puedes obligarla a que esté contigo, no puedes dejar que desequilibre tu vida pero es tu elección. Si ella te quisiera no habría un después. No solo serías su amigo, vivirían un amor compartido.

Te enamoraste mientras ella te ofrece su amistad, puedes arriesgarte a quedarte ahí pidiendo agua a quien te quiere dar pan. Puedes amarla de lejos dejándote de querer a ti y llorando cada noche por lo que no fue, o puedes levantarte y encargarte de tu vida, porque aunque la vida sabe mejor con ella; solo es un sabor de los 172.926.278 sabores que la vida te ofrece.

No te quiero decir: ¡empieza a amarte! Deberías saberlo. Te olvidaste de ti y así olvidaste tus sueños. ¿Quién se enamoraría de alguien así? Si tu estrategia es quedarte y buscar la forma de enamorarla, debes cambiar la táctica; porque nadie quiere a quien no se quiere.

Estás impregnado con aire de fracaso y autocompasión. ¡Cambia de perfume o sino, olvida ese amor! No te voy a decir que dejará de doler, no te diré que podrás dormir bien, no te diré que la olvidarás de golpe, pero sí te digo que es 2 de enero y tienes otro año para ser feliz por ti, que aunque es difícil trates de levantarte, que aunque quieras dormir un siglo intentes abrir tus ojos y percibas la vida, que está ahí, esperándote.

Recuerda: Nadie quiere a quien no se quiere.

PD: Para todos los que igual que yo, se enamoraron tanto como para olvidar el imposible.

1. Lo que acabó, acabó y quien se fue nunca regresa, ni aunque lo tengas de nuevo de la mano.

2. Nunca te olvides de agradecer: estás viva, tienes personas que te acompañan y depende de ti tener ganas de vivir. Pero sé agradecida y aprende a valorar, solo así, terminarás valorándote.

3. Prueba dándote tiempo a ti, así no te atarás de nuevo a la costumbre por no querer estar solo.

4. Cada vez que llores recuerda que todo en la vida se termina, que todo lo que empieza tiene un fin y que todavía no es el fin de tu existencia. Busca tus sueños y deja de quejarte o vivirás enredada en tus miserias.

5. ¡No recaigas! Se trata de la supervivencia de tu integridad. Deja el celular cuando estés ebria, y no caigas en el volvamos a empezar forzado (nunca funciona).

6. Si fallas en la anterior y te sientes avergonzada porque manchaste tu orgullo —descubriendo que no valió la pena—, lee con atención: puedes recuperar tu autoestima. Sal, conoce gente y borra ese capítulo de tu memoria. Que te sirva de lección para que en el futuro, no vuelvas a recaer, porque una vez es admisible, dos veces es estupidez.

7. Todo se termina, lo vas a superar... Bla bla bla... ¿cansado de escucharlo? La realidad es difícil y te dolerá. Debes saber que el olvido está lleno de insomnios, de resentimiento y ganas de ganar pero el único juego que importa es el del olvido, y solo olvidas cuando la indiferencia acude y el amor propio crece.

Aléjate de tu afán constante de retroceder porque el amor verdadero no minimiza y aunque te empeñes en que no volverás a sentir, lo harás, y en algún momento será como soñaste y no te conformarás con pan muriéndote de sed.

246

9 de enero: El final siempre trae un nuevo comienzo - 10:20 p.m.

Se suponía que el libro se había terminado, pero es que aunque lo tengas en tus manos y pienses que es "solo un libro", va más allá, es un diario y hay capítulos extras. Hoy es 9 de enero de 2016, y mientras me bañaba, quería cambiarlo, quería cambiar el final. Quería que fuera más íntimo, no un poema, no la obvia despedida, no el encuentro que acabó. Quiero que sepan qué pasó con mi vida en diciembre porque seguí existiendo aunque Charlotte no estuviera. La sigo queriendo de una forma sana y necesito decirles que en este primer mes del año no se queden pensando que porque amaron demasiado y no funcionó se acabó la vida. Yo tengo mi relación con Alison, vivimos juntos, estamos trabajando en pareja para ayudar al mundo, tenemos proyectos, —y todo lo que les digo no es un libro, es la vida real—, está apoyándome en mis metas y yo la estoy apoyando a ella. Está aquí en un sábado de puro sexo, de acostarnos y ver películas, de comer juntos, de tomar café. Está desnuda a mi lado, pintando mándalas al mismo tiempo en el que yo estuve leyendo el libro que realmente no es un libro, sino una simple libreta que tal vez hoy, tengas en tus manos.

Te quiero decir que no les creas ni me creas, si entre mis páginas puse que no vivieras por nadie, debes vivir por la humanidad, por tu pareja, por tus amigos, pero sobre todo por ser mejor cada día. ¿Qué pasó después de la despedida? Conocí a fondo a Alison, empecé a tener una relación madura. Me fui de gira por Venezuela, he creado lazos por las redes sociales con muchos de los lectores que quizás hoy tienen este libro de mi vida. Quiero que todos nos volvamos voces para cambiar el mundo, para cuidar el planeta y que no lo veamos como imposible porque un verdadero milagro es nuestra existencia. ¿Por qué les cuento todo esto? Porque necesito que seamos voceros de la paz, porque en medio del amor hay un mundo que necesita a gritos que despertemos.

Te cuento esto porque quiero morirme tranquilo, sabiendo que con mi música, con mis palabras, con mis acciones, con mis fugaces historias de amor, puedo llegar a ti para decirte que es tiempo, que consigas lo que amas y te adentres en ese viaje maravilloso, porque aunque te digan NO NO NO NO NO NO NO NO NO NO NO… Un SI proveniente de tu interior puede borrarlos y ponerte de nuevo en pié.

Mi hermano se fue lejos pero lo encontraré, así como tú encontrarás animarte si estás sufriendo o tan distraído como para olvidar la felicidad. Mi vida sigue igual, un humano igual que tú, lleno de preguntas, a veces

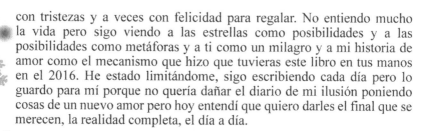

con tristezas y a veces con felicidad para regalar. No entiendo mucho la vida pero sigo viendo a las estrellas como posibilidades y a las posibilidades como metáforas y a ti como un milagro y a mi historia de amor como el mecanismo que hizo que tuvieras este libro en tus manos en el 2016. He estado limitándome, sigo escribiendo cada día pero lo guardo para mí porque no quería dañar el diario de mi ilusión poniendo cosas de un nuevo amor pero hoy entendí que quiero darles el final que se merecen, la realidad completa, el día a día.

El 29 de diciembre me fui a Mérida con Alison y con todos mis amigos. El viaje fue genial, me siento renovado para comenzar este año. Lucas terminó con su novia y está decidido a apostársela por Daniel, quien acaba de salir de su relación y está tomándose un tiempo para estar solo. Con el grupo musical tenemos planes para llevar a España nuestra música. ¡Ojalá sea así! Daniela y Angélica fueron en busca de aventuras y están recorriendo el mundo solo con un par de mochilas. Carlos aceptó la despedida y está en su despertar personal, decidió dejar de fumar, alejarse de los prostíbulos y aunque sale con alguien está llevando todo con calma. Michelle decidió retomar su carrera universitaria, está cursando tercer semestre de diseño de modas y fundó su propia marca de ropa, está dedicando su tiempo completo a su proyecto.

Mi mensaje final para concluir y empezar un nuevo ciclo, es que abran los ojos y con sus ojos abran su alma y con su alma sus demás sentidos. Cada minúscula cosa que nos pasa tiene una razón, venimos por algo, no olviden a sus amigos, no olviden su misión. El fin de un amor no es el fin de la existencia, la soledad no está mal, escuchen la vida, porque siendo hombres o siendo mujeres, la vida está ahí y querer mostrarnos invencibles nos impide tener la sensibilidad para comprender que podemos ser felices viendo un buen amanecer o contemplando una estrella.

Charlotte me enseñó mucho y si tú que me lees esperabas que nuestra historia continuara, te presento entonces LA VIDA, así es, sin final predeterminado. No hay que aferrarse, hay que dejar que fluya, como fluyen los ríos un día fluiremos nosotros hasta la eternidad. Así que disfruta y ríe mientras puedas, porque tal vez mañana, tu energía no tenga forma humana.

-FIN-

¿Quién soy? Sigo sin saberlo, escribo porque escucho voces en mi cabeza y ellas me piden ser escuchadas no solo por mí. Me parezco a Christopher tanto como la vida se parece a la muerte. Tengo un programa de radio en el que abro una ventana para los artistas y les entrego la llave para que abran la puerta. Se llama "Arte en la ciudad" y es transmitido de lunes a viernes por la 95.5 fm en Venezuela y por la www.playfmnetwork.com en otros países, disculpen la publicidad, son mis voces de nuevo, queriendo llegar a ustedes.

Tengo un ideal latente que me empuja a la construcción de un proyecto en el que trabajo todos los días y todos mis insomnios: se trata de salvar al mundo o transformarme intentándolo. Lidero un equipo de inadaptados que se rebelaron contra las injusticias de la vida y están desbloqueándola para que el amor valga más que el dinero, y se valore el alma más que el físico. Puedes seguirnos en @accionpoeticaccsoficial @arteenlaciudadoficial si quieres ser parte de los locos que creen que es posible ayudar al planeta.

Soy Directora del proyecto: "Invisibles, a un paso de salvar la humanidad". Trabajo con un equipo maravilloso que no se rinde y pretende apoyar a la educación por medio de las artes y la literatura. Soy hiperactiva y juego con el tiempo, no sé cuánto tiempo me de la vida pero se llevó a mis padres muy pronto. Así que desde entonces, me arriesgo día tras día y valoro la humildad, la perseverancia, el aprendizaje constante y las ganas de superarte.

Escribí un libro llamado "La vida entre mis dedos" cuando ni siquiera sabía escribir. Se lo escribí a mi madre y a su partida indecorosa que me dejó vacíos y ganas de morirme, pero sobreviví.

No puedo decirte que soy escritora, porque si ni siquiera sé quién soy, ¿cómo sabría semejante adjudicación? Soy un mortal con una misión especial, y no me rendiré, pues tengo sueños, estructura, constancia, y ganas de hacerlo. Por ahora, te encuentras con mi segundo libro, aunque como te digo, son solo las voces de mi cabeza que quieren ser escuchadas mientras intento -nadando en vacíos y en uno que otro *déjà vu*-, tratar de reconocerme. Te encontraste con un libro basado en una historia real, y quiero agradecerte por volver a encontrarte conmigo.

Made in the USA
Lexington, KY
23 February 2017